화염소녀

초판 발행일   2021년 3월 31일
개정판 발행일   2022년 12월 30일

지은이   김미리
그린이   이지연
펴낸이   장재열
펴낸곳   단한권의책
출판등록   제25100-2017-000072호 (2012년 9월 14일)
주소   서울시 은평구 서오릉로 20길 10-6
팩스   070-4850-8021
이메일   jjy5342@naver.com
블로그   http://blog.naver.com/only1book

ISBN   979-11-91853-27-8 (03810)
값   13,800원

김미리 단편집

화염소녀

단한권의책

'짓다'라는 말이 좋다.

밥을 짓고, 옷을 짓고, 집을 짓는다. 미소를 짓고, 한숨을 짓고, 이름을 짓는다. 약에도, 짝에도, 죄에도 '짓다'를 쓴다. 세상살이에 중요한 모든 일이 다 '짓는' 일이다. 만약 '우주'에 동사를 붙여야 한다면 마땅히 '우주를 짓다'라고 해야 할 것이다.

나는 글을 짓는다. 글을 지어 이야기를 만든다. 처음에는 내가 글을 짓는다고 생각하지만 쓰다 보면 어느새 이야기는 제 갈 길을 스스로 고른다. 성큼성큼 잘 걸어갈 때는 나도 신이 나서 따라간다. 매일 그러면 좋으련만 쉽게 가는 날은 많지 않다. 자리에 벌렁 드러누워 버리는 이야기도 있고 어디론가 사라져 찾아 헤매야 하는 이야기도 있다. 최악은 잘 따라가고 있는 줄 알았는데 막다른 골목에 와서야 엉뚱

한 이야기를 따라왔다는 걸 깨닫는 경우다. 현실의 나는 길치인데 글 짓는 나도 크게 다르지 않다. 매번 글을 지을 때마다 이야기를 놓치고 길을 잃거나 엉뚱한 이야기를 따라가서 허둥지둥 뒤돌아 나올까 봐 걱정스럽다. 그래도 계속 짓는다. 소중한 사람을 위해 따뜻한 밥을 짓고, 한 땀 한 땀 옷을 짓듯 나도 한 글자 한 글자를 짓고 또 짓는다. 마음같이 잘 풀리면 혼자 미소를 짓고, 영 마음에 들지 않아 처음부터 다시 쓸 때는 눈물을 짓기도 하면서.

그렇게 지어온 글들이 한 권의 책으로 나왔다. 부디 이 책을 손에 든 당신의 마음에 흡족하게 재미있는 이야기들이기를 바란다. 사랑하고 미워하며, 슬퍼하고 상처를 주고받으며, 서로에게 무언가가 되는 수많은 '짓는' 일들의 여러 가지 얼굴을 당신이 찬찬히 들여다보아주시기를. 그래 주신다면 나도 이야기들도 무척 기쁠 것이다.

애써주신 단한권의책 대표님과 양승순 편집자님, 멋진 그림을 그려주신 이지연 작가님께 감사의 마음을 전한다.

응원해준 가족과 선하고 다정한 나의 등대 J와 거울 같은 나의 벗 지영에게 사랑을 전하며, 이 글의 매듭을 짓는다.

2022년 12월 김미리

차 례

주말여행

하늘이 잔뜩 흐렸다.

오후 다섯 시 25분. 시간을 확인하며 인택이 전조등을 켰다. 그러고는 슬쩍 조수석을 곁눈질했다. 현주는 변함없이 무표정한 얼굴로 정면을 바라보고 있었다.

그들이 탄 은색 EF 소나타는 국도를 벗어나 숲 사이로 난 좁은 길로 접어들었다. 승용차 한 대가 간신히 지날 정도밖에 안 되는 외길이었다. 다른 차가 마주 오기라도 하면 꼼짝없이 어느 한쪽은 뒷걸음질을 쳐야 할 판이었다.

풍경은 점점 더 어두워졌다. 양쪽에 빽빽이 늘어선 키

큰 나무들 때문인지 길 위의 어둠은 한층 무겁게 내려 앉았다. 불안하게 흔들리는 전조등 불빛이 비포장도로 의 거친 면을 핥으며 앞서 나갔다.

차 안에는 무거운 침묵만이 가득했다. 라디오는 벙어리가 된 지 오래였다. 나들목을 지날 무렵 현주가 헛웃음을 터뜨리며 꺼버렸다. 즐거운 토요일 어쩌고 설레발을 치던 음악방송에 이어 태풍이 온다는 일기예보가 나왔을 때였다.

"거의 다 왔어."

라디오가 꺼진 이후로 처음, 인택이 입을 열었다.

현주는 눈치를 살피는 남편에게 어떤 대답도 할 생각이 없었다. 거의 다 왔다는 말도 보나마나 거짓말일 터였다. 거짓말, 거짓말, 거짓말. 현주는 인택의 거짓말에 넌더리가 났다. 지금 여기 앉아서 캄캄한 산속 좁은 길을 달려가는 이유도 그의 거짓말에 속았기 때문이 아니던가.

"아까 이정표 봤지? 이름부터 근사하지 않아? 푸른숲 펜션!"

이정표? 그런 대충 만든 푯말도 이정표라고 부를 수 있다면 보긴 봤다. 자기 소유가 아닐 것이 틀림없는 나무에다, 아무렇게나 못질을 해서 박아놓은 넓적한 목판에 '푸른숲 펜션 전방 500m에서 우회전'이란 글자들이 검은색 페인트로 괴발개발 쓰여 있었다.

'푸른숲 펜션'이라니! 현주는 개성이라곤 눈곱만치도 없는 그따위 이름에 감탄하는 인택이 짜증스러웠다. 그 정도를 근사하다고 표현할 만큼의 감각밖에 없는 남자와 결혼했다는 사실이 짜증스러웠고, 그의 거짓말에 매번 잘도 속는 자신이 짜증스러웠다. 정교하지도 않은 거짓말에.

인택과 현주가 함께 대형 마트에서 장을 보는 날은 토요일 오후가 아니라 수요일 밤이었다. 인택의 회사는 수요일을 '가족의 날'로 정하고 전 직원을 무조건 정시에 퇴근시켜서 다른 날보다 여유로웠다. 주말보다는 평일이 한산해서 장보기가 좋다는 이유도 있었다. 그렇게 일주일에 한 번 일주일분의 생필품을 한꺼번에 사고 급하게 필요한 것은 집 앞 동네 슈퍼를 이용했다.

그렇게 3년을 지내왔다. 가끔 다른 일이 생겨 장을 못 보는 날도 없진 않았지만 그것은 말 그대로 '예외'의 경우였다. 오늘은 전혀 그런 날이 아니었다. 이미 수요일에 장을 봐서 더 살 것도 없었다.

그런데도 인택은 점심을 먹자마자 갑자기 마트에 가자고 했다.

"뭐 하러?"

생전 먹지 않는 과자가 먹고 싶다는 둥, 회사에서 다른 직원들의 간식을 늘 얻어먹기만 해서 자기도 한 번은 가져가야 한다는 둥, 인택이 늘어놓는 이유는 하나같이 말이 되지 않았다. 그런 거라면 집 앞 슈퍼에서 사오라고 해도 막무가내였다. 혼자 갔다 오라는 말에도 고개를 흔들었다. 현주는 결국 집에서 입던 무릎 나온 운동복 바지를 입은 채 남편을 따라나섰다.

아침부터 별나게 부산을 떠는 느낌은 있었다. 하지만 이렇게까지 일을 벌일 거라고는 생각하지 못했다. 내가 바보지. 현주는 창밖으로 스쳐가는 나무들을 보면서 생각했다.

엄마가 늘 말씀하시던 대로 '제 발등 제가 찧은 꼴'이지.

마트에 장 보러 가는 사람 치고 옷을 갖춰 입었다는 생각이 잠깐 머리를 스쳤지만 언제나 겉모습에 신경 쓰는 그의 허영이라 넘겨버렸다. 그리고 멍하니 조수석에 앉아 잠깐 딴생각을 하는 사이에, 차는 목적지를 그대로 지나치고 말았다.

"지금 어디 가는 거야?"

인택은 애매한 표정을 지으면서 대답했다.

"아니 그냥, 답답해서 드라이브나 좀 할까 하고."

"미쳤어? 요새 기름 값이 얼만데 쓸데없이 드라이브 야. 얼른 차 돌려."

현주가 날 선 목소리로 말했지만 인택은 못 들은 척 더욱 속도를 냈다. 현주는 당장 차 돌리라고 두 번 더 소리쳤고, 인택은 두 번 더 못 들은 척했다. 현주는 속이 탔지만 조수석에 앉아 발만 동동 구를 뿐 아무것도 하지 못했다. 핸들을 빼앗는다든가 눈을 가린다든가 머리통을 때리는 짓은 영화에서나 나오는 일이고, 납치범도 아닌 남편에게는 더욱 그럴 수 없었다.

"우리 요즘…… 너무 좀 그랬잖아. 그래서……."

인택의 목소리가 안으로 기어들어갔다. 현주는 "그래서 뭐?"라고 묻는 대신 눈을 감고 입을 다물었다.

"그래서 뭐?"로 끝날 대화가 아니었다. 인택의 변명은 '그러니까'나 '아니, 내 말은' 또는 '그게 아니고'로 시작해서 끝도 없이 길어질 것이고, 그걸 듣는 동안 현주는 스멀스멀 치밀어 오르는 짜증에 멀미를 느껴야 할 테니까. 차라리 아무 말도 하지 않는 쪽이 훨씬 나았다.

요즘 너무 좀?

웃기시네. 눈을 감고 호흡을 가다듬으려 애썼지만 소용이 없었다. '요즘'이라니, 그게 정말 요즘 생긴 일이라고 생각하는 거야? 그게 겨우 주말 오후의 드라이브 정도로 풀어질 문제라고 생각해?

인택은 언제나 그랬다. 그는 단 한 번도 문제의 핵심을 제대로 짚은 적이 없었다. 연애시절 양다리를 걸치다 들 켰을 때는 무릎을 꿇고 싹싹 비는 것으로 무마했다. 정 작 상대 여자와는 연락을 계속하면서. 그는 당장 눈앞에 보이는 것만을, 당장 이 순간만 모면하는 방법으로 문제 를 해결했다. 카드 명세서에 나온 금액이 월급보다 더 많 을 때, 인택은 카드를 꺾지 않고 현금서비스를 받았다.

현주가 다시 눈을 떴을 때, 차는 이미 고속도로 위에 있었다. 인택은 그제야 서프라이즈 주말여행을 가는 길 이라고 실토했다.

"서프…… 뭐?"

현주는 제대로 되물을 기력도 없었다. 머리가 아프기 시작했다.

"주말…… 여행…….."

쭈뼛쭈뼛, 그러나 하고 싶은 말은 끝까지 하는 남자. 그게 현주의 남편이었다. 몰래 만든 카드를 들켰을 때 도, 자기 월급에는 가당치도 않은 명품 슈트를 샀을 때 도, 회식을 핑계로 외박을 하고서도, 게임에서 알게 됐 다는 한참 어린 여자에게 총각행세를 하고 다녔을 때도, 그 모든 것이 다 들통 난 후에도 인택은 언제나 할 말이

15

있었다.

"너무 화내지 마……. 나 진짜 근사한 펜션도 예약해 놨어."

"……."

"그거 찾으려고 진짜 온갖 인터넷 사이트는 다 뒤지고 다녔다. 요즘엔 하도 펜션이 많아서 잘못 걸리면 완전 허접이거든. 고르고 골라서 진짜, 진짜 좋은 데로 예약했어."

현주의 침묵을 무언의 긍정이라고 멋대로 해석했는지 인택의 목소리가 조금씩 높아졌다. 그가 반복해서 '진짜'라는 단어를 발음할 때마다 현주의 오른쪽 머리가 쿡쿡 쑤셨다.

불빛은 갑자기 나타났다.

인택이 "거의 다 왔어"라고 말한 지점에서 30여 분을 더, 시커먼 숲으로 둘러싸인 비포장도로를 달린 끝에 더는 참지 못한 현주가 "도대체 길은 알고 가는 거야?"라고 소리를 지르려는 찰나였다.

"다 왔다!"

인택이 과장된 어조로 말했다. 30분 전에 거의 다 왔다고 말한 사실 따위는 까맣게 잊어버린 얼굴이었다. 왜

일까. 현주는 그다지 기분이 좋지 않았다. 어두운 숲길을 전조등 불빛에만 의지해 한참을 왔으니 어찌 되었든 반가운 마음이 들어야 할 텐데도 펜션 주위를 환히 밝힌 불빛들이 차갑게만 느껴졌다.

주차장에는 1톤 트럭 한 대와 검은색 갤로퍼가 있었다. 인택은 갤로퍼 옆에 여유를 두고 차를 세웠다. 타이어 아래에서 바닥에 깔린 잔자갈이 뒤틀리며 부딪치는 소리가 났다.

차에서 내리자마자 강한 바람이 현주의 머리를 온통 헝클어놓았다. 현주는 하늘을 올려다보았다. 먹구름이 뒤덮였는지 새까만 하늘에는 별빛 한 조각 없었다. 반팔 티셔츠 소매 아래로 드러난 현주의 팔에 오소소 소름이 돋았다.

"날씨 한번 끝내준다!"

현주는 들으란 듯이 큰 소리로 말했다.

"그러게요."

인택의 목소리가 아니었다. 현주는 깜짝 놀라 뒤를 돌아보았다.

"안녕하세요."

샛노란 카디건을 걸친 여자와 덩치가 큰 남자가 현주의 등 뒤에 서 있었다.

"오시느라 힘드셨죠?"

여자가 반갑게 인사를 건넸다. 새빨간 립스틱을 발라 입술이 유난히 도드라져 보이는 여자였다. 컬이 강한 파마로 잔뜩 부풀린 그녀의 머리가 거센 바람에 마구 휘날렸다.

"산에선 해가 빨리 져요. 오늘같이 날씨가 안 좋은 날에는 더하구요. 이런 날에 여기까지 오시느라 얼마나 수고를 하셨을까! 그래도 길을 잘 찾아오셨네요. 여긴 하도 외진 데라서 내비게이션도 못 찾거든요. 일단 우리 푸른숲 펜션을 찾아오실 정도의 운전 실력이다 하면 더 물어볼 것 없이 베스트 드라이버는 찜해놓으신 거라니까요."

여자는 양손의 엄지손가락을 한꺼번에 들어 보이기까지 했다.

"아, 예."

트렁크에서 여행용 보스턴백을 꺼내온 인택이 현주 대신 대답했다.

"아이구, 내 정신 좀 봐. 이렇게 바람 부는데 밖에서 이럴 게 아니라 일단 체크인부터 하셔야지. 이쪽은 우리 바깥양반."

여자가 장황하게 말을 늘어놓는 동안 장승처럼 서 있

기만 했던 남자가 그제야 고개를 꾸벅 숙였다. 부부가 운영하는 펜션인 모양이었다.

펜션 이름을 지은 건 둘 중 누구일까. 현주는 요란하게 부풀어 오른 파마머리의 여자와 머리숱이 많지 않은 남자를 보면서 생각했다. 여자는 샛노란 카디건에 커다란 꽃무늬 치마를 입은 데 반해, 남자는 짙은 회색 티셔츠에 검은 바지여서 옷차림마저 대조적이었다. 어찌 보면 전혀 어울리지 않는 것도 같고, 또 달리 보면 묘하게 잘 어울리는 한 쌍이었다.

"조 앞엣집이 우리 살림집이고요, 손님이 묵으실 방은 저기 뒤에 이층건물이에요. 참 예쁘죠? 저 집 짓느라고 얼마나 손이 많이 갔는지 몰라요. 자, 이쪽으로 따라오세요."

현주와 인택은 주인 여자가 가리키는 대로 주차장 가까이 붙은 작은 단층집과 주차장 뒤쪽으로 완만하게 솟은 비탈 위의 이층집으로 연달아 시선을 옮겼다. 두 채 모두 어디서나 흔히 볼 수 있는 조립식 주택으로, 외관에 크게 문제는 없었지만 그렇다고 예쁜 집이라며 추켜세울 만한 부분도 전혀 없었다. 벽은 흰색 비닐 사이딩으로, 지붕은 흑갈색 아스팔트 슁글로 마감한 흔하디흔한 모양새였다. 인터넷에서 '조립식 주택'을 검색한다면 비슷한 사진이 당장 수십 장은 족히 쏟아질 집이었다.

주인 여자의 수다는 끝도 없이 이어졌다. 처음 펜션을 하기로 마음먹었던 때의 이야기로 시작해서 터를 고르느라 전국을 누볐던 일, 현장 인부들과 매일 싸움을 벌이다시피 하며 집을 짓던 때의 무용담까지 청산유수로 흘러나왔다.

건성으로나마 간간이 추임새를 넣어주는 현주나 인택과는 달리, 주인 남자는 조금 떨어져서 아무 말 없이 일행의 뒤를 따랐다. 마누라의 수다에 질려 묵언 수행이라도 하는 모양이었다.

"아유, 오늘 우리 집 전세 내신 김에 기분으루다 제일 좋은 방으로 드리는 거예요."

주인 여자가 현주와 인택을 돌아보며 너스레를 떨었다.

손님용 펜션으로 쓰는 이층집에는 두 개의 출입문이 있었다. 일행은 왼쪽에 있는 문으로 들어갔다. 오른쪽 문 바로 옆에는 일 층 객실의 것으로 보이는 미닫이 창문이 있었지만, 다른 손님이 없어서인지 불빛은 보이지 않았다. 주인 여자의 말대로 오늘밤의 유일한 손님인 현주와 인택은 이 펜션 전체를 전세 낸 것이나 마찬가지였다. 다른 사람들은 태풍이 온다는 소식에 모두 예약을 취소했다는 것이다. 태풍이 온다는 말을 듣고서도 꾸역꾸역 찾아온 바보는 현주의 남편 양인택뿐이라는 소리였다.

출입문을 열고 들어가자 이 층으로 이어진 내부 계단이 보였다. 색이 짙은 나무로 마감한 계단은 고급스럽진 않아도, 청결하게 관리해서 반들반들 윤기가 흘렀다. 여러 사람이 신발을 신고 다니는 계단이라고 보기에는 지나치게 깨끗하다고 해도 좋을 정도였다. 사람이 자주 오가는 장소라는 느낌이 전혀 없었다.

"자, 자, 얼른들 올라오세요."

주인 여자는 이 층 오른쪽 방의 문을 열더니 호들갑스럽게 손까지 흔들었다.

현주가 먼저, 인택이 뒤따라 방 안에 들어섰다. 제일 좋은 방이라는 말대로 캐노피 침대며 아기자기한 소품에 화이트와 핑크가 주조인 가구들까지, 세련된 인테리어는 아니지만 신경 쓴 흔적은 역력했다.

"어때요? 마음에 드세요?"

"예, 방이 참 좋네요. 고맙습니다."

현주가 머뭇거리는 사이 인택이 얼른 대답했다.

"고맙긴요, 갑자기 이놈의 태풍 때문에 예약손님이 죄 캔슬 났는데, 저희가 고맙죠. 정말이지 이렇게 느닷없이 비바람이 불면 펜션 하는 사람들은 어쩌라고요. 물론 손님이 다 차면 우리 아저씨랑 나랑 단둘이 그 시중드는 게 또 보통 일은 아니지만……."

이런 깊고 깊은 산속에 별 볼일 없는 펜션까지 찾아오는 멍청이가 우리 말고 진짜로 또 있단 말이에요? 현주는 그 말을 꿀꺽 삼켰다. 펜션에 사람 흔적이 없고 썰렁한 느낌이 드는 것도 손님이 없어서일 것이다. 그것도 아마 꽤 오랫동안 제대로 손님이 들지 않은 게 분명했다. 그런데도 태연하게, 마치 날마다 손님이 꽉 차는 집인데 오늘만 어쩌다 날씨 탓에 이 지경이 됐다는 듯이 말하는 주인 여자의 태도에 기가 막혔다.

여자 양인택이 따로 없군.

"그래도 목구멍이 포도청이라고 기왕 하는 장사인데 잘되는 게 좋죠. 아, 물론 우리가 무조건 장삿속으로만 손님을 대하는 건 아니에요. 펜션이란 게 집을 떠나 휴식을 취하면서도 한편으로는 집에 있는 듯 편안한 느낌이 들어야 하거든요. 우리 아저씨랑 내가 펜션을 시작하면서 염두에 둔 게 바로 그 점이고요. 보셔서 아시겠지만 우리 집은 딱 보자마자 편안한 느낌이 오잖아요. 그래서들 많이 찾으시나 봐요."

많이 찾았으면 좋겠다는 희망이겠지. 그만하고 나가주

었으면 싶어서 현주는 일부러 입을 가리지 않고 크게 하품을 했다.

"어머나, 피곤하셨나 보네. 방 열쇠는 여기 걸어놓으시면 되고요, 필요하신 거 있으면 언제라도 조오기, 아까 보셨죠? 우리 사는 집으로 바로 오세요."

여자가 문 옆 고리에 방 열쇠를 걸며 말했다.

"우린 잠귀가 밝으니까요, 마음 편하게 생각하세요."

"감사합니다. 웬만한 건 다 준비해와서 귀찮게 해드릴 일은 없을 거예요."

인택이 말했다. 현주는 코웃음을 쳤다.

뭘 얼마나 준비를 잘 해왔는지 보자고.

"그럼 재미있게들 지내세요."

주인 여자가 나가면서 인사를 했다. 남자는 이번에도 아무 말 없이 목례만 했다.

문이 닫히고 주인 부부가 계단을 내려가는 발소리가 들렸다. 날씨 탓인지 나무 계단이 삐걱거리는 소리가 유난히 귀에 거슬렸다.

도대체 이게 뭐 하는 짓이야?

현주는 그제야 방 안을 둘러보았다.

몇 시간 전까지만 해도 편안히 내 집에서 텔레비전을 보고 있었는데 지금은 심심산골 외딴집이다. 주위에 보이는 거라곤 숲뿐인—그나마도 깜깜하게 어두워서 보이지 않는 이런 곳에, 집에서 입던 옷을 그대로 입고 와 있다는 게 도무지 현실 같지 않았다.

서프라이즈 주말여행?

현주는 방 한쪽에 놓인 테이블로 가서 털썩 주저앉았다.

백번 양보해서 그래, 참신한 아이디어였다고 해주지. 그런데 날씨는 어쩔 거야? 하필이면 태풍이 온다고 다른 사람은—다른 사람이 있었다면 말이지만—있던 예약도 모두 취소하는 이런 날에 여행이라니.

그러자 이제껏 수도 없이 자신에게 던졌던 질문이 또다시 현주의 머릿속에 달칵 불이 켜지듯 떠올랐다. 저렇게 대책 없이 사는 인간을 뭘 믿고 내가 결혼을 했을까.

"먼저 씻을래?"

인택이 현주에게 칫솔을 건네며 말했다.

"난 짐 정리부터 할게."

여행용 보스턴백을 들어 옮기는 남편의 등을 향해 현주는 무슨 말을 할 것처럼 입을 벌렸다가 이내 다물었다. 현주는 그대로 아무 말도 하지 않고 욕실로 들어갔다.

욕실 문이 열렸다가 닫히고, 곧 물소리가 났다.

인택은 부엌에 서 있었다.

그는 멍하니 보스턴백을 쳐다보더니 손을 지퍼로 가져갔다. 손톱을 바짝 깎은 손이 지퍼에 닿기 전 공중에서 잠시 멈추었다. 그는 마치 준비운동이라도 하듯 주먹을 꽉 쥐었다 펴기를 서너 번 반복했다. 그러고는 가방의 지퍼를 천천히 열었다.

세상 오래 살고 볼 일이야.

현주는 샤워기 아래에 서서 고개를 갸웃했다.

신혼여행을 포함해서 결혼 전후로 둘이서 여행을 너덧 번이나 갔지만, 매번 준비는 현주의 몫이었다. 남편은 자기가 좋아하는 상표의 치약이 아니라든가 현주가 챙겨온 속옷이 마음에 들지 않는다는 사소한 이유로 트집을 잡곤 했다. 그랬던 사람이 직접 여행 가방까지 챙겨오다니.

따뜻한 물이 몸에 닿자 현주는 기분이 좋아졌다. 수증기가 자욱한 욕실에서 쏟아지는 물줄기 속에 서 있자니 머릿속에 똬리를 튼 온갖 걱정거리와 두통이 물 맞은 비누거품처럼 녹아 없어지는 것 같았다. 혹시라도 물이 제대로 안 나오면 어쩌나 걱정했는데 수압도 물의 온도도 모두 마음에 들었다.

나쁠 거 없잖아.

현주는 온몸을 적시는 물속에서 눈을 감고 생각했다.

여기까지 왔는데 다시 돌아가기도 그렇고, 벌써 돈도 다 냈을 거야. 이런 데는 무조건 선급해야 예약이니까. 손도 까딱 안 하던 인간이 여행 가방까지 싸서 온 정성도 봐주긴 해야지. 그래 봤자 하룻밤인데 뭐.

하룻밤?

각방 생활이 벌써 석 달째였다. 석 달 전, 인택이 카드로 대출한 500만 원을 주식에 넣어서 휴짓조각으로 만든 걸 들킨 날 이후로 두 사람은 각방을 쓰고 있었다. 몇 번인가 남편이 은근한 눈길을 보냈지만 현주는 매몰차게 무시했다. 한밤중에 문득 잠이 깨면 홀로 침대에 누워 있는 자신이 처량하게 느껴졌다. 그래도 참았다. 이불을 머리끝까지 덮어쓰고, 여전히 약지에 단단히 들러붙은 결혼반지를 앞니로 잘근잘근 씹으면서.

현주는 샴푸를 집어 듬뿍 짜냈다. 자신의 마음이 무엇인지 정확히 알 수 없었다. 뿌옇게 흐려진 욕실처럼, 그녀의 마음도 온통 안갯속이었다.

서프라이즈 주말여행이 그렇게나 멍청한 아이디어일까? 펜션에 손님이 없으면 좀 어때. 조용해서 더 좋을 수도 있잖아. 현주는 김 서린 거울을 손바닥으로 문질러 닦았다. 날씨가 나쁘면 또 어때. 어쩌면 이번이 기회가 될지도 몰라. 언제나 화내고 다그치기만 했지, 그가 하는 말에 제대로 귀를 기울여주지는 않았어. 입에서 나오는 말이라곤 변명뿐이라고 생각했으니까.

하지만 정말 그랬을까?

거울 속의 여자가 말없이 현주를 바라보았다.

현주가 욕실에서 나왔을 때 인택은 부엌에 있었다. 헤어드라이어를 찾느라 화장대 서랍을 모두 열어보고, 마지막 서랍에서 찾아 젖은 머리를 말리는 동안에도 부엌에선 아무 소리도 들리지 않았다. 머리를 다 말리고 나서 헤어드라이어의 선을 본체에 둘둘 말아 원래 있던 자리에 넣고, 바닥에 떨어뜨린 젖은 수건을 탁탁 털어 테이블 의자에 걸쳐 널고, 텔레비전을 켜서 길고 긴 케이블 채널을 한 바퀴 돌아 처음 채널로 돌아올 때까지 인택은 모습을 드러내지 않았다.

현주는 자리에서 일어나 부엌으로 갔다.

"뭐 좀 도와줘?"

인택은 현주에게 등을 보인 채 식탁 앞에 서 있었다.

"뭘 그렇게 오래……."

여행용 보스턴백이 보였다. 식탁 위에 덩그러니 올라

앉아 입을 쩍 벌린 가방 주위에, 아마도 가방에서 꺼낸 것으로 보이는 라면 한 개가 있었다. 달랑 라면 한 개. 그것 말고는 아무것도 없었다. 현주가 샤워를 한참이나 하고 나와 머리를 다 말리고, 케이블 채널을 처음부터 끝까지 한 바퀴 돌릴 동안 인택이 한 일이라곤 가방을 식탁 위에 올려놓고 거기서 라면 한 봉지를 꺼낸 것이 전부였다.

그동안 정리한 게 라면 한 봉지야?

현주의 마음이 순식간에 싸늘하게 식었다. 생각할 틈도 없이 짜증이 툭 튀어나왔다.

"나더러 먼저 씻으라며? 짐 정리 하신다며? 여태 라면 한 봉지 정리하시느라 완전 힘들었겠네."

인택이 움찔하는 것 같았다. 그럼 그렇지, 제 버릇 남 줄까. 현주는 인택을 밀쳤다.

"저리 비켜. 하기 싫음 싫다고 하지. 가방 앞에 멍청하게 서 있으면 가방이 저절로 정리된대? 가방 정리도 하기 싫은 사람이 여행은 왜 왔어!"

현주는 가방을 거칠게 열어젖혔다. 아무렇게나 쑤셔 넣은 물건들이 뒤죽박죽 뒤섞인 꼴을 보니 더욱 화가 났다. 식은 마음에 화르륵 불길이 옮아 붙는 기분이었다.

"멍청하게?"

인택이 말했다.

"지금 나한테 멍청하다고 했어?"

현주가 뒤를 돌아보았다.

인택이 나지막한 목소리로 다시 한 번 물었다.

"멍청하다고 했냐고!"

현주는 잠시 할 말을 잊었다.

인택의 얼굴이 너무나 낯설었다.

웃는 것도 찡그린 것도 아닌, 이전에 한 번도 본 적이 없는 이상한 표정이었다. 거기 서 있는 남자는 1년 반 동안 연애를 하고, 결혼을 해서 3년이나 함께 산 그녀의 남편이 아니었다. 쿵쿵쿵. 거친 발소리가 울렸다. 현주는 무슨 일이 벌어지는지 깨닫기도 전에 머리채를 잡혀 거실로 끌려나왔다. 거실 바닥에 나동그라진 후에야 머리가 통째로 뽑혀나가는 듯한 통증이 느껴졌다.

"이⋯⋯."

인택 씨, 라고 부르려고 했지만 인택의 발이 더 빨랐다. 현주의 아랫배에서 퍼억 소리가 났다. 눈앞에서 폭죽이 터지며 머릿속이 새하얘졌다. 퍼억. 퍼억. 폭죽이 연거푸 터졌다. 현주는 무의식적으로 인택의 발을 붙들었다.

"놔."

인택이 말했다. 짧은 한 음절. 힘 있고 분명한 발음이었다. 현주는 고개를 들어 그를 올려다보았다. 아까의 낯선 표정은 웃는 얼굴에 조금 더 가까운 표정으로 미묘하게 달라져 있었다. 순간, 현주는 정신이 번쩍 들었다.

도망가!

머릿속에서 요란하게 경고음이 울렸다. 왜 그런 생각이 들었는지 따지는 건 나중 일이었다. 일단은 달아나야 했다. 지금 도망가지 않으면 안 된다! 현주는 재빨리 일어났다. 심장이 미친 듯이 뛰었다. 숨을 쉴 때마다 뱃속이 뒤틀렸다.

인택이 앞을 막아섰다.

어디 가려고? 인택의 차가운 눈이 말했다. 사냥감을 눈앞에 둔 육식동물의 눈동자였다. 흥분과 기대로 번들번들 빛나는 두 눈 속에 후들거리는 다리로 겨우 선 현주의 모습이 선명하게 비쳤다.

"내가 늘 우스웠지? 지금도 우스워?"

인택이 말했다.

현주는 덜덜 떨었다.

인택이 발로 걷어찬 아랫배 근처에서 느껴지는 통증은 불로 지진 듯 뜨거웠지만, 뱃속 깊은 곳에서 울렁이며 다가오는 무언가는 견딜 수 없이 차가웠다. 남편은 자기를 우습게 본 마누라를 혼내주려는 것이 아니었다. 실컷 두들겨 패서 찍소리도 못하게 만들겠다는 게 아니었다.

"왜…… 왜 이래……."

인택이 왜 이러는지는 궁금하지 않았다. 그런 것을 궁금해 할 여유 따위는 없었다. 현주는 그저 잠시라도 시간을 벌고 싶었다. 생각할 시간이 필요했다. 생각을 해, 생각을! 주차를 어디다 했더라? 마지막으로 운전을 해본 게 언제였지? 아니야, 할 수 있어. 할 수 있을 거야! 차 열쇠는? 차 열쇠는 나중에 생각해. 중요한 건 그게 아니야. 생각을 해, 최현주! 일단은 이 방에서 달아나야 해. 여기서 나가는 게 먼저야. 빨리 달릴 수 있을까?

현주는 절망적으로 인택을 바라보았다. 그는 현주보다 키가 15센티미터나 더 컸고, 몸무게는 25킬로그램이나 더 나갔다. 그리고 현주를 죽일 생각이었다. 그런 그를 뚫고 방에서 나갈 수 있을까?

인택이 히죽 웃었다.

긴장이 살짝 풀린 찰나의 기회를 놓치지 않고 현주는 뒤를 돌아 부엌으로 뛰어들었다. 무작정 문으로 달아나는 것보다 더 나은 방법을 생각해낸 것이다. 현주는 초인적인 속도로 싱크대 서랍을 열었다. 있다! 거기에 있었다. 과도와 식칼이 한 개씩, 현주가 있을 거라고 생각한 바로 그 자리에 있었다. 오른쪽 엄지에 선득한 느낌이 들었다. 급하게 움켜쥐느라 칼날이 살을 파고들었지만 지금은 손가락 따위에 신경 쓸 때가 아니었다.

"비, 비켜!"

어느새 따라온 인택이 바로 코앞에 있었다. 현주는 양손에 든 칼을 앞으로 내밀었다.

"비키라구!"

인택의 얼굴이 벌겋게 달아올랐다. 핏발 선 두 눈은 바라보는 것만으로도 무엇이든 두 동강 내버릴 것 같았다. 현주는 무서워서 정신이 나갈 지경이었다. 칼에 베인 엄지에서 피가 뚝뚝 떨어졌다.

"제발 좀 비키란 말이야!"

인택이 마지못해 한 걸음, 다시 한 걸음 뒤로 물러났다. 인택이 물러나는 만큼 현주는 앞으로 나아갔다. 문이 조금씩 가까워졌다. 현주는 인택의 움직임을 주시하며 문을 곁눈질했다. 칼을 든 채 문을 열 수 있을까? 일단은 놓지 말고 그대로 열어보자. 문손잡이는 흔히 보는 둥그런 형태였다. 만약에 잘 안 열리면 그때는 왼손에 든 과도를 포기하자. 이게 더 작으니까. 내가 나가면 포기할까? 포기하지 않으면? 식은땀으로 흥건해진 손바닥에서 자꾸만 미끄러지려는 칼을, 현주는 더욱 힘주어 움켜쥐었다. 쫓아올 거야. 쫓아온다고 생각해야 해. 쫓아올 게 분명해. 못 오게 하려면 어떻게 해야 하지? 나보다 다리도 더 긴데, 계단으로 쫓아와 뒤에서 밀면 어떡하지? 뒤를 보면서 계단을 내려가야 하나? 그러다 발을 헛디디면? 아니야, 조심해서 내려가면 안 그래. 어차피 여기서 나가는 길은 계단뿐이야. 조건은 똑같아. 그러니까 조심만 하면 되는 거야. 침착하게 계단을 내려가서 주인집으로 뛰어가자. 주인집에 가면 돼. 잠귀가 밝다고 했어. 잠귀가 밝으니까 나가면서부터 소리치면 돼. 그러면 일어날 거야. 남자는 덩치도 컸어. 그 사람들이 보는 앞에서도 날 죽이겠다고 덤비진 못할 거야. 그러니까 여기서 나가서 계단을 내려가기만 하면 돼. 할 수 있어, 최현주. 그정도는 얼마든지 할 수 있어. 도와줄 사람들이 있어. 주인 부부가 있다고, 그 사람들에게 도와달라고 하면…….

퍽 소리와 함께 현주의 생각이 산산이 흩어졌다.

인택이 던진 꽃병이 정확히 현주의 머리를 맞추고 박살났다. 현주는 그대로 엉덩방아를 찧었다. 인택이 번개같이 달려와 그녀를 깔고 앉았다. 육중한 몸으로 누르자 현주는 꼼짝도 할 수 없었다. 인택은 왼손으로 현주의 오른손을 움켜쥐고, 오른쪽 무릎으로 현주의 왼손을 찍어 눌렀다. 무릎에 눌린 왼손은 거의 부러질 지경이었다.

쾅.

고막에서 쇠망치 소리가 터졌다. 인택이 오른쪽 주먹을 현주의 얼굴에 내려꽂은 소리였다. 단 한 번에, 현주는 정신이 아득해졌다. 쾅. 두 번째 망치 소리가 터지자 현주는 팔과 다리의 힘을 스르륵 잃었다. 코에서 뜨거운 피가 흘러나와 이마에서 뺨을 타고 흘러오던 피와 섞였다.

인택은 축 늘어진 현주 위에서 몸을 일으켰다. 부어올라 반쯤 감긴 현주의 눈에, 자신을 내려다보는 남편의 모습은 꿈속의 괴물처럼 일그러져 보였다. 괴물이 긴 팔을 뻗어 머리카락을 잡는 것이 어렴풋하게 느껴졌다. 온몸이 너무 아팠다. 고통이 촘촘한 그물처럼 온몸을 파고들었다. 고통이 수천 마리의 쥐 떼처럼 온몸을 갉아댔다. 너무 아픈 몸뚱이가 괴물이 틀어쥔 머리카락을 따라 인형처럼 끌려 일어났다. 낡을 대로 낡아 군데군데 구멍이 나고 솜이 삐져나온 헝겊인형. 그 늘어진 손끝에 뭉툭한 나무토막이 닿았을 때, 현주는 기적적으로 정신을 차렸다. 현주의 본능은 있는 힘을 다해 그것을 움켜잡았다. 움켜쥔 손을 뻗어 망설임 없이 인택의 배를 찔렀다.

"큭!"

인택의 입에서 짧은 비명이 터졌다. 동시에 그가 현주

의 목을 무서운 힘으로 졸랐다. 순식간에 눈앞이 흐려졌다. 현주는 입술을 피가 나도록 깨물었다. 잡은 칼의 손잡이를 쑥 당겼다가 힘껏 찔렀다. 뜨거운 액체가 현주의 손등에 튀었다. 그래도 인택의 손가락은 힘을 잃지 않았다. 그것은 더욱 깊이 파고들었다. 강력한 힘이었다. 사람의 손이 아니라 두꺼운 쇠줄 같았다. 현주는 칼을 빼고, 찌르고, 다시 빼고 또 찔렀다. 몇 번인지 셀 수도 없었다. 오직 살고 싶다는 일념만이 그녀를, 그녀의 팔과 손을 움직이게 했다. 아무것도 보이지 않고, 들리지 않고, 느껴지지 않았다. 그녀는 자신이 무엇을 하고 있는지조차 알 수 없었다.

마침내 인택의 손이 현주의 목에서 떨어졌다.

인택은 비틀비틀 무너졌다. 그는 잠시 생기가 사라져가는 눈으로 현주를 노려보다가, 자신의 상처에서 흘러내린 피 웅덩이 위에 철퍽 쓰러졌다. 천천히, 붉은 액체의 원은 조금씩 더 넓어졌다.

현주는 가쁜 숨을 몰아쉬었다. 목구멍이 타는 듯했고, 무릎도 다리도 남의 것을 빌려온 것처럼 전혀 힘을 쓸 수 없었다. 그러나 인택의 피가 번져나가는 바닥에는 앉을 수 없었다.

꿈이야. 현주는 생각했다.

이런 게 현실일 리 없잖아. 이런 일, 나한테 이런 끔찍한 일이 생길 리가 없어. 현주는 자신의 손을 내려다보았다. 핏물에 얼룩진 손은 아직도 칼 손잡이를 꽉 붙들고 있었다. 현주는 비명을 지르며 칼을 던져버렸다.

칼이 문에 부딪혔다가 바닥으로 퉁겨 떨어졌다.

번쩍. 번개가 쳤다. 눈앞의 모든 것이 하얗게 빛났다. 뒤를 이어 천지를 울리는 천둥소리가 났다. 그 소리에 놀라 현주는 털썩 주저앉았다. 엉덩이에 축축한 습기가 느껴졌다. 피! 현주는 감전이라도 된 것처럼 펄쩍 뛰어 일어났다.

비가 쏟아지기 시작했다.

현주는 창가로 다가갔다. 커튼을 젖히는 동안에도 손은 계속해서 떨렸다. 바람 소리와 빗소리가 온 숲을 찢어버릴 것만 같았다. 차라리 그랬으면. 현주는 저도 모르게 그런 생각을 했다. 차라리 다 떠내려가버렸으면!

현주는 차마 뒤를 돌아볼 용기가 없었다. 등 뒤에는 남편이 있었다. 그것도 죽은 남편이. 내 손에 죽은 남편이다. 정말 죽었을까?

정말 죽었을까?

인택의 무수한 거짓말과, 거짓말을 들키기 전까지의 능청스러운 태도가 떠오르자 등골이 서늘해졌다. 인택이라면 죽은 척하는 것 정도는 연기 축에도 못 들었다. 그는 얼마든지 그러고도 남는 사람이었다. 지금 실눈을 뜨고 이쪽을 보는 건 아닐까? 한 손으로 상처 난 배를 움켜쥐고 슬그머니 몸을 일으키고 있는 건 아닐까. 발소리를 죽이며 내 등 뒤로 다가와서 나머지 손으로 내 목을 움켜쥔다면? 내가 죽은 줄 알았어? 너 같은 건 한 손만 있어도 돼.

"으아악!"

현주는 비명을 지르며 몸을 홱 돌렸다.

그러나 거기엔 아무도 없었다. 여전히 핏물 웅덩이에 엎드린 인택이 아까와 똑같은 자리에 있었다. 그는 확실히 죽은 게 분명했다. 죽어버렸다.

아침부터 이상하게 바삐 서둘던 남편은, 머뭇거리며 서프라이즈 주말여행을 가는 길이라고 말했던 남편은, 진짜 근사한 펜션을 찾으려고 온갖 인터넷 사이트를 다 뒤진 끝에 푸른숲 펜션을 골라서 그녀를 데려온 남편 양인택은 죽어서 쓰러진 채 더는 움직이지 않았다.

현주는 벽에 등을 대고 스르르 주저앉았다.

"이제 어떻게 하지?"

현주가 물었다.

아무도 대답하지 않았다.

그 순간, 전기가 나가버렸다.

현주는 암흑 속에 그대로 앉아 있었다.

당장 눈앞의 참상을 볼 수 없으니 오히려 나았다. 잠이 왔다. 이런 상황에서 잠이 온다는 게 우스웠지만, 견딜 수 없는 잠의 무게가 머리를 짓눌렀다. 현주는 양 무릎을 세워 두 팔로 끌어안았다. 온통 터진 입안이 쓰라렸다. 열 손가락은 관절마다 욱신거리고, 칼에 벤 오른손 엄지는 달군 쇠로 지지는 것 같았다. 인택이 주먹질을 한 얼굴 왼쪽은 숯등걸을 매단 듯 뜨겁고 무거웠다.

머리에선 여전히 쇠망치 소리가 들렸다. 아까처럼 고막을 바로 내리치는 소리가 아니라, 수십 개의 쇠망치가 동시다발로 머릿속 구석구석을 두드려대는 것 같았다.

그런데도 졸음이 왔다. 잠깐이라도 좋으니 모든 것을 잊고 그저 자고 싶었다. 눈꺼풀이 스르르 내려앉았다. 머릿속에 울려 퍼지는 쇠망치 소리가 조금씩 멀어지고 공기 중에 뜨겁게 묻어나는 역겨운 피 냄새가 천천히 흐릿해졌다. 온몸의 통증이 나른한 잠의 물결 속에서 모래성처럼 녹아내렸다.

바로 그때였다.

똑똑.

누군가 문을 노크했다.

현주의 심장이 덜컹 내려앉았다. 잠이 화들짝 놀라 달아났다.

"손님, 주무세요?"

주인 여자였다.

뭐라고 대답하지? 잔다고 할까? 자는 척 대답하지 말까? 아니야, 대답을 하지 않으면 더 이상하게 생각할지도 몰라. 어떻게 하지? 저 여자가 문을 열어서 이걸 다 보게 되면? 인택의 위협을 받았을 때는 유일한 생명줄처럼 생각했던 주인 부부가, 지금 이 순간 현주를 위협하고 있었다.

끼……이……이…….

동그란 문손잡이! 어둠 속에서 아무것도 보이지 않았지만, 그것은 분명 문손잡이가 천천히 돌아가는 소리였다. 주인 부부가 나간 후 문을 잠근 기억이 없다는 사실이 그제야 떠올랐다.

"저기요……."

열린 문틈으로 오렌지색 불빛이 새어들며 주인 여자가 빠끔히 고개를 내밀었다. 현주는 그저 속수무책으로 바라만 보았다.

"죄송해요. 갑자기 정전이 돼서 놀라셨죠? 지금 우리

바깥양반이 발전기를 돌리고 있으니까, 금세 다시 들어올 거예요. 한 5분 10분 정도면 될 것 같은데, 그동안 화장실 가거나 하시려면 요걸 쓰시고요. 요놈이 그래도 아로마 향초랍니다. 일부러 분위기 잡는다고 촛불을 켜기도 하는데 잠깐만 참아주세요. 늘 있는 일은 아닌데 아무래도 산속에 있다 보니까, 천둥번개 이런 건 자연 재해잖아요. 어떻게 피할 수가 있……."

여자의 말이 뚝 끊어졌다.

여자는 들고 있던 촛불 램프를 높이 올렸다. 어스름한 불빛이지만 시체와 피를 보기에는 충분했다.

"아니, 이게 웬 난리야!"

여자가 소리를 꽥 질렀다.

이제 사건은 피해자, 가해자, 증거에 더해서 증인까지 갖추게 되었다. 현주는 꿈결처럼 생각했다. 펜션을 향해 터지는 기자들의 플래시를 배경으로 마이크를 든 리포터가 보였다.

"이곳이 바로 끔찍한 살인사건이 일어난 현장입니다. 사건 피의자 최 모 씨는 남편 양 모 씨가 먼저 자신을 살해하려 했으며, 자신은 단지 정당방위였을 뿐이라고 주장하고 있지만 누가 그 말을 믿겠어요? 말이 되는 소리를 해야지. 서프라이즈 주말여행까지 계획한 착한 남편이 갑자기 돌변해서 부인을 죽이려고 했다는 걸, 너 같으면 믿을래? 아, 사건의 중요한 증인이신 펜션 주인아주머니가 마침 오시네요. 한 말씀 해주시겠어요?"

"그날 밤에 태풍이 온다고 해서 날씨가 장난이 아니었잖아요. 비 오고 천둥 치고, 그러다가 정전이 된 거예요. 우리는 발전기가 있어서 금방 복구가 되지만서도 아 또, 우리가 워낙 서비스 정신이 투철해서 촛불을 갖다주러 갔거든요. 그래도 그게 아로마 향초였답니다. 우린 싸구려는 안 쓰거든. 그랬더니 아 글쎄, 그 아줌마가 자기 남편을 피떡을 만들어놨더라니까요. 사방 천지에 온통 피칠갑에, 아이구 얼마나 놀랐는지 몰라. 아주 십년감수했어요. 이런 거 피해보상은 어디서 안 해주나?"

"최 모 씨가 정당방위로 그랬다는 말을 믿으세요?"

"아이구, 그런 말을 누가 믿어! 죽은 사람은 말이 없으니까 그 아줌마가 홀라당 덮어씌우는 거지."

현주의 눈앞에 자신의 사진이 커다랗게 1면을 장식한 신문들이 펄럭거렸다. 수의를 입은 자신이 쇠고랑을 차고 법정으로 끌려들어가는 모습도 보였다. 냉혹한 얼굴의 판사와 이미 그녀가 유죄라고 확신하는 검사가 칼날 같은 눈으로 바라보는데도, 변호사는 그저 떨떠름한 표정만 짓고 있었다. 증인이 나왔다.

펜션 주인 여자가 현주를 손가락질하며 말했다.

"아니, 방을 이렇게 엉망으로 해놓으시면 어떡해요."

현주는 퍼뜩 정신이 들었다.

뭐라고?

"이런 식으로 하시려면 욕실에서만 가능하다고, 예약할 때 우리 아저씨가 말 안 해줬어요?"

현주는 도대체 무슨 말인지 이해할 수 없었다. 이런 식으로 하시려면? 이런 식이란 게 뭐지? 욕실에서만 가능하다고? 뭐가? 예약할 때 아저씨가 말해줬다? 무슨 말을? 무슨 말을 했다는 거지?

그때 다시 전기가 들어왔다. 환한 불빛 아래 모든 것이 드러났다. 주인 여자가 촛불 램프를 내던지듯 탁자에 놓았다.

"아이구, 아이구 내가 못 살아! 이거 얼마나 공을 들인 인테리언데, 이거 진짜 나무 마루란 말이에요. 나무무늬 장판 같은 게 아니라구요. 이거 이거, 닦아지려나 모르겠네. 저거 화이트 가구에도 저렇게 피를 많이, 어머나! 꽃병도 깨셨네. 아니, 이 꽃병 제가 얼마나 발품을 팔아서 고른 건지 알기나 하세요? 이렇게 난장판을 만들 거였으면 처음부터 말씀을 하셨어야지, 그러면 깨지는 물건 같은 건 알아서 저희가 치워드렸을 거 아니에요."

여자는 제 가슴을 치다가 엉망이 된 현주의 얼굴을 힐 끔 보고는 쯧쯧 혀를 찼다.

"손님도 참 대단하시네. 아 쉬운 방법 다 놔두고 어쩜 이렇게 큰일을 벌이셨대? 여자치고 참 간도 크시네. 일 단 여기부터 치우고 내가 약 좀 챙겨드릴게. 그런데 아이 구 이 마루 어떻게 하나, 이거. 원목으로 깔지 말걸. 처음 부터 내가 그냥 요새는 좋은 장판도 많으니까, 왜, 진짜 나무 느낌 나는 그런 거 말이에요. 그런 걸로 깔자고 했 더니 우리 아저씨가 그러면 격이 떨어진다고 우겨서 원 목으로 깔았는데 이거 참, 다 스며들어서 어쩜 좋아. 피 얼룩이 여간 독한 게 아니거든요. 사람 피란 게 독해, 독 해! 전에도 한번 이런 손님이 있어서 진탕 고생을 했는 데, 뭐 다른 손님 얘기야 할 필요는 없지만서도. 이거 이 거, 진짜로, 제대로 지워지려나 모르겠네. 가능하면 지 워보겠지만, 안 되면 새로 까는 값까지 계산해주셔야 해 요. 그때 그 손님은 미안하다고 웃돈까지 줬어요. 뭐 내 가 꼭 뭘 더 얹어서 달라는 건 아닌데, 아이구 어머니, 이 많은 일을 언제 다 해······."

현주는 멍하니 장광설을 늘어놓는 주인 여자를 쳐다 보았다. 여자는 주머니에서 핸드폰을 꺼냈다.

"어, 난데······ 응, 불이야 들어왔지. 근데 일 났어. ······

아, 방에서 일을 치셨네. 피바다를 만드셨어."

남편이 뭐라고 했는지 여자가 인상을 쓰면서 언성을 높였다.

"아, 그러니까 좀 올라오라고, 이 양반아."

탁. 여자가 핸드폰 폴더를 닫는 소리가 유난히 컸다. 전화를 끊은 여자는 다시 입을 열고 불평과 팔자타령을 시작했다. 그러나 현주는 그녀가 하는 말이 전혀 들리지 않았다. 머릿속이 쿵쿵 울렸다. 쿵쿵. 쿵쿵. 어디선가 들어본 소리였다. 인택의 발소리. 등 뒤로 빠르게 다가오는 발소리. 현주의 머리채를 휘어잡으려고, 휘어잡아서 질질 끌고 가려고, 질질 끌고 가서 발로 차려고, 발로 찬 다음 목을 조르려고 다가오는 소리! 경고음 경고음 경고음!

현주가 고개를 드는 순간, 주인 남자가 문 앞에 나타났다. 예의 무표정한 그 얼굴은, 구석에 서 있는 현주를 보는 순간 달라졌다. 그의 입에서 처음으로 말이 터져 나왔다.

"이, 이게 어, 어떻게 된 일이야!"

여자가 대답했다.

"아, 장사 하루이틀 해. 왜 이래 이 양반이."

"어, 어떻게 된 일이냐고 무, 묻잖아!"

남편이 다그칠수록 여자는 더욱 어리둥절한 얼굴이 되었다.

"어떻게 되긴, 늘 있는 일인데 방이 좀 개판이 된 거지."

남자의 얼굴이 순식간에 시뻘게졌다. 그는 성큼성큼 방 안으로 들어와 마누라의 팔을 세게 잡았다.

"나, 남자가 예약했단 말이야! 이 정신 나간 여편네야!"

주인 남자가 꽥 소리를 질렀다. 동시에 현주가 방 밖으로 뛰어나갔다.

"아줌마, 어디 가!"

현주는 미친 듯이 계단을 뛰어 내려갔다. 당장에라도 굴러 떨어질 것 같았지만, 한 번도 발을 헛디디는 일 없이 일 층까지 왔다. 현주는 온몸으로 출입문을 밀어젖혔다. 무서운 기세로 폭우가 쏟아지는 바깥으로.

깊은 산속. 푸른숲 펜션 전방 500m에서 우회전. 길고 어두운 외길. 아무도 없는 펜션. 육식동물의 눈빛. 이런 식으로 하시려면 욕실에서만 가능하다고 예약할 때 우리 아저씨가 말 안 해줬어요? 이렇게 난장판을 만들 거였으면 처음부터 말씀을 하셨어야지. 사람 피란 게 독해. 전에도 한번 이런 손님이 있어서 진탕 고생을 했는데. 그 손님은 미안하다고 웃돈까지 줬어요. 방에서 일을 치셨네. 장사 하루이틀 해. 늘 있는 일인데 방이 좀 개판이 된 거지. 남자가 예약했단 말이야. 전에도 한번 이런 손님이 있어서. 서프라이즈 주말여행. 내가 늘 우스웠지. 지금도 우스워. 남자가 예약했단 말이야. 서프라이즈 주말여행. 지금도 우스워. 남자가 예약했단 말이야.

현주는 망설이지 않고 빗속으로 몸을 던졌다.

도망가! 도망가야 해!

화염소녀 [火焰少女]

*

"너는 아주 특별한 아이란다."

어머니는 자주 그렇게 말했다. 언제부터인지 기억나지 않을 만큼 아주 어릴 때부터.

지금도 가끔, 꿈속에서 어머니의 목소리를 듣는다. 아니다. 그보다는 목소리로 된 꿈을 꾼다는 쪽이 정확한 표현이다. 꿈에서는 아무것도 보이지 않는다. 마치 내게 처음부터 눈이 없는 것처럼, 꿈속의 나는 소리만 듣는다. 시각이 존재하지 않는 완벽한 암흑. 그런데도 불편하거나 불안하기는커녕 오히려 더없이 편안하다. 너는 아주 특별한 아이란다. 다정하고 상냥한 목소리가 들려오면 끝없는 감각의 향연이 시작된다. 내 머리와 볼을 쓰다듬는 부드러운 손의 감촉, 뒤뜰에 가득한 꽃들 중 어느 것과도 닮지 않은 어머니의 기묘한 체취, 아버지의 서재에 가득한 오래된 책 냄새, 해질녘 부엌 창문으로 새어 들어오던 불그스름한 햇빛의 기분 좋은 따스함……

사랑스러운 기억의 조각들이 깃털처럼 떠도는 꿈속에서, 나는 어머니의 목소리를 듣는다.

*

우리 집은 방이 여섯 개나 있는 커다란 집이었다. 반들반들 윤기가 나는 넓은 마루와 세 개의 욕실, 열 명이 한꺼번에 앉을 수 있는 직사각형 식탁이 있는 부엌, 벽을 바르지 않고 창고로 쓰는 구석방은 셈에 넣지 않고 말이다. 이렇게 커다란 집에 어머니와 아버지와 나, 단 세 식구가 살았다. 그나마도 실제로는 어머니와 내가 단둘이 사는 거나 마찬가지였다. 아버지는 1년에 채 열흘도 집에 머물지 않았으니까.

아버지는 집에서 제일 큰 방을 서재로 썼다. 사방 벽에 바닥부터 천장까지 꼭 맞게 짜 넣은 책장에는 여러 나라의 언어로 쓰인 수많은 책이 빼곡히 꽂혀 있었다. 그러고도 책장에 자리를 얻지 못한 책들이 여기저기에 높다란 무더기를 몇 개나 이룰 정도로 아버지의 장서는 규모가 엄청났다. 보통 사람이라면 평생을 읽어도 다 읽지 못할 양이었다. 나는 아버지가 왜 읽지도 않는 책을 쌓아두는 건지 궁금했다.

"아버지는 책을 쓰신단다, 한나야."

책을 쓰는 사람의 서재니까 책이 많은 것이 당연하다고, 어머니가 말했다.

"아버지는 여행에 대한 책을 쓰셔. 사람들은 여행을 좋아하지만 가고 싶은 만큼 가는 사람은 그리 많지 않단다. 낯설고 먼 곳으로 떠나려면 굳은 마음가짐과 건강한 몸. 거기다 적지 않은 돈까지 필요하거든. 그래서 새로운 풍물과 경이로운 자연을 책으로나마 접할 수 있도록 도와주는 사람이 있어야 해. 또, 여행을 가는 사람도 준비를 철저히 해야 한단다. 그런 사람에게는 여행지에서 즐길거리와 조심할 일을 상세히 알려주는 책이 꼭 필요하지 않겠니? 아버지의 일은 이런 사람들을 위해 먼저 여행을 하고 그걸 책으로 쓰는 거란다. 가지 못하는 이들에게는 마치 자신이 직접 체험한 듯 생생한 이야기를 전달해주고, 떠나는 이들에게는 필수 정보를 제공하는 거야. 아버지는 아주 성실하게 일하시는 분이고, 아버지가 하시는 일은 대단히 훌륭한 일이지. 어떠니, 한나야? 아버지는 정말 존경스러운 분이지?"

그것이 어머니의 결론이었다. 아버지가 한 해의 대부분을 먼 곳에서 보내는 이유도 모두가 그 '대단히 훌륭한 일'을 위한 것이므로, 어머니와 내가 당신을 이해하고 기다려드리는 것이 당연하다고 했다.

"그러니까 아버지가 몹시 보고 싶어도 꾹 참아야 해. 그럴 수 있지, 우리 한나?"

나는 거기에 담긴 어머니의 마음을 느낄 수 있었다. 그 마음은 한없이 다정하고도 보드라웠으나, 사실 나는 꾹 참을 만큼 간절히 아버지를 그리워해본 적이 전혀 없었다.

나는 아버지가 그립지 않았다. 아버지는 내게 언제나 손님 같은 사람이었다. 가끔 우리 집을 찾아와 사나흘을 지내다 훌쩍 떠나버리는 사람. 내가 태어난 이후로 늘 그래왔기에 그것이 이상하다는 생각도 들지 않았다. 내겐 그런 아버지를 보고 싶어 할 이유가 없었다. 집 안 여기저기에 사진이 많았지만 아버지의 얼굴은 매번 낯설기만 했다.

　나를 대하는 아버지의 태도도 나의 그것과 크게 다르지 않았다. 집에 머무를 때도 아버지는 내내 서재에 틀어박혀 있다가 식사 때만 모습을 보였다. 그 짧은 시간이 내가 아버지와 얼굴을 마주할 수 있는 유일한 기회인데, 그나마도 의례적인 인사를 빼고는 대화라고 부를 것도 없었다.

　"한나 좀 봐요. 많이 컸죠?"

　어머니는 일부러 아버지 쪽으로 나를 슬쩍 밀었다. 그러면 아버지는 마지못해 고개를 끄덕이며 내 머리를 쓰다듬는 시늉을 했다. 그건 말 그대로 시늉일 뿐이어서, 다섯 번에 한 번도 제대로 내 머리를 만지지 않았다. 아버지의 손은 허공에서 잠시 머뭇거리다 이내 주머니 속이나 등 뒤로 달아나버렸다.

　나는 알고 있었다. 아버지를 그리워하는 사람은 내가 아니라 어머니였다. 아버지가 하는 일이 얼마나 훌륭한지 내게 말해줄 때마다 어머니의 얼굴을 푸르스름하게 물들이는 쓸쓸함. 보고 싶어도 꾹 참으라는 말은 내가 아닌 어머니 자신에게 하는 당부였다. 그래서 나는 언제나 어머니를 대신해 씩씩하게 대답했다.

　"예."

착한 아이답게 생글생글 웃으면서.

그것이 내가 어머니를 위로하는 유일한 방법이었다. 그것 말고는 어머니를 위해 할 수 있는 일이 없었다. 방이 여섯 개나 되는 커다란 집에 갇힌 나의 어머니. 보고 싶은 사람을 하염없이 기다리기만 해야 하는 어머니가 어린 마음에도 너무나 불쌍했다. 그래서 나는 내가 할 수 있는 일을 하려고 최선을 다했다.

왜냐하면 바로 내가, 어머니를 여기에 가뒀으니까.

보통 사람의 몸속에 외부의 침입에 맞서 싸우는 강력한 군대가 있다면, 내 몸속에는 무기를 어떻게 쓰는지 잘 알지도 못하는 병사가 겨우 한두 명밖에 없다고 했다. 이런 아이들은 대부분 어머니 뱃속에서 죽는다는데 불행히도 나는 살아서 태어났다. 어머니는 유난히 잘 울고 열이 쉽게 오르는 아기였던 나를 병원에 데려갔다가 이 사실을 알게 되었다.

어머니는 아버지만큼이나 여행을 좋아하는 사람이어서 내가 태어나기 전까지 아버지의 여행에 언제나 동행했다고 했다. 그러나 임신과 출산은 여행 중에 하기에는 너무 벅찬 일이라 나를 가진 어머니는 한동안 함께 떠날 수 없게 되었다. 답답하고 외로웠지만 기다릴 수 있었다. 시간이 지나 갓난아기가 제 발로 걸을 수 있을 만큼만

자라면 셋이서 여행을 떠날 거라고 생각했으니까.

병원에서 돌아온 날 이후로 모든 희망이 사라졌다. 어머니는 다시는 여행을 갈 수 없게 되어버렸다. 내게는 집 앞 공원으로의 산책도 치명적인 위협이 될 수 있었다. 장난감이 있어야 할 아기 방에는 약병이 쌓였다. 병든 아기와 함께 집 안에 갇힌 젊고 아름다운 어머니를 뒤로 하고, 아버지는 혼자 여행을 떠났다. 아버지는 '대단히 훌륭한 일'을 그만둘 수 없었다.

어머니는 가끔 하던 일을 멈추고 먼 곳을 바라보곤 했다. 어딘가 먼 곳, 지난 기억 속의 어떤 낯선 곳. 아버지와 함께했던 여행의 어느 날을, 어머니는 바라보는 것이었다. 나는 평소에도 당신이 아주 아름답다고 생각했지만 그럴 때의 어머니는 평소보다 훨씬 더 아름다웠다. 특히 당신의 눈이. 긴 속눈썹 아래 커다랗고 맑은 검은 눈동자가 그 순간만큼은 검은색이라고 부르기 힘든, 뭐라고 부르면 좋을지 도무지 알 수 없는 오묘한 빛으로 변했다. 나는 두려웠다. 어느 순간 어머니의 몸이 연기처럼 흩어져버릴 것 같았다. 어쩌면 어머니는 그쪽을 더 원하는지 모른다는 생각도 들었다. 바람을 타고 아버지에게 날아갈 수 있도록. 하지만 그런 일은 일어나지 않았다. 어머니는 언제까지나 그 자리에 서 있을 뿐이었다. 그러면 두려움은 슬픔으로 변했다.

내가 없다면 좋을 텐데. 나는 그렇게 생각했다. 나만 없다면, 나만 태어나지 않았더라면, 또는 나보다 건강한 다른 아이가 어머니의 아이로 태어났더라면 어머니가 저렇게 슬퍼하지 않아도 되었을 텐데.

정말 이상한 일이었다. 내가 그렇게 생각할 때마다 어머니는 마치 내 생각을 듣기라도 한 것처럼 나를 돌아보았다. 언제 그랬냐는 듯 활짝 웃으며 내게 다가와 힘껏 안아주었다.

"우리 한나, 우리 공주님."

어머니의 몸에서 달콤한 꽃향기가 났다.

"너는 아주 특별한 아이란다. 세상 누구와도 바꿀 수 없어."

아주 특별한 아이.

'특별'이라는 단어도 너무 어려운데 그 앞에 '아주'까지 붙어 있으니, 나로서는 도저히 뜻을 짐작할 길이 없었다. 하지만 좋은 뜻인 것만은 분명했다. 어머니의 웃는 얼굴이, 노래하는 듯한 목소리가 증거였다.

나는 어머니의 목을 꼭 끌어안으며 생각했다. 아버지는 바보이거나 제정신이 아니라고. 이렇게나 아름답고, 이렇게나 달콤한 목소리를 가졌고, 이렇게나 좋은 향기

가 나는 어머니를 두고 어딘가 먼 곳에서 지내고 있을 아버지를 이해할 수 없었다.

어머니 같은 사람과 함께 지내는 것보다 더 훌륭한 일이 있다니, 도대체 말이나 되는 소리인가.

*

"우리 공주님, 이제 그만 일어나야지."

일곱 살 생일날 아침이었다. 나는 눈을 감은 채 이불 속으로 더 깊이 파고들었다. 내게는 정해진 기상 시간이 없었다. 언제나 자고 싶은 만큼 자고, 잠에서 깨더라도 있고 싶은 만큼 침대에 머물러도 좋았다. 아침 일찍 아버지가 집에 왔다거나, 시간에 맞춰 먹어야 하는 약을 받아온 드문 경우에만 어머니가 나를 깨우러 왔다.

그날 아침에는 새 약도 없었고 아버지도 오지 않았다. 아버지가 오는 날이면 부엌이 이른 시간부터 부산스러운데, 그날은 평소처럼 조용했다. 아니, 평소와는 다른 소리가 있었다. 끼잉. 낯선 소리에 귀가 번쩍 뜨였다.

나는 살짝 눈을 떴다. 바구니를 안고 있는 어머니가 보였다.

"선물이야."

어머니가 내게 바구니를 내밀었다.

"생일 축하해."

부드럽고 도톰한 천을 깐 바구니 속에 하얗고 조그만 것이 있었다. 그것의 반짝반짝 빛나는 새까만 눈동자가 나를 올려다보았다. 나는 자리에서 벌떡 일어났다. 너무 놀라고 기뻐서 말이 나오지 않았다.

바구니 속으로 손을 넣었다. 새하얀 털이 손끝에 닿았다. 마치 구름 속에 손을 넣는 기분이었다. 나는 따뜻한 솜구름 한 덩이를 바구니에서 조심스럽게 꺼냈다. 나도 일곱 살치고는 몸집이 작았지만 녀석은 더 작았다. 내 좁은 가슴에 폭 안길 만큼 정말로 조그만 강아지였다.

"얘 이름은 뭐예요?"

"아나이스."

어머니가 대답했다.

나는 고개를 들어 어머니의 얼굴을 보았다. 기쁜 듯이 웃는 얼굴 같기도 하고, 아버지가 보고 싶어도 꾹 참으라고 말할 때처럼 슬픈 얼굴 같기도 했다. 도무지 무슨 생각을 하는지 알 수 없는 얼굴에서 아주 조금, 기쁜 쪽으로 기운 표정을 지으며 어머니가 다시 한 번 말했다.

"그 애 이름은 아나이스란다, 한나야."

아나이스.

그 이름은 마법의 주문이었다. 아나이스는 분명히 어느 먼 나라의 마법사가 신비한 힘으로 만들어낸 존재가 틀림없었다. 나는 그렇게 사랑스러운 것이 세상에 존재한다는 사실을 그날 처음으로 알게 되었다.

아나이스와 함께 사는 건 정말로 멋진 일이었다. 잠에서 깨어나도 이리저리 뒹굴기만 하던 아침이 달라졌다. 코와 뺨이 축축해질 때까지 핥아대는 아나이스의 아침 인사를 받으면 일어나지 않고는 배길 수 없었다.

"그만해, 아나이스!"

내가 고개를 이리저리 돌릴 때마다 아나이스도 재빨리 방향을 바꾸어 다시 얼굴로 달려들었다. 아나이스는 그만하라는 내 말이 진심이 아니란 걸 잘 알고 있었다.

우리는 하루 종일 떨어질 줄 모르고 붙어 다녔다. 내가 어머니와 마주 앉아 아침을 먹을 때면, 아나이스는 내가 앉은 식탁의자 바로 아래에서 자기 몫의 아침밥을 먹었다. 아나이스는 하루에도 몇 번씩 삑삑 소리가 나는 고무공을 물어 와서 놀아달라고 졸랐지만, 내가 어머니와 함께 책을 읽을 때면 얌전하게 내 발치에서 기다릴 줄도 알았다. 우리는 거실의 한 벽을 차지하는 커다란 통 유리창 앞에 나란히 앉아서 함께 해바라기를 했고,

어머니가 가져다주는 간식을 사이좋게 나눠 먹었다. 이윽고 하루가 저물어 잠자리에 들 시간이면 아나이스는 망설임 없이 내 품을 파고들었다.

아나이스가 오기 전까지 나는 어머니와 둘이 사는 우리 집이 너무 크다고 생각했다. 아나이스와 함께 뛰어다니게 되자 집은 넓어서 더 좋은 놀이터가 됐다. 더는 전처럼 황량하고 텅 빈 곳으로 느껴지지 않았다. 아나이스가 오기 전까지 나는 어머니와 둘이 보내는 하루가 너무 길다는 생각을 자주 했다. 아나이스는 언제 그런 생각을 했는지조차 잊게 해주었다.

귀여운 아나이스. 사랑스러운 아나이스. '아나이스'라는 이름은 아나이스에게 딱 어울리는 멋진 이름이었다. 수많은 강아지와 수많은 고양이가 나오는 수많은 동화책을 읽었지만 어디에도 '아나이스'라는 이름을 가진 강아지나 고양이는 없었다. 바둑이, 멍멍이, 보리, 쿠키, 토토, 콩이, 뭉치……. 나는 그런 흔한 이름은 아나이스에겐 처음부터 어울리지 않았다는 걸 깨달았다. 아나이스는 특별했다. 세상에서 하나뿐인 강아지였다.

"당연하지."

내 생각을 말했을 때, 어머니는 대번에 맞장구를 쳐주었다.

"우리 한나처럼 특별한 아이에게 평범한 강아지는 어울리지 않지, 아무렴."

어머니가 처음 아나이스를 데려왔을 때 그 애가 정확히 몇 개월 된 강아지였는지는 알 수 없었다. 분명한 건 몇 개월째였든지 같은 종 같은 나이의 어느 강아지와 비교해도 아나이스의 몸집이 훨씬 작았으리라는 사실이다.

아나이스는 태어날 때부터, 아니 어쩌면 어미 뱃속에서부터 다른 강아지들과 달랐다. 물론 겨우 일곱 살밖에 되지 않은데다가 그림이 아닌 실제 강아지를 처음 본 내가 그 사실을 알 리 없었다. 나 자신에게 문제가 있다는 것은 알았지만 강아지도 나와 같은 문제를 가질 수 있다는 것까지는 생각할 수 없었으니까. 그로 인해 처음으로 가져본 '친구'를 잃게 되리라는 상상은 당연히 하지 못했다.

아나이스는 2년도 살지 못하고 죽었다.

어머니는 나를 뒤뜰로 데리고 갔다.

나는 늙은 감나무 아래에 작은 구덩이가 생기는 모습을 지켜보았다. 어머니는 지난밤 비로 축축해진 흙을 파서 구덩이를 만들었다. 아나이스가 처음 우리 집에 왔을 때 담겨왔던 바구니가 내 발치에 놓여 있었다. 그 안에 든 것은 더는 움직이지 않는 아나이스였다.

작은 요람은 작은 관이 되었다. 나는 그제야 아나이스가 처음 보았을 때와 비교해서 그다지 자라지 않았다는 걸 깨달았다. 마치 나처럼. 아나이스가 처음 우리 집에 왔을 때 일곱 살이었던 나는 이제 아홉 살이 되었지만, 매일 거울 속에서 내 쪽을 마주 보는 여자아이는 일곱 살이라 해도 누구나 믿을 만큼 작았다.

어머니가 내 손을 잡았다. 어머니는 잡은 손을 끌어당겨 아나이스의 죽은 몸을 만져보게 했다. 체온을 잃은 몸에 닿은 순간, 나도 모르게 손을 움츠렸다.

"동물이든 사람이든 죽으면 이렇게 된단다."

어머니가 말했다.

나는 아나이스를 사랑했다. 하지만 거기에 있는 그 애는 내가 사랑하는 아나이스가 아니었다. 아나이스의 모습을 하고 있을 뿐 더 이상 아나이스는 아니었다. 그저 하나의 죽음일 뿐.

어머니는 죽어서 차가워진 아나이스를 구덩이 안에 내려놓았다. 그게 다였다. 아나이스의 몸 위에 흙을 덮어 구덩이를 메우지 않았다. 나는 그전에 무언가를 땅에 묻은 적이 없었는데도, 구덩이를 메우지 않는 것이 이상하다는 생각이 들었다.

"자, 그만 들어가자."

어머니가 내 어깨에 손을 내려놓으며 말했다. 나는 입을 다물었다.

뒤를 돌아보지 않고 집 안으로 들어갔다.

아나이스가 죽은 지 열흘째 되는 날이었다. 어머니를 따라 뒤뜰로 통하는 문을 열고 밖으로 한 걸음 내딛자마자 지독한 악취가 확 풍겨왔다.

"자, 아나이스를 보렴."

어머니가 구덩이를 메우지 않은 데는 이유가 있었다.

나는 토했다.

그 위에, 어머니가 아나이스라고 부른 끔찍한 거짓말 위에 토했다. 한때 내 품에 안겨 잠들었고, 내가 이름을 부르면 뛰어왔던 아나이스. 내 얼굴을 핥아주던 상냥한 내 친구 아나이스는 거기에 없었다. 나는 썩어서 물컹거리는 살덩어리 위에 토했다. 어머니는 내가 뱃속에 든 것을 모두 토할 때까지 참을성 있게 기다렸다가, 내 토사물과 뭉그러진 사체와 그 위에서 한바탕 군무를 벌이는 구더기들 위에 플라스틱 병에 담아온 액체를 적당히 부었다. 휘발유 냄새는 부패의 악취를 가릴 만큼 독하고 강했다.

"잘 봐야 한다."

어머니는 성냥을 꺼내 불을 붙였다. 불쾌한 황 냄새가 났다. 작은 불꽃이 포물선을 그리며 떨어지자 구덩이 안에서 불길이 화르륵 일어났다.

나는 멍하니 불길을 바라보았다.

보고 싶지 않았지만 눈을 뗄 수 없었다. 나는 타오르는 불 속에서 점점 일그러지는 아나이스를 보았다. 저건 아나이스가 아니야. 나는 그렇게 믿고 싶었다. 나는 뒷걸음질쳤다.

"아니야…… 저건 아나이스가 아니야."

어머니는 거짓말을 용납하지 않았다.

"한나야, 저건 아나이스야. 죽은 아나이스."

어머니의 목소리는 강철처럼 싸늘했다. 언제나 다정한 나의 어머니가 아니라 생전 처음 보는 낯선 사람의 목소리였다.

"네가 아는 모습과 다르다고, 아닌 건 아니니까."

어머니는 비틀거리는 내 팔을 꽉 잡았다.

"눈을 크게 뜨고 잘 봐. 저 역겨운 것을 태워 없애는 불길 말이야."

어머니가 말했다.

"불은 그 어떤 끔찍한 것도 재로 바꿔놓는단다. 정말

아름답지 않니?"

　정말 아름답지 않니?

　어머니가 그렇게 말했을까?

　정말로?

　눈을 떴을 때, 나는 내 방에 있었다.

　모두 꿈이었다. 그러면 그렇지, 아나이스가 죽다니 말
도 안 되는 소리였다. 아나이스는 내 침대 위에 있을 거
다. 내 얼굴에 온통 침을 발라놓으려고. 아니, 이미 다
발라놓았을 거야. 언제나처럼. 매일 아침 그러는 것처럼.

　"많이 놀랐니?"

　어머니가 서늘한 손으로 내 이마를 짚었다. 꿈이 아니
었다. 나는 내 코와 뺨을 만져보았지만 너무 말라서 바
삭바삭 소리가 날 것만 같았다. 아나이스는 죽었다. 죽
어서 썩었다. 어머니와 나는 썩어서 벌레가 우글거리는
아나이스를 불에 태웠다.

　"살아 있는 것은 모두 언젠가는 죽는단다. 그게 자연
의 법칙이거든. 아버지도, 나도, 그리고 우리 공주님도
언젠가 죽게 될 거야."

　어머니는 그토록 무서운 이야기를 아무렇지도 않게
조근조근 들려주었다. "오늘 저녁에는 한나가 좋아하는

음식을 많이 했단다. 달콤한 감자조림이랑 두부찌개도 있고, 당근을 많이 넣은 달걀말이도 만들었는데 어때? 먹고 싶지?" 같은 말을 할 때와 전혀 다르지 않았다.

그날의 풍경은 지금도 기억 속에 또렷하게 남아 있다. 초여름이었고, 느지막한 오후였다. 커튼을 치지 않은 창으로 넉넉히 들어오는 햇빛 속에 앉아 어머니는 분명한 발음으로 '죽는단다'라고 말했다. 아름다운 어머니. 희고 흠 없는 피부, 분홍색 입술, 기다란 속눈썹 아래 까만 눈, 윤기가 흐르는 갈색 머리카락, 시원한 목선, 햇살 아래 드러난 그 모습이 마치 스스로 빛을 내고 있는 듯 아름다운 어머니가…… 죽는다고?

아나이스처럼?

"아나이스처럼."

어머니는 미소를 지으며 말을 이었다.

"그리고 생명이 사라진 몸은 그렇게 변하게 되어 있어. 그게 자연의 법칙이란다. 좋지 않은 냄새가 나고, 벌레들의 식량이 되지."

썩어버린다고? 끔찍한 냄새를 풍기며 구더기들에게 파먹힌다고? 나는 덜덜 떨기 시작했다.

"비밀을 말해줄게."

어머니는 몸을 숙여 내 귓가에 속삭였다.

"하지만 우리는 아나이스처럼 썩지 않아. 우리는 특별하단다."

살아 있는 모든 것은 언젠가 죽게 된다는 것과 생명을 잃은 육신은 썩는다는 것을 배운 그날, 어머니는 내게 비밀을 말해주었다.

"우리는 썩지 않고 타오른단다."

나는 꿈을 꾸었다.

거울 앞에 서 있었다. 어쩐 일인지 발가벗고서. 주위는 어두웠다. 손을 뻗어보니 진득하게 물기를 머금은 흙이 만져졌다. 무덤이었다. 나는 비명을 지르고 싶었지만 목소리가 나오지 않았다. 비명은 목구멍 안쪽에서 헛되이 소용돌이칠 뿐이었다. 깊은 어둠 속에 거울만이 홀로 환하게 빛났다. 거울 속에서 발가벗은 여자아이가 나를 바라보았다. 한때 여자아이였지만 이제는 꾸물거리는 구더기로 뒤덮인 썩은 살덩어리가.

살려주세요!

왜 그러니, 한나야?

어머니가 어둠 속에서 모습을 드러냈다. 어머니는 오렌지색 앞치마를 두르고 다정하게 웃었다.

우리는 썩지 않아. 우리는 특별하단다.

거짓말이야. 구더기들이 대답했다. 죽음이 너의 육신을 점령하면 우리가 너를 파먹을 거야.

이걸 보렴, 한나야.

어머니의 몸에서 불꽃이 솟구쳤다. 무덤 안이 순식간에 환해졌다. 타오르는 불 속에서 어머니의 몸이 녹아내렸다. 어머니의 두 눈이 부글부글 끓어오르고, 코가 떨어지고, 입술이 타버린 자리에 잇몸이 드러났다.

우리 가족은 모두 특별하단다.

어머니가, 모발과 피부가 모두 사라진 새하얀 두개골이 말했다.

우리는 썩지 않고 타오른단다. 우리는 모두 특별해.

내가 비명을 지르려고 안간힘을 쓰는 사이, 마지막 남은 해골마저 사라져버렸다. 이제 어머니는 사람의 형체를 가진 거대한 불길이 되었다. 지독한 황 냄새가 사방에 가득했다. 사람의 손을 닮은 불덩어리가 쑤욱 밀려와 내 어깨를 와락 움켜쥐었다.

그리고 너는 그 누구보다 더 특별해.

이글거리는 불길이 내게 말했다.

다음 날 아침, 어머니는 이불 빨래를 했다. 내가 침대며 이불에다 온통 오줌을 쌌기 때문이었다. 어머니는 조금 놀란 표정을 지었을 뿐 화를 내지는 않았다.

"그럴 수도 있지 뭐."

왜 이런 짓을 했느냐고 묻지 않아서, 나도 무서운 꿈을 꾸어서 그랬다는 대답을 할 필요가 없었다.

어머니가 젖은 이불과 내 잠옷을 빨아 햇빛 잘 드는 앞마당에 너는 동안, 나는 거실에서 가족사진을 보았다. 우리 집 거실에는 유난히 사진이 많았다. 크기가 다른 여러 개의 액자들이 벽을 가득 메웠고, 구석의 콘솔 위에도 세울 수 있는 액자가 일곱 개나 있었다. 모두가 가족과 일가친척 사진이었는데 그중 몇몇은 오래된 흑백사진이었다.

내가 태어나기 전에 돌아가셨다는 할아버지의 어린 시절 사진도 있었다. 사진 속에서는 증조할아버지와 증조할머니 사이에 끼어 앉은 앞니 빠진 소년으로 남아 있는 할아버지가, 사실은 이미 오래전에 늙어서 죽은 사람이라고 생각하니 기분이 묘했다.

불꽃.

나는 액자를 들어 사진에 바짝 얼굴을 가져다 댔다. 매끄러운 유리 표면에 내 얼굴이 거울처럼 비쳐 보였다.

썩지 않고 타오르는 것.

어제 어머니는 내 침대 옆에 앉아서 할아버지 이야기

를 해주었다.

어머니와 아버지가 결혼한 지 1년이 조금 지났을 무렵, 할아버지는 갑자기 건강이 많이 나빠졌다고 했다. 가족 모두가 이제 남은 시간이 얼마 없다는 걸 알 수 있었다. 그러나 어머니는 할아버지가 조금만 더 버텨주시기를 간절히 바랐다.

"왜냐하면 그때 뱃속에 우리 한나가 있었거든."

어머니는 뱃속의 아기가 아들인지 딸인지 몰랐다. 어느 쪽이든 상관없었다. 그저 돌아가시기 전에 만나게 해드리고 싶었다. 그러나 할아버지는 그렇게 오래 기다릴 수 없었다.

당시에 어머니와 아버지는 지금의 우리 집에서 멀리 떨어진 할아버지 댁에서 할아버지 할머니와 함께 살고 있었다. 어머니는 매일 오후 할아버지께 홍차를 가져다드렸다. 할아버지는 우유를 넣은 따뜻한 홍차를, 특히 어머니가 가져다드리는 홍차를 좋아했다.

"그날, 할아버지께 차를 드리는데 "늘 맛있는 차를 끓여줘서 고맙구나. 오늘이 나한테 차를 갖다 주는 마지막 날이 될 게다" 하고 말씀하시지 뭐니. 할아버지는 내 손을 잡으며 미소를 지으셨어. 할아버지는 찻잔을 내려놓으시고 안락의자에 편안히 앉으셨어. 할머니 댁 서

재 방에는 오래된 갈색 가죽으로 만든 안락의자가 있거든."

안락의자에 앉은 할아버지가 긴 숨을 내쉬는 순간, 할아버지의 몸에서 오렌지색 불꽃이 피어올랐다. 열기를 느낀 어머니는 약간 뒤로 물러났다. 할아버지는 계속 미소를 지으며 오렌지색 불꽃 속에 앉아 어머니를 바라보았다. 불길은 점점 커져 할아버지의 온몸을 덮었고 그 모습은 마치 오렌지색 꽃잎처럼 보였다. 커다란 꽃잎. 불길이 커지면서 일렁거려 할아버지의 모습도 그 속에서 함께 일렁였다. 조용한 호수 표면에 잔물결이 이는 것처럼 할아버지 모습은 점점 투명하게 변해갔다.

"마침내 할아버지 모습이 완전히 투명해졌어. 이제 안락의자에는 할아버지 대신 오렌지색 불꽃만 남아 활활 타올랐지. 그리고 불꽃은 처음 나타났을 때처럼 조용히, 천천히 사그라졌어."

할아버지가 앉았던 의자 위에는 짙은 향 냄새와 반 줌 정도의 하얀 재만 남았다. 어머니는 그 재가 어찌나 곱고 새하얗던지 남태평양 어느 바닷가의 모래 같았다고 했다. 나중에 가족들은 그 재를 모아 강물 위에 흘려보냈다.

이것이 어머니가 말해준 비밀이었다.

우리 가문 사람들은 죽은 후에 시체가 되지 않는다. 그것이 비밀이었다. 생명의 시간이 다해 죽음이 찾아올 때, 우리 가문 사람이라면 누구나 밝은 빛을 내뿜는 아름다운 불꽃 형태로 변화하는 것이다. 썩지 않고 타오른다. 악취도 없고, 벌레도 없고, 남는 거라곤 산호모래처럼 고운 한 줌의 재뿐. 이 특권은 피의 통로를 통해서만 이어지므로 결혼으로 가족이 된 여자는 후손을 낳음으로써 자격을 얻었다. 어머니는 나를 낳았기 때문에 죽은 후에 시체가 되어 썩는 것을 면하게 되었다.

나는 너무나 혼란스러웠다. 사람이 죽지 않고 불꽃이 되어 사라진다는 소리는 어디서도 들어본 적이 없었다. 동화책에는 불을 뿜는 용, 하반신이 물고기인 인어공주, 키스를 받으면 사람이 되는 개구리, 말을 하는 고양이까지, 별의별 괴물이 다 나오지만 그 어디에도 불꽃이 되어 사라지는 사람에 대한 이야기는 없었다.

비슷한 이야기가 있기는 했다. 어느 날 갑자기 몸에 불이 붙어서 죽은 사람들이 나오는 책에서였다. 하지만 그 책에는 시커멓게 탄 불쌍한 사람들의 사진도 함께 있었다. 그들은 평화롭게 웃으며 죽어 하얀 모래가 된 게 아니라, 비명을 지르며 타다가 흉측한 시체로 남았다. 냄새에 대한 언급은 없었지만 분명 냄새도 지독할 게 틀림없었다. 하지만 어머니는 할아버지가 타올랐을 때 향 냄새가 났다고 말했다. 좋은 향 냄새가.

어머니가 나에게 거짓말을 할 리 없었다. 나에게 장난을 칠 이유도 없었다.

나는 언제나 무엇이든, 어머니가 하라는 대로 했다. 어머니가 하는 말은 무조건 다 옳다고 믿었다. 그래서 쓴맛이 나는 약도 억지로 다 먹었고, 아무리 답답해도 바깥나들이를 가고 싶다고 조르지 않았다. 나는 어머니가 그렇게 해야 한다고 말했기 때문에 아버지를 존경하려고 애썼다. 나를 사랑한다는 생각은 눈곱만치도 들지 않았지만 그랬다.

나는 거실 통 유리창 앞으로 다가가 앞마당의 어머니를 바라보았다. 빈 빨래바구니를 들고 허리를 편 어머니도 내 쪽으로 몸을 돌렸다. 눈이 마주치자 어머니가 미소를 지었다. 어머니의 웃는 얼굴이 너무 아름다워서 나는 숨이 멎을 것만 같았다.

정말 다행이었다. 저렇게 아름다운 어머니의 몸이 썩고 거기에 구더기가 꿈틀댄다는 건 상상조차 할 수 없었다. 그런 일은 일어나선 안 되는 것이었다. 정말 다행이었다. 어머니는 썩지 않는다. 어머니는 할아버지가 그랬던 것처럼 아름다운 오렌지색 불꽃이 되어 타오를 것이다.

구역질 나는 악취 대신 아름다운 향 냄새를 남기고.

나는 앞마당으로 나갔다. 내가 나오는 것을 본 어머니가 빨래바구니를 내려놓고 팔을 넓게 벌렸다. 나는 뛰어들어 어머니를 꼭 껴안았다. 언제나 달콤한 꽃향기를 풍기는 어머니의 가슴에 내 얼굴을 힘껏 파묻었다. 그때 문득 씁쓰레한 재 냄새를 맡았던 것은 그저 나의 착각이었을까.

*

며칠 후에 아버지가 집에 왔다.

오랜만에 우리 세 가족이 모두 모였다. 어머니는 아버지를 위해 한껏 멋을 부려 저녁 식탁을 차렸다. 크리스털 꽃병에 싱싱한 장미를 넘칠 만큼 꽂아 식탁을 장식하고, 특별한 날에만 쓰는 접시들을 모두 꺼냈다. 나는 어머니와 함께 있고 싶었지만 어머니는 아버지의 서재로 나를 데려갔다.

"상을 차리는 동안 한나가 아버지를 심심하지 않게 해드리렴."

처음 있는 일이었다. 어머니가 저녁 준비를 할 때면 나는 언제나 함께 부엌에 있었다. 어머니는 좀 더 크면 요리를 가르쳐주겠다고 약속했다. 그때까지는 얌전히 식탁에 앉아서 보는 것만 허락받았다. 그것만으로도 좋았다. 어머니가 맛있는 음식을 만드는 모습은 아무리 여러 번 보고 또 봐도 재미있었다. 아버지가 집에 있건 그렇지 않건 상관없이 늘 그랬다. 그런데 어머니는 그날 저녁, 나에게 아버지가 심심하지 않게 해드리라는 말을 처음으로 한 것이었다.

나는 나도 모르게 어머니의 치마 끝자락을 움켜쥐었다. 도대체 뭘 어떻게 하라는 말인지 알 길이 없었다. 어머니는 그런 내 마음을 읽은 듯 친절하게 말해주었다.

"아버지께 말씀드려. 한나도 이제 아홉 살이에요, 하고. 한나는 더 이상 아기가 아니에요. 한나도 이제 비밀에 대해 알게 되었어요, 하고 말씀드려."

그렇지. 아버지야말로 가문의 구성원이니까. 내 몸에 흐르는 피도 아버지에게서 온 것이니까.

"아버지는 재미있는 이야기를 많이 알고 계실 거야. 한나에게 말씀해주세요, 해봐. 알겠지?"

알겠지? 그 짧은 한마디가 나를 꼼짝 못하게 만들었다. 비단 같은 장미꽃잎 아래에 가시가 돋아 있고 상냥한 고양이가 발톱을 감추고 있듯이, 여느 때와 똑같이 다정하고 부드러운 목소리 속에 거역할 수 없는 권위가 숨어 있었다.

나는 아버지의 서재로 갔다. 문은 열려 있었다. 바닥에 깨진 유리조각이 흩어져 있기라도 한 것처럼 나는 한 걸음 한 걸음 조심해서 내디뎠다. 아버지는 나를 등진 자세로 책상에 앉아 있었다. 언제나 손님 같은 아버지. 낯선 손님처럼 몇 번을 만나도 여전히 어렵기만 한 아버지가 거기 있었다. 나는 머뭇거렸다. 아. 버. 지. 입안에서 데굴데굴 구르는 세 음절을 혀끝으로 밀어내려 안간힘을 썼다. 몇 번이나 위아래 입술을 혀로 닦은 후에야 나는 겨우 아버지를 불렀다.

"아버지."

아버지가 뒤를 돌아보았다.

"무슨 일이지?"

그것은 딸에게 건네는 질문이라기보다는 낯선 침입자에게 보내는 경고에 가까웠다. 당장 뒤돌아 달아나고 싶게 만드는 목소리였다. 하지만 내겐 해야 할 말이 있었다.

"한나는……"

숨이 막혔다. 아버지가 자리에서 일어섰다. 끼이익. 의자가 마룻바닥을 긁었다.

목구멍이 따끔거리고 혀가 아팠다. 얼굴이 화끈하게 달아오르고 입안이 사막처럼 말라붙었다. 내 앞에 선

아버지는 거대한 석상 같았다. 아버지의 시선이 바늘처럼 나를 찔렀다.

"한나는 이제 아홉 살이에요. 비밀을 알아요."

아버지의 눈동자가 흔들렸다. 돌덩어리 석상이 피와 살을 가진 인간으로 되돌아왔다. 짧은 침묵. 아버지와 나 사이의 공기가 아버지를 대신해서 돌로 변한 것 같았다.

"그래?"

아버지가 미간을 찌푸리며 말했다.

그 한마디뿐이었다. 진땀을 흘리는 내게서 등을 돌려, 아버지는 책상으로 돌아갔다. 연필이 종이 위에서 사각거리는 소리가 들렸다. 나는 잠시 그 자리에 더 서 있어 보았지만 아버지는 이미 나 같은 건 잊어버린 듯 보였다.

"아버지가 뭐라고 하셨어?"

부엌에 들어서자 어머니가 활짝 웃으며 물었다.

"기쁘다고 하셨어? 이제 어른이 다 됐구나, 그러셨어?"

아니요. 아버지는 얼굴을 찡그렸어요. 그래? 라고만 말했어요.

"예, 아버지가 기뻐하셨어요."

나는 거짓말을 했다.

"그러셨구나."

어머니는 젖은 손을 앞치마에 닦고 등을 굽혀 나와 눈을 맞추었다.

나는 어머니의 눈을 마주 보기가 미안했다. 아름답게 빛나는 어머니의 눈에 대고 거짓말을 하다니, 나는 나쁜 아이였다. 누군가 당장에라도 어머니의 맑은 눈에 가득 담긴 내 모습을 끄집어낼 것만 같았다. 넌 여기 있을 자격이 없어! 벼락같이 호통을 치면서 말이다. 눈물이 쏟아지려고 해서, 나는 입술을 깨물었다.

"저녁 준비는 아직인가."

나는 깜짝 놀라 뒤를 보았다. 언제 왔는지 아버지가 등 뒤에 서서 나와 어머니를 보고 있었다. 가슴이 덜컥 내려앉았다. 아버지는 분명히 조금 전 내가 어머니에게 한 말을 들었을 것이다. 내가 언제 기뻐했니? 아버지가 그렇게 물으면 뭐라고 대답할까?

"거의 다 됐어요. 거기 앉아요. 한나도 자리에 앉으렴."

어머니가 활짝 웃으며 말했다. 아버지는 아무 말 없이 늘 앉는 자리에 앉았다. 직사각형 식탁의 오른쪽 짧은 자리에. 그리고 내 자리는 그 바로 옆이었다. 자리까지의 거리는 겨우 다섯 걸음 남짓이었지만, 집채만 한 바위를 머리에 얹고 걷는 듯 멀게만 느껴졌다.

"당신 좋아하는 메로 조림 했으니까 많이 들어요."

어머니가 한 손에 여러 개의 음식 그릇을 솜씨 좋게 들고 오며 말했다. 아버지는 보일 듯 말 듯 고개를 끄덕였다. 나는 먹지도 않은 생선가시가 목에 걸린 기분이었다.

"다음 달에 파티를 하려고요."

어머니가 말하자, 아버지의 젓가락이 공중에서 멈추었다.

"벌써?"

"다음 달이 한나 생일이니까, 생일파티 겸……."

큭. 아버지가 웃음을 터뜨렸다.

"생일파티…… 겸?"

나는 어리둥절했다. 파티를 한다는 얘기도 처음 듣는 것이었고, 아버지가 웃는 이유도 알 수 없었다.

"하하, 그것 참 재미있는 얘기로군. 좋은 생각이야."

아버지가 나를 보았다.

아주 잠깐, 아버지의 눈에 무언가가 스쳐 지나갔다. 너무 빨리 사라져서 읽지는 못했다. 어쩌면 불안한 마음에 내가 잘못 본 것일지도 몰랐다. 아버지는 어느새 무표정하고, 말이 없고, 어머니도 나도 없는 사람처럼 대하는 평소의 아버지로 돌아와서 고개를 조금 숙이고 젓가락으로 메로 조림을 집었다.

"생일파티 하는 거예요, 우리?"

눈치를 보다가 슬쩍 어머니에게 물었다.

"당연히 파티를 열어서 축하를 해야지."

대답을 한 사람은 어머니가 아니라 아버지였다. 내가 아홉 살이 되도록 아버지는 한 번도 내게 먼저 말을 건넨 적이 없었다. 한 번도. 나는 너무 놀란 나머지 첫마디 이후에 아버지가 한 나머지 말은 제대로 듣지도 못했다. 나는 "제가 잘못 들었는데 다시 한 번 말씀해주실래요?" 라고 말할 만큼 용감하지 않았다. 그래서 나는 잠자리에 들 시간까지 기다렸다가 어머니에게 물어보았다. 어머니는 귀찮아하는 기색이라곤 전혀 없는 얼굴로 아버지의 말을 전해주었다.

"아버지는 이렇게 말씀하셨어. 파티를 열어서 축하를 해야 하고말고. '비밀'을 알게 됐다는 건 정식으로 우리 가문의 일원이 됐다는 뜻이야. 동시에 다시 태어나는 것과도 같은 일이고. 그런 특별한 날인데, 가문 사람들이 모두 모여 축하하는 게 당연해."

아버지의 목소리를 흉내 내는 어머니는 즐거워 보였다.

"그럼 좋은 꿈꾸고 잘 자, 공주님."

어머니는 내 이마에 입을 맞추고 이불을 덮어준 다음, 불을 끄고 나갔다. 나는 나른한 기분으로 누워 야광 별

들이 빛나는 천장을 올려다보았다. 문득 궁금해졌다. 다른 아홉 살 된 여자애들도 모두 잠자기 전에 어머니가 뽀뽀를 해주고 이불을 덮어줄까?

나는 다른 아이들을 만나보지 못했다. 다른 아홉 살배기 아이들, 그러니까 몸속에 정상적인 군대를 가진 아이들의 생활에 대해서는 전혀 아는 바가 없었다. 내가 아는 거라곤 그 애들은 모두 학교에 다닌다는 정도였다. 나는 가지 않았지만 아홉 살이라면 보통 학교에 다닐 나이였다. 나도 어머니와 함께 공부란 걸 하기는 했다. 어머니는 언젠가는 내가 건강해질 거라고, 그때를 위해서 공부를 해야 한다고 말했지만 정말 그런 날이 올지는 알수 없는 일이었다. 어쩌면 내가 타오르는 날은 예상보다 훨씬 더 일찍 올지도 모른다고 생각했다.

어떤 기분일까.

어머니는 할아버지가 내내 편안한 표정이었다고 했다. 편안할까? 하지만 어머니는 뜨거워서 조금 뒤로 물러났다고도 했다. 뜨거울까? 국이 끓는 냄비에 가까이 갔을 때처럼 후끈한 공기가 느껴질까? 바로 그 순간, 마음속 깊은 곳에서 서늘한 바람이 일었다.

어떻게 우리 가족은 타오르게 되었을까?

살아 있는 것은 언젠가는 죽는단다. 그게 자연의 법칙

이거든. 그리고 생명이 사라진 몸은 그렇게 변하게 돼 있어. 어머니는 분명히 그렇게 말했다. '자연의 법칙'이라고. 하지만 생명은 반드시 죽고, 죽어서 썩는 것이 자연의 법칙이라면 어떻게 우리 가족은 거기서 벗어나게 되었을까? 어떻게? 언제부터?

어머니가 내게 말해준 비밀은, 먼 곳에서 떨어져 사는 다른 가족들까지 모두 불러 모아 파티를 벌일 만큼 대단한 일이었다. 어머니는 우리 집 거실에 가득한 사진 속의 사람들에게 초대장을 보낼 거라고 했다. 할머니와 큰아버지와 큰어머니, 사촌오빠와 고모, 작은아버지와 작은어머니에게, 썩지 않고 타오르는 가족들 전부에게. 심지어 아버지까지 파티를 하는 게 당연하다고 했다. 그런데 이토록 중요한 일을 말해주면서 어머니는 왜 '어떻게' 이런 일이 생기게 되었는지는 말해주지 않은 걸까.

가슴이 콩닥콩닥 뛰었다. 이유는 모르지만 언젠가 어머니가 아끼던 화분을 깨뜨렸을 때와 비슷한 기분이었다. 그때는 내가 잘못했다. 하지만 지금 왜 그런 기분이 드는지는 알 수 없었다. 궁금했다. 어떻게 우리가 타오르게 되었는지 알고 싶었다. 나는 망설였다. 하지만 내일 아침까지 기다린다고 생각하니 가슴이 답답했다. 내일 아침이 오지 않을 것 같았다. 당장 물어보고 싶어서 견딜 수가 없었다.

나는 일어났다. 어둠이 눈에 익어 불을 켜지 않고도 방문 앞까지 넘어지지 않고 갔다. 팔을 뻗어 동그란 손잡이를 잡았다. 오른쪽으로 돌리자 달칵, 작은 소리가 났다. 문이 조금 열렸지만 빛은 들어오지 않았다. 거실에도 불이 꺼져 있었다.

"어딜 가는 거야?"

어머니의 목소리였다. 내 다리는 그 자리에 얼어붙었다.

"어딜 가느냐고 묻잖아."

대답하고 싶었지만 입술도 함께 얼어붙어 떨어지지 않았다.

"언제까지 도망칠 건데?"

도망? 내가 왜? 고개를 갸웃하는 순간, 아버지가 대답했다.

"네가 상관할 일이 아니잖아."

나에게 한 말이 아니었다. 열린 문틈으로 커다란 배낭을 멘 아버지와, 잠옷을 입은 어머니의 실루엣이 보였다. 어머니의 잠옷은 흰색이라 어둠 속에서 희뿌옇게 빛났다. 나는 문을 닫지도, 그렇다고 거실로 나가지도 못한 채 가만히 서서 움직이지 않았다. 어머니도 아버지도 나를 못 본 것 같았다.

"나한테…… 그렇게밖에 말 못해?"

"뭘 더 바라는데? 너희들 연극에서 내가 맡은 역할만 잘하면 되는 거 아냐?"

"너희들 연극? 그렇게 부르면 네가 우리들 중 하나라는 사실이 달라지니?"

"안 달라지지, 안 달라져. 나도 잘 아니까, 그쯤 해둬."

아버지는 어둠 속을 성큼성큼 걸었다. 커다란 배낭이 전혀 무겁지 않아 보였다. 현관문의 잠금 장치가 철커덕 소리를 내며 풀렸다.

"한나는 특별해."

어머니가 말했다.

"그러니까, 파티에 꼭 와."

아버지는 대답하지 않았다. 현관문이 닫히는 소리가 났다. 앞마당을 저벅저벅 걷는 발자국 소리가 멀어졌다. 나는 살그머니 방문을 닫았다. 방금 전까지만 해도 궁금해서 죽을 것 같던 마음이 흔적도 없이 사라져버렸다. 나는 침대 속으로 파고들었다.

긴 복도가 있었다. 쟁반을 든 여자가 복도를 따라 걸어 갔다. 찰랑거리는 길고 까만 머리, 티 없이 깨끗한 피부, 커다란 눈과 오똑한 코를 가진 여자는 무척 아름다웠다.

여자가 든 쟁반 위에는 딸기 넝쿨 그림이 있는 찻잔이 있고, 그 안에 가득 담긴 것은 빛깔 고운 밀크티였다.

여자는 복도 끝에 있는 방으로 들어갔다. 둥그런 창문으로 오후 햇살이 부드럽게 들어오는 방 한가운데에, 갈색 가죽으로 만든 커다란 안락의자가 보였다. 오래되어 가죽이 반들반들 닳은 의자에 노인이 앉아 있었다. 여자는 쟁반을 들고 노인에게 다가갔다.

아버님, 차 드세요.

노인이 여자를 바라보았다. 주름지고 검버섯이 돋은 얼굴로 보아 여든은 훌쩍 넘은 모습이었다. 그는 찻잔을 받아 한 모금 마셨다. 방 안에 번지는 달콤한 홍차 향처럼, 그의 얼굴에 미소가 감돌았다.

늘 맛있는 차를 끓여줘서 고맙구나. 오늘이 나한테 차를 갖다 주는 마지막 날이 될 게다.

그게 무슨 말씀이세요?

노인이 손을 뻗어 여자의 손을 잡았다.

그는 말없이 찻잔을 내려놓고 좀 더 편한 자세로 안락의자에 몸을 기댔다.

나는 그들이 할아버지와 어머니임을 알아보았다.

아지랑이처럼 할아버지 주위의 공기가 흔들리는가 싶더니 오렌지색 불꽃이 일어났다. 어머니가 뒤로 한 걸음

물러서는 것과 동시에, 불꽃이 갑자기 크게 타올랐다. 안락의자를 모두 집어삼키고도 남을 만큼 큰 불꽃이었다. 공기가 순식간에 달아올랐다. 불길은 마치 살아 있는 거대한 혀처럼 할아버지와 안락의자를 휘감았다. 할아버지는 의자 손잡이를 움켜쥐었다. 그 손을 덮친 불길이 손등의 피부를 지글지글 녹였다.

끄아아아악!

할아버지가 비명을 질렀다. 불길은 비명마저 삼켜버릴 듯 무서운 기세로 타올랐다. 할아버지는 있는 힘껏 몸을 뒤틀었지만 불의 밧줄로 묶인 듯, 의자에서 벗어나지 못했다. 이제는 방 안이 온통 불바다였다. 할아버지의 몸에서 검은 연기가 솟아올랐다.

우린 모두 너무 오래 살았어.

누군가의 목소리가 들렸다.

끝낼 거라면 불의 심판을 받아야겠지.

불바다에 갇힌 할아버지는 이제 더 이상 사람의 형체가 아니었다. 살과 뼈로 이루어진 장작더미였다.

눈을 크게 뜨고 잘 봐.

이글이글 타오르는 불길 속에서도 목소리는 또렷하게 들렸다.

저 끔찍한 것을 태워 없애는 불길 말이야. 정말 아름

답지 않니?

　정말 아름답지 않니?

　아버지는 한번 집에 돌아오면 사나흘은 머물곤 했다. 하루 만에 가버리는 일은 처음이었다.

　"아버지는 이번에 무척 중요한 책을 쓰고 계신대. 그래서 눈코 뜰 새 없이 바쁘시다는구나. 그래도 한 달 뒤에는 다시 만날 수 있을 거야. 생일파티에는 꼭 참석한다고 하셨거든."

　어머니는 변함없이 환한 얼굴이었다. 그래서 더 이상했다. 평소대로라면 어머니는 조금 풀이 죽은 모습이어야 했다. 아버지가 왔다 가면 늘 그랬다. 더군다나 어젯밤에는 말다툼까지 했으면서.

　"예."

　나는 물론 어젯밤에 아버지가 떠나는 것을 봤다고 말하지 않았다. 왠지 말해서는 안 될 것 같기도 했고, 무엇보다 지난밤의 꿈 때문에 마음이 뒤숭숭했다. 평화롭게 타올라서 한 줌의 고운 재로 변했다는 할아버지가 지독한 고통을 겪으며 산 채로 타 죽는 꿈이라니! 그렇게 죽을 바에야 썩어서 구더기 밥이 되는 쪽이 나을 정도였다. 그런 생각을 하자 구역질이 났다. 나는 급하게 찬물을 들이켰다.

"정말 신나지 않니? 진짜 오랜만이잖아. 한나는 기억
도 안 나겠다, 그치?"

어머니는 파티 이야기를 하고 있었다. 지난번에 마지
막으로 모두 함께 만났던 때를 묻는 것이었다. 내가 태어
나고 얼마 되지 않았을 때의 일이라니, 당연히 내 기억에
는 없었다.

"다들 우리 공주님을 보고 깜짝 놀랄 거야."

어머니는 내 볼을 살짝 쥐고 흔들었다.

"너무, 너무, 너무, 너무 예뻐졌다고 말이야."

나는 예뻐졌을까. 어머니 눈에는 그렇게 보이는 모양
이었다.

두 번이나 무서운 꿈을 꾸고 나니 또 그런 꿈을 꾸면
어떡하나 걱정이 되었다. 그러나 다행히 악몽은 거기서
끝났다. 무서운 꿈은커녕 나는 어떤 꿈도 꾸지 않았다.

꿈을 꾸지 않는다고 문제가 해결된 것은 아니었다. 꿈
에서 본 것들이 잊히지 않았다. 시간이 지나면 꿈 따위
햇살에 눈사람이 녹듯이 흐릿해질 줄 알았더니 오히려
시간이 지날수록 더욱 더 선명해지는 것이었다. 내가 잠
든 동안 누군가 내 머릿속에 들어가서 그 꿈이 기록된

부분을 싹싹 닦아놓기라도 하는 것 같았다. 그것도 매일 매일. 꿈에서 본 무서운 광경들이 선명해질수록 마음속의 안개는 자꾸만 더 짙어졌다.

어머니에게 그날 밤 하지 못했던 질문을 했지만 전혀 도움이 되지 않았다. 어떻게 해서 특정한 사람들만, 그러니까 우리 가문만 타오르게 되었냐고 물었을 때 어머니가 한 대답은 어깨를 한번 으쓱 하는 것뿐이었다.

"글쎄다. 그건 잘 모르겠는데. 그냥 아주 오래전부터 그렇다고만 들었어."

왜 어머니가 그토록 자랑스럽게 여기는 일이 내게는 무서운 꿈이 되는지, 그 꿈속에서 왜 할아버지는 아름답게 타오르지 않고 흉측하게 불타는지, 왜 아버지는 그렇게 화를 내고 가버렸는지, 질문이 꼬리에 꼬리를 물고 먼지구름처럼 일어났다.

"그게 그렇게 궁금하니, 한나야?"

아유, 조그만 얼굴에 무슨 고민을 그렇게 많이 달고 있니, 하고 어머니가 내 머리를 쓰다듬었다.

내가 고개를 끄덕이자 어머니는 싱긋 웃더니 내게 팔을 벌렸다. 나는 어머니에게 기댔다. 어머니의 길고 단단한 팔이 나를 꼭 감싸 안아 따뜻한 가슴에 밀착시켰다. 나는 행복한 기분으로 세상에서 가장 익숙하고 달콤한 어머니의 향기를 들이마셨다.

"괜찮아, 아무것도 걱정할 필요 없어."

어머니의 말소리가 어머니의 심장 뛰는 소리에 섞여 들렸다.

"너는 아주 특별한 아이니까, 한나야. 그러니까 괜찮아. 다 잘될 거야."

아주 특별한 아이. 나의 무엇이 그렇게도 특별한 것일까. 나는 이렇게 작고 약하기만 한데. 두 살이 되도록 별로 자라지 못했던 아나이스처럼, 아홉 살이 되었지만 일곱 살 때와 그다지 다르지 않은 내가 특별한 아이일 수 있을까. 그저 이 가족에 태어났다는 이유만으로, 죽어서 썩지 않고 타오른다는 것만으로 특별한 아이일 수 있을까.

"아주 멋진 파티가 될 거야, 공주님. 너는 그 누구보다 더 특별하니까."

어머니의 목소리는 노랫소리 같았다. 그 목소리를 듣고 있으니 스르르 졸음이 밀려들었다. 나는 눈을 깜박였지만 잠을 쫓을 수는 없었다.

"……우리는 타오르지만, 너는 불태울 거야."

잠들기 직전, 어머니가 말했다. 그게 무슨 뜻이냐고 묻고 싶었지만 너무 졸렸다. 나는 어머니의 품에 아기처럼 안겨서, 물이 아래로 떨어지듯 깊은 잠 속으로 빠져들었다.

*

아버지는 결국 오지 않았다.

할머니, 큰아버지와 큰어머니, 사촌오빠, 작은아버지와 작은어머니, 그리고 고모까지 모두 왔지만 아버지의 모습은 볼 수 없었다. 어머니는 쓸쓸한 미소를 지었지만 다른 가족들은 크게 상관하지 않는 눈치였다. 다들 내게만 관심이 있었다. 어머니가 말했던 그대로, 약속이나 한 듯 내가 '너무, 너무, 너무, 너무 예뻐졌다'고 입을 모았다.

모두가 쉬지 않고 먹고 마셨다. 식탁 위에 빈 술병과 접시가 쌓여갔다.

"어쩜 피부가 정말 매끄럽구나."

큰어머니가 내 뺨을 쓰다듬었다. 어머니보다 한참 나이가 많아 피부의 주름이 짙은 화장으로도 가려지지 않았다.

"언니 피부도 그 정도면 고운 거예요."

고모가 벌게진 얼굴로 다시 한 번 잔에 술을 채우며

말했다. 큰어머니가 키득키득 웃었다.

"누군 좋겠네. 부러워서 그러지."

"뭐가 부러워. 당신도 얼마 안 남은 것 같은데."

큰아버지가 말하더니, 큰어머니처럼 큭큭큭 소리를 내며 웃었다.

이상하게 들뜬 분위기였다. 술 때문일까. 어머니는 술이 어른들을 기분 좋게 만들어준다고 했다. 기분이 좋아지게도 하고, 때론 용기를 북돋워주기도 한다고 했다.

"이젠 한나도 어엿한 가문의 일원이 되는 거야."

할머니가 말했다. 작은아버지가 벌떡 일어나 박수를 쳤다.

"아무렴, 이제 어엿한 가문의 일원이지! 정말 자랑스럽구나."

"그래요, 정말 자랑스러워요!"

작은어머니도 따라 일어나서 박수를 쳤다. 그러자 앉아 있는 사람들 모두가 박수를 치기 시작했다. 나도 엉겁결에 따라서 박수를 쳤다. 하지만 누구를 향한 박수인지 도무지 알 수 없었다. 내가 '어엿한 가문의 일원'이 된 것을 축하하는 박수처럼 보였지만 각자의 시선은 공중에서 어지럽게 엇갈렸다. 어른들은 눈동자를 이리저리 재빨리 움직였고, 미묘하게 고개를 흔들었으며, 흠흠 작은 소리로 헛기침을 가장한 어떤 소리들을 냈다. 은밀한 의사교환은 요란한 박수 소리 뒤에 숨었다.

"자, 자, 말로만 자랑스럽다고 하지 말고 우리 모두 한나를 위해 축배를 듭시다!"

고모가 와인 잔을 높이 들며 말했다. 모두들 자기 잔을 찾아 들었다. 나도 비슷한 색깔의 딸기주스를 채운 둥그런 잔 하나를 얻었다.

고모가 외쳤다.

"한나의 건강과 성장을 위하여!"

큰아버지가 외쳤다.

"우리 가문에게만 내려진, 타오르는 영광을 위하여!"

쓸쓸한 표정을 털어버린 어머니가 말했다.

"즐거운 삶을 위하여!"

할머니도 잔을 들었다. 할머니는 큰소리로 외치는 대신 낮은 목소리로 말했다.

"새로운 생명을 위하여."

우리 집에는 쓰지 않는 방이 하나 있었다.

언제나 문이 잠겨 있어 한 번도 안을 구경해본 적이 없었다. 나는 딱히 그 방을 궁금하게 여기지 않았다. 그 방이 아니더라도 구경하고 놀 수 있는 다른 방이 다섯 개나 더 있었으니까. 하지만 막상 어머니가 그 방문을 열자, 나도 어른들의 옆구리 사이로 머리를 밀어 넣었다.

오랫동안 사람이 드나들지 않았는데도 먼지 한 톨 없이 깨끗한 방 안에는 하얀 천을 씌운 안락의자 하나 말고는 아무것도 없었다. 창문조차 없는 방이었다. 벽도 바닥도 천장도 온통 흰색이어서, 창문이 없는데도 눈이 부셨다.

큰아버지와 작은아버지가 할머니를 부축해 방 안으로 들어갔다. 나머지 가족들도 함께 들어가 할머니가 하얀 안락의자에 앉도록 도왔다. 나는 갑자기 몸이 불편하다는 할머니를 병원이 아니라 방으로, 그것도 내내 잠가두었던 방으로 모시는 게 이상했다. 의문은 고모의 한마디로 간단히 해결됐다.

"할머니는 이제 타오르실 거야."

고모는 할머니에게 다가가 이마에 입을 맞추었다.

"안녕. 잘 가요, 엄마."

짧은 인사였다. 할머니가 웃으며 대답했다.

"안녕."

안녕? 나는 점점 더 혼란스러워졌다. 아무리 아름답게 타오른다 해도 할머니가 맞이하는 것은 '죽음'이었다. 할머니의 딸인 고모는 이제 두 번 다시 자기 어머니를 만나지 못하고, 할머니도 영원히 딸의 곁을 떠나게 된다. 하지만 두 사람 중 누구도 아쉽거나 슬퍼하는 기색은 보이지 않았다. 나는 차마 겁이 나서 상상도 할 수 없는 일을, 마치 잠깐 외출했다 돌아올 사람들처럼 하고 있었다. 내가 멍하니 입을 벌리고 보는 사이, 다른 가족들도 차례차례 할머니와 마지막 인사를 나누었다. 모두가 고모와 크게 다르지 않은 인사였다.

문득 시선을 느끼고 고개를 드니 다들 나를 보고 있었다. 내 차례였다. 내가 할머니에게—갓난아기 시절에 한 번 보았을 뿐이고, 오늘 처음 본 것이나 마찬가지인 할머니에게 작별인사를 할 차례였다.

"한나야."

할머니가 머뭇거리는 나에게 말했다.

"우리 한나가 내 곁을 지켜주면 좋겠구나."

나는 뭐라고 대답하면 좋을지 몰라서 어머니를 보았다.

"넌 이제 비밀을 알았을 뿐, 한 번도 본 적은 없지? 할미가 가면서 주는 마지막 선물이라고 생각하렴."

할머니의 손이 내 손을 잡았다. 어머니의 손을 잡았을 때와는 전혀 다른 느낌이었다. 손이 차갑고 손바닥이 축축해서 기분이 좋지 않았다. 그 손은 내 작은 손에 간신히 걸려 있었다. 힘껏 뿌리친다면 떨쳐낼 수 있겠지만, 이제 곧 타오를 할머니에게 그런 짓을 할 수는 없었다. 옆에 있고 싶지 않다고 거절할 수도 없었다. 나는 울고 싶은 마음으로 어머니를 보았다.

어머니의 얼굴은 창백했다. 하얗게 핏기가 가신 얼굴에 까만 눈동자만 유난히 선명하게 빛났다. 그 눈은 아버지와 함께했던 여행 이야기를 할 때의 눈과 비슷한, 단순히 검은색이라고만 할 수 없는 기묘한 빛이었다. 순간, 머릿속에서 날카로운 통증이 터졌다. 빛의 화살이 머리를 관통한 것 같았다. 그것은 생각이었다. 어머니의 생각. 믿을 수 없는 말들이 찰나의 순간에 머릿속에 아로새겨졌다.

"한나야, 할머니를 잘 지켜드려야 한다."

어머니가 말했다. 종이처럼 하얀 얼굴에 빛나는 까만 눈으로 나를 보면서. 나는 어머니의 입술이 하는 말이 아니라 눈이 하는 말을 들었다. 그것은 소리가 아니라 빛의 언어였다. 내가 방금 들은 것이 나의 착각이나 환상이 아니라고, 어머니가 이 자리에 있는 다른 이들은 들을 수 없는 방법으로 내게 말한 것이라고 했다. 나처럼 병약한 아이가 태어나지 않았더라면 좋았을 거라는 생각을 할 때마다 신기하게도 나를 불러 껴안아주었던 어머니. 그 일이 어떻게 가능했는지 이제야 알 것 같앉다. 어머니는 정말로 내 마음을 들었던 것이다. 그리고 같은 방법으로 내게 자신의 생각을 전달했다.

그러나 그것은 무서운 말이었다. 차라리 내 멋대로 착각한 것이라고 생각하는 쪽이 나을 정도로 소름끼치는 이야기였다. 다른 가족들이 차례차례, 더러는 내 어깨를 두드리고 더러는 내 머리를 쓰다듬으며 할머니를 잘 지켜드리라고 비슷한 당부를 하는 동안에도 나는 머릿속의 소용돌이와 싸우며 그 자리에 서 있었다.

문득 정신을 차렸을 때, 방 안에는 할머니와 나 말고는 아무도 없었다.

창문이 없는 이 방은 문마저도 흰색이었다. 밖에서 볼 때는 다른 방의 문과 똑같은 평범한 갈색 나무문이었지만, 안쪽은 벽과 바닥과 천장처럼 새하얀 색이었다. 온통 똑같은 흰색이어서 얼핏 보아서는 벽과 구별하기조차 어려웠다.

나는 할머니를 보았다. 안락의자에 앉은 할머니는 눈을 감고 잠이 든 것 같았다. 두 손을 얌전히 의자 팔걸이 위에 놓고서. 나는 할머니의 손이 닿았던 내 손을 내려다보았다. 보이지 않는 무언가, 끈적끈적하고 기분 나쁜 어떤 것이 묻어 있는 느낌이 들었다.

"후우……"

할머니가 긴 한숨을 내쉬며 고개를 뒤로 젖혔다. 사삭. 아주 얇은 천 두 장이 서로 스치는 듯한 소리를 내더니 갑자기 거짓말처럼 불길이 일어났다. 나는 놀라서 뒤로 한 걸음 물러섰다. 불길은 금세 할머니의 머리로 번졌다. 머리가 활활 타는 것 같았다. 그러나 뭔가 조금 달랐다. 나는 눈을 크게 떴다. 자세히 보니 할머니의 머리 전체에 불이 붙은 것이 아니었다. 눈과 코와 귀, 그리고 벌린 입에서만 불꽃이 일어나는 것이었다.

저것은 정말 불일까? 그것은 맑은 오렌지색 불꽃이 아니었다. 그것은 짙은, 검은색을 많이 섞은 붉은색이었고 활활 타오른다기보다는 꿈틀꿈틀 움직이는 것처럼 보였다. 어쩐지 속이 울렁거렸다. 기분이 나빴다. 그런데도 나는 나도 모르게 꿈틀거리는 불길에 휩싸인 할머니에게 천천히 다가갔다. 누군가 내 몸에 묶어둔 실을 살살 잡아당기기라도 하는 기분이었다.

"컥!"

눈 깜짝할 사이에 검붉은 불길이 한 줄기 솟구쳐 내 목을 휘감았다. 숨이 막혔다. 숨이 막히는 이유가 견디기 힘든 열기 때문인지, 목에 느껴지는 압력 때문인지 분간하기 힘들었다. 양쪽 다 끔찍했다. 온몸에서 폭죽이 터지는 것 같았다.

뜨거워! 뜨거워! 나는 비명을 질렀다. 정신없이 문으로 달려갔다. 문을 향해 손을 뻗는데 목에서 스르르 미끄러져 팔을 휘감아 내려오는 붉은 불길이 보였다. 불이 닿는 자리가 타들어가는 듯 지독하게 아픈데도, 피부 표면은 조금도 일그러지지 않았다.

저항하면 더 아프다, 아가.

할머니가 말했다. 그건 내 귓가에서 이글거리는 불꽃의 목소리였다.

가만히 있으면 얼른 끝내주마.

나는 달라붙은 불꽃을 뜯어내려고 손톱을 세워 귀와 머리를 마구 긁었다. 하지만 애꿎은 피부만 벗겨질 뿐, 아무런 소용이 없었다. 무슨 수로 불을 손에 쥘 수 있을까. 불길은 여전히 귀를 감싸고 활활 타올랐다. 새하얀 문에는 손잡이가 없었다. 그것은 처음부터 안에서는 열 수 없는 문이었다. 나는 문을 두드렸다. 있는 힘껏 치고 또 쳤지만 문은 꿈쩍도 하지 않았다. 새하얀 문 위에 새빨간 핏자국이 생기도록 미친 듯이 문을 두드렸다.

"엄마! 엄마!"

살려달라는 말조차 나오지 않았다.

하하하…….

불길이 웃었다.

너를 데려온 사람이 네 엄마야.

온몸에 힘이 빠졌다. 갑자기 사방의 공기가 끈적이는 늪으로, 지독하게 새빨간 늪으로 변했다. 손이 벽에서 멀어졌다. 발아래에는 아무것도 없었다. 내 몸은 저 깊은 아래쪽으로 끌려들어갔다. 화염지옥 속으로.

정확히 말하자면, 네가 엄마라고 알고 있는 사람이지.

내가 어머니라고 알고 있는 사람?

문득 이상한 것이 보였다. 눈을 떠서 보는 게 아니라 감은 눈의 눈꺼풀 안쪽에 비치는 영상 같았다. 어머니가 보였다. 어머니가 누군가에게서 아기를 받아들었다.

한나.

어머니가 말했다.

네 이름은 한나야. 그리고 이제부터 내가 네 어머니란다.

너는 처음부터 날 위해서 고른 아이야. 너를 도와줄 사람은 아무도 없다.

재 냄새가 났다. 씁쓰레한 재 냄새. 언젠가 어머니의 품에서 나던 그 냄새. 어머니는 나의 친어머니가 아니었다. 어머니는 '어머니' 역할을 맡았을 뿐이었다. 처음부터.

넌 아주 건강한 아이야. 우리는 건강한 아이가 아니면 고르지 않지.

어머니는 나 때문에 집 안에 갇힌 게 아니었다. 당신은 안전한 곳에 가둬놓은 나를 지키고 있었던 것이다.

앞으로 내가 수십 년을 살게 될 소중한 몸인걸. 넌 아주 사랑스러워. 고맙게 생각하마.

아이들의 얼굴이 보였다. 그것은 할머니가, '할머니'의 탈을 쓴 저주받은 불길이 수없이 많은 아이들의 몸을 옮겨 다니며 생명을 이어왔던 흔적이었다. 재를 떨어내면 검댕이 남듯 그 아이들이 몸을 빼앗겼던 고통스러운 순간은 고스란히 낙인처럼 남아 있었다. 할머니는 아까 '새로운 삶을 위하여' 건배했다. 할머니의 아들과 딸은 죽음을 앞둔 어머니에게 곧 다시 만날 것처럼 인사했다. 그들은 모두 같았다. 아버지가 뭐라고 말했더라?

너희들 연극에서 내가 맡은 역할만 잘하면 되는 거 아냐?

너희들 연극? 그렇게 부르면, 네가 우리들 중 하나라는 사실이 달라지니?

아버지와 어머니는 그들과 다르지 않았다. 이제 끝이었다. 바로 그때, 쾅 하고 무언가가 문에 부딪치는 소리가 났다.

"한나야!"

쾅! 다시 쾅! 문 밖의 누군가가 온몸을 부딪쳐 소리를 내고 있었다. 내 이름을 불렀다.

"한나야!"

태워 없애. 이 끔찍한 것을 태워서 없애버려. 할 수 있어. 넌 특별한 아이란다. 내 머리를 관통했던 빛의 화살. 태워 없애. 태워서 없애버려. 이것들 모두 다. 어머니의 말이 되살아났다. 특별한 아이. 어머니는 나를 특별한 아이라고 불렀다. 우리는 타오르지만 너는 불태울 거야. 너는 그 누구보다 더 특별해. 너만이 이 지긋지긋한 삶을 끝낼 수 있어.

불꽃은 느긋하게 내 목덜미를 핥았다.

무슨 생각을 하는 거니, 꼬맹아?

죽여버리겠어.

뭐라고?

태워서 없애버릴 거야.

불꽃은 킬킬킬 웃었다. 내 몸속 깊은 곳까지 키득거리는 웃음소리의 파장이 느껴졌다. 희생된 아이들의 검댕 자국이 손으로 만지면 묻어날 듯 가깝게 느껴졌다. 나는 뒤를 돌아보았다. 거주자가 빠져나간 할머니의 몸뚱이는 축 늘어져 안락의자에서 반쯤 미끄러져 내려와 있었다. 벌어진 입은 텅 빈 구멍이었다. 불은 내 몸을 완전히 장악했으니 이제 늙고 병든 몸은 필요없었다. 퇴로는 완전히 막혔다.

죽어버려.

웃음소리가 뚝 멈추었다. 이 괴물은 내 몸에 갇혔다. 안에서 어쩔 줄 모르고 허둥거리던 놈은 자신을 둘러싼 불길이 제 것이 아님을 그제야 깨달았다. 달아날 길이 없다는 것도 함께. 끔찍한 비명소리가 터져 나왔다. 몸 안에서 거대한 종을 울리는 것 같았다.

나는 내 손을 내려다보았다. 푸르고 투명한 불길에 휩싸인 손. 거울은 없지만 지금 온몸이 불덩어리라는 사실에는 의심의 여지가 없었다. 그런데도 전혀 뜨겁지 않았다. 편안했다. 이렇게 편안했던 적은 한 번도 없었다. 이 불은 내 것이었다. 처음부터 내 안에 있었던 것이다. 내가 태어날 때부터. 어머니가 끊임없이 속삭였던 그 말, 특별한 아이가 무엇을 뜻했는지 이제 분명히 알겠다. 어머니는 알고 있었어. 어떻게 알았는지는 모르지만 처음부터 알고 있었다.

뒤를 돌아보았다. 활활 타오르는 안락의자 위에서 검게 변해가는 할머니의 시체가 보였다. 낡은 껍질이 오그라드는 모습은 우스꽝스러웠다. 나는 잠긴 문을 열었다.

손잡이 따위는 필요 없었다. 불붙은 문은 가볍게 치는
것만으로 떨어져 나갔다.

쾅. 굉음에 놀란 얼굴들 위로 성난 불길이 쏟아졌다.
그들은 비명을 지르며 몸에 옮아 붙은 불을 끄겠다고
바닥을 마구 굴렀다. 자신을 불로 바꾸어 여러 몸을 옮
겨가며 살아왔지만, 막상 제 몸에 붙은 불을 끄는 재주
는 그들 중 누구에게도 없었다. 발버둥을 치면 칠수록,
벗어나려 하면 할수록, 나는 더 크고 뜨거운 불을 그들
에게 쏟아 부었다. 굶주린 불길은 뜨거운 이빨과 타오르
는 혀로 그들을 씹어 삼켰다. 이미 오래전에 죽었어야 하
는 자들, 죽어 썩은 후에 모든 것이 흙으로 돌아가고 다
시 그 흙에서 자란 나무마저 오래전에 죽었어야 하는 자
들의 비명이 화염의 바다를 뒤흔들었다. 그들은 처절하
게 울부짖으며 삶을 구걸했다. 그러나 나는 자비를 베풀
생각이 없었다. 나만이 그들의 어긋난 삶을 끝낼 수 있
었다. 나는 그래야만 했다.

불은 끝없이 타올랐다. 생각도 의지도 필요 없는 일이
었다. 숨을 쉬는 것보다 더 간단하고 성냥불을 켜는 것
보다 더 편했다. 내게 이런 힘이 있는 걸 알았더라면, 아
나이스에게 냄새가 지독한 기름을 쏟아 붓는 짓은 하지
않았을 텐데.

이걸 가르쳐주려고 그랬나요? 썩어서 구더기가 득실거리는 끔찍한 것들은 태워서 없애야 한다는 걸.

나는 같은 것을 이미 본 적이 있다는 사실을 깨달았다. 불바다. 끔찍한 비명소리. 몸부림. 불의 밧줄. 살과 뼈의 장작더미. 아버지와 어머니가 말다툼을 했던 그날 밤, 그 꿈속의 모습과 똑같았다. 다른 것이 있다면 그때는 할아버지 한 사람이었고, 이번에는 그 숫자가 여덟이라는 것뿐. 나는 그들 중 가장 어린 사촌오빠를 알아보았다. 그가 바로 할아버지였다. 할아버지는 타올라서 사라진 것이 아니라, 불의 형태로 늙은 몸에서 빠져나와 새로운 육신으로 바꾸었던 것이다. 할머니가 내게 하려던 것과 똑같은 짓을 그 몸의 원래 주인이던 어느 소년에게 해서.

모두가 고통스럽게 몸부림치는데 한 사람만이 움직이지 않았다. 그녀는 끔찍한 고통을 참으며 거기 서서 나를 바라보았다. 그녀가 하는 말이 집 안에 가득한 비명소리를 뚫고 머릿속으로 전해졌다. 우린 모두 너무 오래 살았어. 우리가 불의 형태로 자연의 법칙을 어겨왔으니, 마지막에 불의 심판을 받는 게 어울리지 않겠니. 고마워, 한나야.

그녀가 더 이상 견디지 못하고 쓰러졌다. 머릿속의 목

소리도 힘을 잃었다.

나는 어리석은 짓을 했어. 되돌릴 수 없이 무서운 짓을. 우리는 길을 잃었다. 몇 번이나 육신을 바꾸며 생명을 이어오는 동안, 우리의 영혼은 길 어딘가에서 모두 타버리고 말았어.

머릿속의 목소리는 점점 작아졌다.

고마워. 그리고…… 미안하다…….

그러고는 마침내 사라졌다. 그제야 점점 가까워지는 소방차의 사이렌 소리가 들렸다. 나는 앞마당으로 나갔다.

등 뒤에서 집이 무너졌다.

세상이 암전되었다.

*

호기심에 가득 찬 시선과 끊임없는 수군거림이 나를 따라다녔다. 쟤야 쟤, 불타는 집에서 빠져나오고도 몇 군데 살짝 덴 자국 말고는 아무런 상처도 없는 아이야. 어른들은 모두 죽었는데 혼자서 빠져나와 생명을 건졌다지? 굉장히 큰 불이었다면서, 집이 전소했다던데?

대놓고 내 앞에서 그런 말을 하지는 않았다. 누가 뭐

래도 나는 아홉 살밖에 되지 않은 어린아이였다. 거기다 큰 사고로 가족을 모두 잃은 불쌍한 아이. 다행히 몸은 멀쩡하더라도 아마 평생을 고통스런 기억을 짊어지고 외롭게 살아가야 할 것이다. 나는 그런 아이에게 어울릴 만한 표정으로 병원 복도를 느리게 걸어 다녔다. 그러면 조금 전까지도 천박한 호기심으로 수다를 떨어대던 사람들이 쯧쯧 혀를 차며 가엾은 아이를 위해 가슴 아파해주었다. 그들의 싸구려 동정심에는 아무 관심도 없었지만, 덕분에 몸의 상처가 다 나은 뒤에도 정신과 치료를 핑계로 병원에서 조용히 머물 수 있어서 나쁘지 않았다.

관공서에서 사람들이 나왔다. 어머니와 아버지는 모든 서류상의 기록에서 내 친어머니와 친아버지였다. 나는 아버지도 집에 있었다고 진술했다. 그들은 내 말을 믿고 아버지도 사망으로 처리했다. 잿더미를 뒤져서 건축자재와 사람 뼈를 나눈 후에, 그걸 또 몇 사람의 뼈인지 세어서 내 말이 맞는지 틀리는지 따질 만큼 부지런한 공무원은 없었다.

친척이 모두 전멸한 아이에겐 새로운 보호자가 필요했다. 공무원들은 그 문제를 두고 미적거렸다. 그들 중 아무도 눈치 채지 못했다. 내가 이제 더는 어린애가 아니라는 사실을. 집과 그들을 모두 불태운 그날 내 어린 시절은 끝났다. 나는 100년은 늙어버린 기분이었다. 하지만 내 겉모습은 여전히 아홉 살배기 어린애로 남아 있었고 사람들은 눈에 보이는 대로 믿었다.

　병원에서 지낸 지 두 달쯤 된 어느 날, 나는 그를 만났다.

　병원 앞 잔디밭에서였다. 나는 구석자리의 나무 그늘에 서서, 휠체어를 타거나 지팡이에 의지한 노인들이 잔디밭 여기저기에서 벌레처럼 꾸물꾸물 움직이는 모습을 보고 있었다. 그들은 죽고, 그들의 육신은 썩을 것이다. 얼마나 아름다운 일인가. 죽을 때가 되면 죽고 썩을 때가 되면 썩는다. 가슴이 벅차올라 눈물이 날 지경이었다. 내가 환자복 소매로 눈가를 훔치는데, 그가 불쑥 나타났다.

　"아버지."

　그는 나의 아버지가 아니었다. 하지만 달리 부를 이름이 없었다.

　아버지가, 친아버지는 아니지만 내가 긴 시간 친아버지로 믿었고 아니라는 것을 알고서도 달리 부를 이름이 없는 그 남자가 나를 바라보았다. 지난번에 마지막으로 만나고 겨우 석 달 남짓 지났을 뿐인데, 그에게는 30년 이상의 세월이 지난 것처럼 보였다. 넓어진 이마에는 굵은 주름살이 잡혔고, 홀쭉한 볼은 늘어진데다 턱에 돋은 수염도 검은색보다 흰색이 더 많았다. 함께 힘을 얻었던 자들이 모두 죽어버리자 그에게 남은 생명도 급속도로 빠져나간 게 틀림없었다.

"나도…… 죽이고 싶니?"

그가 물었다.

나는 고개를 저었다. 그를 죽이고 싶은 생각도, 그럴 이유도 없었다.

"너, 너한테는……."

그는 말을 더듬었다.

"너한테는 늘…… 미, 미안했다. 다, 다정하게 대해주지 모, 못해서."

그랬던가?

잘 기억이 나지 않았다. 내게 미안해했는지 어땠는지. 내 기억속의 그는 대부분 뒷모습이었고, 때로 옆모습일지라도 시선은 언제나 다른 곳을 향해 있었다. 나 또한 그런 그가 어떤 기분인지 생각해볼 만큼 그를 오랫동안 바라본 적은 없었다. 말했듯이 그는 나에게 언제나 손님 같은 사람이었다. 내가 시선을 맞추는 사람은 다른 사람이었다. 내가 기분을 살피는 사람은, 내가 숨어 있는 마음까지 읽고 싶은 사람은 그가 아니었다.

"괜찮아요."

"하, 하지만 나로서는 달리 방법이 없었어. 나, 나중에 어떤 일이 생길지 아, 알면서 너에게 아버지 노릇을 한다는 게, 나는……."

이해할 수 있었다. 그럴 수도 있었겠다 싶었다. 어차피 그들의 생명을 이어나가기 위한 도구에 지나지 않는 아이니까. 자신도 똑같은 짓을 하면서 살아왔으니까 순진한 아이에게 아버지인 척 연기를 하는 게 부담스러울 수도 있었겠지. 나는 다시 한 번 말했다.

"괜찮아요."

"나, 나는 언제나 비겁했지. 나는 비겁했다."

그는 고개를 떨어뜨리며 회색으로 변해가는 머리를 두 손으로 감쌌다.

"나는…… 그저 죽고 싶었어. 우린 모두 너무 오래 살았다."

나는 이미 같은 말을 들은 적이 있었다. 우린 모두 너무 오래 살았어. 우리가 불의 형태로 자연의 법칙을 어겨왔으니, 마지막에 불의 심판을 받는 게 어울리지 않겠니.

그의 어깨가 가늘게 떨리기 시작했다. 나는 고개를 돌

렸다. 그가 우는 모습은 보고 싶지 않았다. 그건 불편했다.

"우습지 않니. 영생을 간절히 원하던 그들은 모두 죽고…… 언제나 죽음을 갈망하던 나만 살아남다니."

그가 잔뜩 잠긴 목소리로 말했다.

"하지만 네 덕분에, 마침내 나도 죽을 수 있게 됐어. 이제 나도 죽을 수 있을 거야."

내 덕분? 이 남자는 그게 정말 내 덕분이라고 생각하는 걸까?

나는 그를 보았다. 주름진 얼굴에 눈물범벅을 하고 나를 바라보는 남자는 너무나 초라했다. 이 사람이 이렇게 작았던가? 이 사람의 몸이 이렇게 왜소했었나? 이 볼품없는 남자를, 어머니는 그토록 사랑했었나.

이 남자는 잊어버렸다. 어머니가 했던 말을 흘려들었다. 말했잖아. 한나는 특별해. 그러니까 파티에 꼭 와. 어머니는 당신을 위해서 그런 거야. 어머니가 준비했던 파티의 주인공은 당신이었어. 당신이 죽고 싶어 해서, 원하는 걸 준 거야. 당신을 사랑해서, 영원히 살게 되면 사랑도 영원할 줄 알았는데 그게 아니라서, 그래도 여전히 당신을 사랑하니까 당신이 원하는 방향으로 끝을 내준 거라고.

말해줘도 이해하지 못하겠지. 나는 대신 이렇게 물었다.

"다음 생이 있을 거라고 믿어요?"

그는 아무 말 없이 고개를 저었다. 믿지 않는다는 뜻인 듯 했고, 대답 자체를 할 수 없다는 뜻인 것도 같았지만 나는 어느 쪽인지 묻지 않았다. 나는 아무 말도 하지 않고 뒤돌아섰다. 나중에 다시 잔디밭에 가보았을 때 그는 거기에 없었다. 아마 적절한 장소를 찾아갔겠지. 여행을 많이 했으니까, 죽기에 좋은 곳도 알고 있었으리라.

이것이 모든 이야기의 끝이다.

나에게는 양부모가 생겼다. 그들은 나를 멀리 떨어진 다른 도시로 데려가서 평범한 아이처럼 살게 해줬다. 처음에는 좀 힘들었지만 학교 수업도 금세 따라잡을 수 있었고, 바보 같은 이야기만 줄곧 떠들어대는 또래 친구들도 생겼다. 오랫동안 집 안에서만 지내느라 형편없던 체력도 자꾸 연습했더니 좋아졌다. 팔다리에 근육이 생기고, 창백했던 얼굴도 보기 좋게 그을었다. 누가 봐도 특별할 것 없는, 어느 동네의 어느 골목에서 마주쳐도 이상하지 않은 여자아이가 된 것이다.

이제는 아무도 '특별한 아이'라고 부르지 않는 아이.

*

나는 지금도 강아지를 무척 좋아한다.

길을 가다 예쁜 강아지를 만나면 나도 모르게 따라갈 때도 있다. 대부분의 사람들은 자기 개를 귀여워하는 아이에게 친절해서, 기꺼이 쓰다듬어보라고 허락해줬다. 한번은 같은 반 친구가 자기 집에 새로 태어난 강아지들 중 한 마리를 선물로 주겠다고 했다. 나는 거절했다. 동물 털에 알레르기가 있다는 말에 친구는 순순히 물러났다. 물론 알레르기 따위는 없었다. 거절할 수밖에 없는 진짜 이유를 말해주고 싶지 않았을 뿐이다.

아나이스.

강아지 이름이 아나이스라니. 누가 강아지에게 그런 이름을 붙인단 말인가. 어머니는 처음부터 내가 그 작고 사랑스러운 생명을 죽는 날까지 잊지 못하리란 걸 알고 있었다. 내게 안겨줄 때부터 그 하얀 강아지가 앞으로 얼마 살지 못할 거란 사실을 알고 있었던 것처럼. 그래서 그 녀석에게 '아나이스'란 이름을 붙여줬던 것이다.

잊지 말라고.

평생 기억하라고.

왜냐하면 어머니가 바로 아나이스였으니까. 그게 그녀

의 이름이었으니까.

아마도 먼 옛날 어느 때, 그 어떤 어두운 힘도 알지 못하던 평범한 소녀였던 때 가졌던 이름이었을 거다. 그녀 자신이 원해서 그 이름을 버렸을 것이고, 다시 찾고 싶었을 때는 이미 너무 멀리 와서 닿을 수 없다는 걸 알게 되었겠지.

"아나이스."

나는 때로 어두운 창가에 서서 그 이름을 부른다. 너무 짧은 생을 살다간 내 친구의 이름이며 너무 긴 생을 살다간 어머니의 이름이기도 한, 내게는 잊을 수 없는 그 이름을 가만히 불러본다. 그 이름은 불에 덴 상처처럼 아프다.

다음 생이란 게 있을까.

생이 끝나기 전까지는 모를 일이다. 그래도 가능하면 다음 생이란 게 있으면 좋겠다.

나는 차가운 유리에 이마를 기대고 서서 생각한다.

거기서는, 진짜 엄마와 딸로 다시 만나고 싶다고.

검은 바다에 나 홀로

언젠가 늦은 밤, 버스를 타고 집으로 돌아가던 길이었다.

비가 내려 온통 젖은 도로 위로 지나는 차들의 불빛이 어른거렸다. 나는 문득 그 불빛들이 외로운 밤바다를 헤매는 고깃배들의 불빛 같다고 생각했다. 세상이라는 어둡고 차가운 바다를 헤매는 작고 가엾은 배들……. 이 바다에는 등대도 없는데.

살아가는 일은 등대도 없는 바다를 작은 배 한 척으로 헤쳐 나가는 것과도 같다. 바로 다음 순간에 어떤 일이 생길지 아무도 모른다. 지척에 거대한 암초가 기다리고 있어도 알 수 없고, 시커먼 파도가 입을 벌리고 달려들어도 휘말리기 전까지는 알 길이 없다. 하지만 전혀 알 수 없는 것은, 또 아니다.

지난달까지 나의 활동 무대는 신도림역이었다.

신도림역은 언제나 붐볐다. 사람들은 서로를 떠밀며 물결처럼 쓸려 다녔다. 나는 물결의 가장자리에 버티고 서서 손님을 기다렸다. 유동인구가 많은 곳은 어떤 업종에게도 좋은 목이었다. 아무리 한가한 날이라도 빈손으로 돌아가는 일은 없었다. 그러나 꼬리가 길면 밟히는 법. 손님을 모은다는 소문은 결국 방송국까지 불러들였다. 나름대로 위장을 철저히 한다고 했지만 나는 그들을 단번에 알아보았고, 내게 말을 걸기 전에 사람들 사이로 숨어들었다.

카메라를 숨긴 가방을 든 여자가 두리번거리는 사이, 나는 청량리행 1호선 전철을 탔다. 내 다리는 길이가 맞지 않아 뜀박질은 어려웠다. 그래도 귀찮은 일 정도는 내 힘으로 피할 수 있었다.

덕분에 이번 달에는 청량리역에서 장사를 하고 있다.

나의 장사밑천은 마른입을 적셔줄 생수병 하나뿐이었다. 아침 열 시쯤 역에 도착해서 적당한 자리를 잡았다.

신도림역에서는 알음알음으로 찾아오는 사람들이 있었지만 청량리역은 처음 왔기 때문에 내 쪽에서 호객행위를 해야 했다.

나는 지나가는 사람들을 살폈다. 기왕이면 다홍치마. 행운이 가까이 다가온 사람을 고르는 편이 좋았다.

"안녕하세요."

인사를 하면 상대방은 멈칫했다. 여기서 내 인사를 무시하고 지나가는 사람은 아직 아무도 없었다. 나는 제법 예쁘게 생겼다. 그건 이 일을 하는 데 큰 도움이 됐다.

"미래를 알려드려요. 오천 원에 질문 하나, 만 원이면 세 가지 질문에 대답해드릴게요."

갑자기 앞을 막아선 낯선 여자가 이런 말을 건넨다면 미친년 취급을 당하기 알맞다고 지레짐작하겠지만 실제로는 그렇지 않았다. 사람들은 내 말은 의심할 수 있었지만 내 눈은 의심하지 못하기 때문이었다.

나와 눈이 마주치면 누구나 알게 된다.

내가 정말로 미래를 본다는 것을.

어렸을 때, 나는 조그만 다세대 주택에서 엄마 아빠와 함께 살았다. 빨간 벽돌로 지은 비슷비슷한 건물이 줄지어 늘어선 동네였다. 집에는 방이 두 개 있었고 손바닥만 한 부엌과 유난히 찬바람이 많이 스미는 욕실도 있었다. 아빠가 욕실 창문을 막아야 한다고 말할 때마다 엄마가 그러면 습기가 빠지지 않아 안 된다고 타박했다. 나는 창문으로 보이는 하늘과 우리 집 욕실의 타일이 같은 색인 게 좋았다.

나는 주워온 아이였다.

엄마도 아빠도, 내가 사실을 아는 줄은 몰랐다. 아무도 내게 그런 말을 해준 적이 없었으니까. 아무도 말해주지 않은 그 비밀을 언제부터인가 혼자 알고 있었던 것으로 보아 나의 능력은 아마 타고났던 것 같다.

처음에는 그저 희미한 윤곽을 더듬는 정도였다. 막연한 느낌, 또는 여운이 강한 꿈에 가까웠다. 그것이 꿈이 아닌 분명한 현실로 다가온 것은 열한 살 때의 일이었다.

열한 살의 어느 겨울날이었다. 눈 다래끼로 벌겋게 부어오른 눈꺼풀을 봐주느라 엄마가 내 쪽으로 바짝 얼굴을 들이밀었다.

그 순간, 갑자기 반투명한 스크린 같은 것이 엄마와 나 사이의 좁은 공간에 펼쳐졌다. 거기에 우리 집 부엌이 보였다. 저녁 무렵인지 어두컴컴한데 불도 켜지 않은 그 부엌에 서 있는 사람은 엄마였다.

엄마가 운다. 아빠가 바람을 피웠기 때문이다. 엄마는

용서하려 하지만 아빠는 이미 다른 여자에게 푹 빠져서 이혼을 주장한다. 엄마가 아무리 매달리고 애원해도 아빠는 고집을 꺾지 않는다. 10년 넘게 함께 산 사람이라고는 믿을 수 없을 만큼 단호하고 냉정한 태도다. 두 사람은 결국 이혼에 합의한다. 헤어지는 마당에 친자식이 아닌 나를 맡아 키우려는 사람은 없다. 조심해서 지켜왔던 비밀은 너무나 힘없이 깨진다. 남은 것은 단 하나, 보육원에 보내는 것이다. 나는 눈물로 뿌옇게 흐려진 눈으로 멀어지는 엄마와 아빠를 바라본다. 이제 다시는 만날 수 없다.

다시는.

"어머, 왜 그래? 많이 아프니?"

영문 모르는 엄마가 깜짝 놀라서 내게 물었다. 스크린은 어느새 사라졌지만 내 눈에 가득 고인 눈물은 사라지지 않았다. 눈물 속으로 엄마의 걱정스러운 얼굴이 일렁거렸다. 나는 고개를 끄덕였다. 아무 말도 할 수가 없었다. 내가 본 것은 거기까지였다. 그 모든 일이 실제로 생기기까지 채 1년도 남지 않았다.

내 인생이 뒤틀려버린 것은 그때부터였다.

친부모가 아니라는 것을 알고 있었어도 나는 어쨌든 엄마 아빠를 사랑했다. 그런데 앞으로 1년 내에 버려진

다니, 열한 살에 감당하기엔 벅찬 일이었다. 나는 그 일이 생기는 것을 막아보려 했다. 그러지 말았어야 했는데. 운명은 나의 개입을 허락하지 않았다. 나의 능력은 미래를 알 수 있다는 것 이상도 이하도 아니었다. 내가 할 수 있는 일은 아무것도 없었다.

10년이 넘게 지난 지금도 마찬가지다. 내가 할 수 있는 일이라곤 거리에서 내 능력을 팔아 하루를 살아갈 돈을 버는 것뿐이다. 열두 살에 혼자 남게 된 후 여기저기를 전전하며 살아왔다. 그래도 이 능력이 있어서 살해당하거나 그보다 못한 처지에 떨어지는 일은 피했다.

이렇게라도 살아가게 해주셨으니 신은 참 자비로웠다.

봄이 왔다.

주말마다 청량리역은 붐비기 시작했다. 여행객들이 무리를 지어 다니며 즐겁게 떠들어댔다.

나는 떼로 몰려다니는 이들에겐 가급적 말을 걸지 않았다. 여럿의 미래를 봐주다보면 꼭 그중에 한 명은 악운이 닥쳐오는 경우가 끼어 있었다. 그러면 나쁜 말을 들은 사람은 화를 내면서 나를 사기꾼 취급하기 일쑤였다. 귀찮은 일은 피하는 게 상책이었다. 하지만 나는 청량리역을 떠나지 않았다. 나는 어떤 남자를 만나게 되어 있었다. 누군지는 나도 몰랐다. 그러나 나는 자신이 있었다. 알아볼 것이다. 그가 나타나는 바로 그 순간, 나는 그를 붙잡을 생각이었다.

어떤 사람일까.

궁금했다. 그는 몇 살일까. 어떻게 생겼고 무슨 일을 할까. 그의 목소리는 낮은 중저음일까 높고 활달한 소리일까. 나는 머릿속에서 퍼즐을 맞추듯 그의 모습을 상상했다. 몇 천 조각이나 되는 상상의 퍼즐을 몇 천 번이나 맞추었다 흩었다 다시 맞추기를 거듭하며 기다렸다. 시간은 더디게 흘렀다. 혹시 그를 놓칠까 봐 일도 할 수 없었다. 식비를 줄였다. 그러나 매일 아침 씻을 때 쓰는 샴푸와 비누는 좀 더 좋은 것으로 바꾸었다.

봄이 끝나갈 무렵이 되어서야 그가 나타났다.

한눈에 알아볼 수 있었다. 예상했던 일인데도 가슴이 떨렸다. 그는 혼자였다. 짧은 여행에서 돌아오는 길일까. 하얀 티셔츠에 청바지를 입고 배낭을 멘 차림이었다. 청바지도 스니커즈도 모두 적당히 낡았지만, 그래서 더 편안해 보였다.

나는 그의 앞을 가로막았다.

"안녕하세요?"

내가 미소를 지으며 인사하자, 그는 의아한 표정을 지으면서도 선선히 인사를 받아주었다.

"안녕하세요."

"미래를 알려드려요. 오천 원에 질문 하나, 만 원이면 세 가지 질문에 대답해드릴게요."

"예?"

그가 되물었지만 나는 다시 말하지 않았다. 이미 내 말을 분명히 알아들었다는 것을 나는 알고 있었다. 그는 황당하다는 듯 웃었다. 나는 그 앞에 서서 꼼짝도 하지 않았다.

그가 주머니에서 구겨진 만 원짜리 한 장을 꺼내 내게 건넸다.

"질문하세요."

나는 돈을 받고 말했다.

뭐, 어쩔 수 없지. 그는 그런 표정으로 반은 장난스럽게 물었다.

"내 소설이 팔릴까요?"

그를 처음 본 순간, 그의 머리 위에서 빛나던 스크린은 이제 내 머릿속에 들어왔다. 그는 소설가였다. 신춘문예로 데뷔는 했지만 아직 자기만의 작품집은 가져보지 못했다. 그동안 꽤나 고민이 많았겠지. 이제부터가 시작이다. 어두운 방, 그의 집. 수북이 쌓인 책들의 산 너머에서 전화벨이 울린다. 그가 전화를 받는다. 예, 접니다. 어디십니까? 그의 얼굴이 환해진다.

"예. 오늘 오후에 출판사에서 전화가 올 거예요. 편집장에게 직접."

그는 기다리지 않고 두 번째 질문을 던졌다.

"그 책이 성공할까요?"

스크린 가득 시내의 대형서점이 보인다. 금주의 베스트셀러 코너에 그의 책이 있다. 방금 전에 서점 직원이 한 아름 새 책을 가져다 놓았지만 벌써 절반이 사라졌다. 인터넷 서점에서 그의 책을 검색하면 수십 개의 서평이 쏟아진다. 별 다섯 개 만점에 평균 네 개가 그의 점수다. 모든 것이 너무나 선명하게 보였다.

나는 망설임 없이 대답했다.

"예. 그러니 계약서를 꼼꼼히 작성해두는 게 좋을 거예요."

그는 이제 웃고 있었다. 오랫동안 꿈꾸어온 일이 이루어진다니, 더 이상 바랄 게 없을 것이다. 그러나 아직 한 가지 질문을 더 할 수 있었다. 또 뭐가 남았지? 그의 생각이 데굴데굴 구르는 소리가 내 귀에 들리는 것 같았다.

"내 여자친구는 언제 생기나요?"

빙고. 내가 원했던 질문이었다.

"이미 만났어요."

이 대답은 어려웠다. 나는 짧게 숨을 고르고 말을 이었다.

"당신은 나와 사랑에 빠질 거예요."

그는 웃지 않았다. 웃지 않고 내 눈을 똑바로 쳐다보았다. 크고 시원한 눈이다. 까만 눈동자가 선명하고, 흰자위가 맑은 눈. 나를 바라보는 그 눈을 나도 마주 보았다. 그와 나는 서로의 눈 속에 담긴 자신의 모습을 아무 말 없이 한참 동안 응시했다.

그도 내 눈이 예쁘다고 생각해주면 좋을 텐데.

"당신이 내 아이를 낳아줄 건가요?"

"질문은 1년에 한 번만 할 수 있어요. 1년 뒤에 다시 물어보세요."

이것은 내가 정한 규칙이었다. 살기 위해서 이 능력을 쓰고 있지만 과용하고 싶지는 않았다.

"당신 이름도 1년 뒤에 물어봐야 하나요?"

나는 고개를 저었다.

"내 이름은 유고은이에요."

"유, 고, 은."

그는 한 음절 한 음절을 천천히, 정확하게 발음했다.

듣기 좋은 목소리였다.

"고은 씨, 점심 전이면 나랑 밥 먹으러 갈래요?"

그가 손을 내밀었다.

"좋아요."

나는 그의 손을 잡았다.

잡은 것은 손인데 가슴 근처가 따뜻해졌다. 그에게서 연한 샴푸 향이 났다. 내가 쓰는 것과 같은 냄새였다. 나보다 키가 큰 그가 내게 맞추어 조금 느리게 걸어주었다.

이렇게, 나와 그는 운명이 정해준 대로 서로를 사랑하기 시작했다.

그의 첫 책이 출간되었다. 내가 말해준 대로 그 책은 오래 기다리지 않아 베스트셀러가 되었다. 내가 이미 본 대형 서점의 풍경이 그대로 현실이 되었다. 그는 어두컴컴한 반지하 월세 방을 벗어나 햇빛이 잘 드는 오피스텔로 이사를 했다.

나도 그의 집과 멀지 않은 곳으로 거처를 옮겼다. 일층에는 편의점이, 이 층에는 편의점 주인내외의 살림집이 있었고, 반 다락방 같은 삼 층이 내 집이었다. 사차선 도로와 맞닿아 있어서 조용한 편은 못 되었지만, 편의점 옆문을 열면 집까지 이어지는, 주인내외와 나만 쓰는 나무계단이 있어 좋았다. 그 계단에서 들려오는 발소리를 좋아했다. 나무계단을 밟고 내 집으로 다가오는 그의 발소리를.

그는 처음에 나를 '고은 씨'라고 불렀다. 하지만 '고은 씨'는 곧 '고은아'로 바뀌었고, 이내 '자기야'로 굳어졌다. 나는 내 이름을 부르는 그의 목소리가 좋았다.

나는 내 머리카락을 쓰다듬는 그의 손가락이 좋았고, 기대면 편안한 그의 가슴이 좋았고, 가슴에서 들려오는 그의 심장소리가 좋았다. 닿으면 그대로 녹아버릴 것만 같은 그의 입술이 좋았고, 턱에 까칠하게 돋아난 수염이 좋았고, 둥글고 도톰한 그의 귓불이 좋았다. 그의 모든 것이, 눈물이 날 만큼 좋았다.

"여기 흉터, 언제 생긴 거야?"

그는 알고 싶은 것이 많았다.

작가라는 사람들은 다 이렇게 호기심이 많은 걸까. 나는 귀찮은 다람쥐 같은 그를 사랑했다. 사랑하지 않고서는 견딜 수가 없었다.

"열한 살 때."

"자전거 타다가 넘어졌나?"

그의 손가락이 닿으면, 보기 싫은 묵은 흉터마저도 사

랑스럽게 반짝였다.

"이 층에서 떨어졌어."

"이 층?"

나는 그에게 비밀을 말해주었다.

"난 아빠가 누군가를 만나 사랑에 빠지게 될 걸 알게 됐어. 그래서 엄마와 아빠는 이혼을 하고, 주워온 아이였던 나는 버림받고……. 난 아빠가 그 여자를 만나게 될 날 아침에 일부러 윗집에 놀러갔어. 난 그 집 여자애를 싫어 했지만, 당시에 내가 생각할 수 있는 방법은 그것뿐이었 거든. 그 멍청이가 한눈파는 사이에 그 집 베란다에서 뛰 어내렸지. 다리나 팔 하나가 부러지기를 기도하면서."

"그랬어?"

그의 얼굴에 슬픈 표정이 떠오르는 것을 보았지만, 나는 계속 말했다.

"운이 없었지. 팔이든 다리든 하나만 적당히 다치면 충분했는데, 두 다리가 몽땅 부러졌으니까 말이야. 끔찍 하게 아팠어. 생각보다 훨씬 더 아팠지. 뼈가 피부를 뚫 고 나왔거든. 이 멋진 흉터는 그때 생긴 거야. 하지만 최 악은 따로 있었어."

잊을 수 없는 그 병원 풍경이 다시 한 번 서늘한 그림 자를 드리웠다.

어두컴컴한 병실. 코를 찌르는 소독약 냄새. 웅성거림. 그리고 그 여자. 병실 문을 열고 고개를 빼꼼 들이밀던 그 여자의 낯설고도 낯익은 얼굴. 그 얼굴에 선명하게 떠오르던 미래. 그 여자의 미래이며 또한 나 자신의 미래이던 그 영상들.

"원래 그 여자와 아빠는 다른 장소에서 만나게 돼 있었는데, 내가 아빠를 못 가게 막았더니 그 여자가 식중독에 걸려서 병원에 왔지 뭐야."

운명이 방향을 틀어 그 여자를 병원으로 불러들였다.

"거기서 그만두었으면 좋았을걸. 어차피 내가 할 수 있는 일은 없었는데 난 계속해서 어떻게든 엄마와 아빠가 이혼하는 걸 막으려고 했어. 하지만 번번이 실패했지. 그랬더니 무슨 일이 생겼는지 알아?"

그는 대답 대신 손을 뻗어 나를 자기 가슴으로 끌어당겼다. 그의 심장이 뛰는 소리가 가까이 들렸다. 그의 팔이 내 머리와 어깨를 감쌌다. 따스한 물결 같은 마음이 저 안쪽에서부터 차올랐다.

"그냥 두 분이 갈라서고 내가 고아원에 가는 게 처음에 내가 본 것이었는데, 내가 자꾸 끼어드는 바람에, 내가, 내가 끼어드는 바람에, 쓸데없이 내가……."

나는 말할 수 없었다.

숨이 막혔다. 내가 안간힘을 써서 어떻게든 막으려고 했기 때문에, 그 일은 처음과는 전혀 다른 결말을 갖게 되었다. 기본적으로 내용은 같았지만 형식은 전혀 달랐다.

나는 채 낫지 않은 다리로 불타는 집에서 간신히 빠져나왔다.

집 안에는 피범벅이 된 엄마와, 배에 부엌칼을 꽂은 채 죽은 아빠가 남아 있었다.

운명은 간결하고도 잔혹하게 경고했다. 미래를 볼 수는 있지만 바꿀 수는 없다. 절대로.

꿈에서라도.

다시 태어난 기분이 이런 것일까. 똑같은 일상. 거리에 나가 사람들에게 미래를 이야기해주는 대가로 푼돈을 벌고, 절름거리는 다리를 끌고 집으로 돌아오는 나날은 달라지지 않았다. 그러나 이제 내게는 그가 있었다.

"자기야, 자기야, 나를 얼마나 사랑하니?"

나의 노래하는 새. 황금 깃털을 가진, 세상에 단 하나뿐인 새.

"질문은 1년에 한 번이라고 했잖아."

일부러 통명스럽게 대답하는 건 이 마음이 너무나 소중해서였다. 믿기지 않을 만큼 빛나는 하루가 지나면 그만큼 반짝이는 또 다른 하루가 왔다. 나는, 우리는 행복했다. 행복한 시간들이 손가락 사이로 빠져나가는 모래처럼 사라지고 있다는 것을 알지 못했다.

겨울이 시작될 무렵부터 다시 악몽을 꾸게 됐다. 그와 함께 잠들었다가도 그런 일이 자주 생겼다. 나는 땀에 흠뻑 젖어 깨어나서는 혹시 그가 알까 봐 서둘러 옷을 갈아입었다.

꿈속의 나는 늘 열한 살이었다. 엄마는 시장에서 사온 알록달록한 원피스를 입었다. 엄마는 알록달록한 원피스를 입고 서서 감자를 썰었다. 감자 모양이 엉망이었다. 엄마는 울고 있었다. 눈물 때문에 엄마는 감자가 잘 보이지 않았다. 아빠가 부엌에 들어왔다. 아빠는 물을 마시려고 컵을 찾았다. 엄마에겐 한마디도 건네지 않고서, 아빠는 손을 뻗어 찬장 문을 열고 컵을 꺼냈다. 아빠의 팔꿈치가 엄마를 슬쩍 건드렸다.

엄마는 몸을 돌려 감자를 썰던 식칼로 아빠를 찔렀다.

감자를 썰던 식칼을 아빠의 배에 찔렀다가 뺐다.

피가 솟구치자 엄마는 그 피를 막기라도 하려는 듯 다시 한 번 찔렀다.

아빠가 배에 식칼을 꽂은 채 주저앉았다.

엄마는 아빠의 피를 흠뻑 뒤집어쓰고 나를 쳐다보았다.

네가 이렇게 만들었어.

아니야. 그런 게 아니에요. 나는…….

입이 떨어지지 않았다.

불길이 솟구쳤다. 여기서 나가야 했다. 하지만 나는 다리를 쓸 수 없었다. 내 다리는 둘 다 부러졌다. 한 쪽은 뼈가 살을 찢고 나왔다.

너 때문이야.

불길이 번진다. 엄마는 불길 속에 서서 나를 무섭게 노려본다.

다 너 때문이야. 네가 미래를 봤기 때문이야. 네가 우리를 죽이는 거야.

아니에요!

너 때문이야. 재수 없는 것. 너 같은 걸 주워와서 길렀기 때문에 우리는 죽게 된 거야.

아니에요!

너 때문이야. 너 때문에 우리는 죽는 거야. 누구든, 누구든 네 옆에 있다간 다 죽을 거야.

아니에요!

그럴 리가 없어. 다시는 운명을 거스르려 하지 않을 거니까. 꿈에서라도 안 그래. 그러니까, 아무 일도 생기지 않아. 아무 일도.

나는 젖은 옷을 움켜쥐고, 욕실 거울에 비친 창백한 얼굴을 향해 주문처럼 같은 말을 되풀이했다. 다시는, 다시는 안 그래.

어떤 것이 먼저 시작되었는지는 모르겠다. 서둘러 겨울을 쫓아낸 봄이 온 게 먼저인지, 그가 조금씩 달라진 게 먼저인지.

그는 조금씩 변해갔다.

바쁘다는 핑계로 만나는 횟수가 줄어들었다. 사랑한다는 말도, 자신을 사랑하느냐는 물음도 더 이상 듣기 힘들어졌다. 나는 그의 무심함을 환절기 탓으로 돌렸다. 작가들이란 원래 민감하고 섬세한 동물이니까 그런 거라고, 그가 부탁하지도 않은 변명을 만들어냈다.

우리가 만난 지 1년째 되는 날, 그는 나를 시내의 멀티플렉스 극장에 데려갔다. 주말이라 사람이 많았다. 모두들 머리 위에 자신의 미래가 보이는 스크린을 달고 있었다. 진짜 인생은 영화와는 비교도 안 될 만큼 드라마틱한데도, 사람들은 굳이 돈을 내고 영화를 보러 왔다.

그들은 모두 현재에 살고 있었다. 지금 이 순간. '바로 여기'를 살고 있었다.

나에게는 현재가 없었다. 나는 과거와 미래 사이에 갇혀 말라붙은 존재였다. 그를 만나는 동안에는 나도 무언가 사는 것처럼 산다고 느껴졌는데.

"뭐 볼까?"

그가 상영시간표를 확인하고 돌아서서 내게 묻는 순간, 이제껏 외면해왔던 그의 미래가 보였다. 어렴풋이 알고는 있었지만 보고 싶지 않았던 일들이 눈앞을 가득 메웠다.

이제 더는 피할 수 없었다.

"난 그냥 아무 거나."

어깨를 밀며 지나가야 하는 주말의 멀티플렉스 극장 안이 갑자기 텅 빈 우주로 변했다.

끝없는 암흑으로 가득 찬, 텅 빈 우주.

그가 밖에서 만나자고 전화를 했다.

"그냥 우리 집에 와. 내가 저녁 해줄게."

"음식 하려면 귀찮잖아. 지난주에 선배 형이랑 갔던 스테이크 집이 있는데 되게 맛있더라."

"그냥! 집으로 오라니까."

나도 모르게 짜증을 내고 말았다.

잠깐의 침묵. 나는 전화기 너머에서 그가 어떤 표정을

짓고 있는지 알 수 없었다.

"나 오늘 별로 나가고 싶은 기분이 아니야. 그냥 집에서 간단하게 저녁 먹었으면 좋겠어. 그래도 괜찮지?"

"너······."

그는 뭔가 말을 하려다 그만두었다. 이건 그와 나, 우리 두 사람 모두가 알고 있는 어떤 비밀이었다. 굳이 입밖에 내어 말할 필요는 없었다.

"그래, 알았어. 이따 여덟 시까지 갈게."

"그때 봐."

나는 전화를 끊고 장을 보러 나갔다.

그를 위해 음식을 준비할 때면 언제나 정성을 다했지만 오늘은 유난히 특별했다. 나는 가장 신선한 채소, 가장 비싼 고기, 가장 향기로운 과일을 고르고 골라서 샀다.

좀 더 잘해줄걸. 후회의 쓴맛은 몇 번이나 물로 입안을 헹궈도 가시지 않았다. 하지만 이제 와서 그게 무슨 소용일까. 아무래도 좋을 일에 이토록 신경을 쓰는 내가 우스웠지만 달리 할 일도 없었다.

어제 대청소를 해놓은 집 안은 깨끗했고 물기 하나 없는 개수대는 반짝거렸다. 나는 사온 재료를 꺼내어 씻고 다듬었다. 날것으로 쓸 것은 그대로, 익힐 것은 딱 알맞

게 익혔다. 준비를 마치고 샤워를 했다. 땀 냄새와 음식
냄새를 씻은 깨끗한 몸에 향수를 뿌린 후, 장식 없는 검
은 원피스를 꺼내 입었다.

나는 식탁 위에 테이블보를 깔고 접시를 늘어놓았다.

그는 정확히 약속한 시간에 도착했다. 웃는 표정이 어
색했지만 나는 못 본 척했다.

우리는 내가 준비한 저녁상 앞에 마주 앉아 아무 말
없이 밥을 먹었다. 정성껏 준비한 음식인데 아무 맛도 느
낄 수가 없었다. 밥알은 모래알 같고, 고기는 지우개 같
고, 채소는 낡은 전선줄을 씹는 것 같았다.

"오늘 무슨 일이 생길지 알고 있어?"

그가 나를 쳐다보지도 않고 말했다.

"응. 당신이 헤어지자고 말할 거야."

나도 고개를 푹 숙인 채 밥그릇만 쳐다보면서 대답했다.

"이미 알고 있으면서 이런 음식을 다 준비한 거야?"

어쩔 수 없잖아.

"그래도, 그 순간이 오기 전까지는 최선을 다해야지.
당신은 전화로 이별을 통보하는 게 비겁하다고 생각하
잖아. 나도 미래를 알고 있다고 현재를 대충 때우는 걸
비겁하다고 생각해."

우리는 고개를 들어 서로를 쳐다보았다.

1년 전에도 우리는 이렇게 서로 마주 보았었다. 햇볕이 따사로운 청량리역에서. 짧은 여행에서 돌아온 그와 그를 기다리고 있던 나.

내 여자 친구는 언제 생기나요?

이미 만났어요. 당신은 나와 사랑에 빠질 거예요.

"질문은 1년에 한 번이라고 했지?"

"응."

"1년이 지났으니, 질문해도 돼?"

"오천 원에 질문 하나. 만 원이면 세 가지 질문에 대답해줄게."

"그래…… 룰도 그대로구나."

그대로다. 달라진 것은 아무것도 없었다. 앞으로도 그럴 것이다. 나는 오천 원을 받고 질문 하나에 대답하거나, 만 원을 받고 세 가지 질문에 대답한다. 내가 가진, 미래를 보는 힘을 이용해서. 질문은 1년에 한 번이며, 1년이 지나면 다시 질문을 할 수 있다. 내게는 미래가 없다.

언제까지나 모든 것이 그대로 머물러 있었다. 그의 마음은 변했지만 나의 마음은 1년 전과 다르지 않았다.

"여기."

그가 샐러드 볼 위로 만 원을 내밀었다. 나는 두부전

접시 너머로 손을 뻗어 돈을 받았다.

"다음 달에 나올 내 책, 사람들이 좋아할까?"

"응. 당신 작품 중에서 최고의 베스트셀러가 될 거야."

"그거 멋진데."

그가 웃었다. 그가 웃는 모습을 보니 가슴이 저릿했다. 나를 향해 웃는 그의 얼굴을 보는 것도 오늘이 마지막이었다.

"난 그 이야기를 영화로 만들면 좋겠다고 생각했어. 그럴 가능성이 있을까?"

"아직은 몰라. 하지만 발 빠른 사람들은 이미 냄새를 맡았어. 출판사와 아는 사람이 있어서 교정본을 벌써 읽어봤거든. 내부 논의 중인 영화사가 두 곳이나 돼."

"음……. 그렇다면, 그것도 그리 나쁘지 않군."

그가 또 웃었다.

나는 그의 웃는 얼굴을 사랑했다. 처음 만났던 그때부터.

"당신의 예언은 항상 좋은 이야기만 해주네."

나도 웃었다. 그도 한때는 나의 웃는 얼굴을 좋아했겠지?

"항상 좋은 이야기만 하는 건 아니지만 나쁜 이야기를 해야 하면 나도 괴롭지."

"그럼…… 마지막 질문."

그는 잠시 망설였다.

"내가 없어도 당신……."

"……."

"……괜찮을까?"

나는 대답할 수 없었다.

우리는 서로를 마주 보았다. 복잡한 감정이 뒤섞인 그의 표정을 보니 마음이 아팠다. 그 없이도 잘 지낼 거라고 말해주고 싶었다. 그러니 걱정 말라고. 우리가 헤어지는 것은 이미 정해져 있던 일이니 너무 미안해하지 말라고, 그냥 웃으면서 떠나면 된다고, 나는 다 괜찮을 거라고 말해주고 싶었다. 마음과는 달리 나는 바보처럼 다문 입을 열지 못했다.

그는 대답을 재촉하지 않았다. 그저 말없이 내 얼굴을 바라보고 있을 뿐이었다.

나는 이대로 시간이 멈춰버리기를 기도했다. 지금 느끼는 이 아픔을, 심장을 무딘 바늘로 천천히 찌르는 이 고통을 영원히 느껴도 좋으니 시간이 멈춰준다면 얼마나 좋을까.

그런 일은 일어나지 않았다.

"나, 그만 갈게."

그가 자리에서 일어났다. 세 가지 질문에 대답을 해주겠다고 돈을 받아놓고 두 가지에만 대답했으니 나머지 돈을 돌려줘야 한다고 생각했다. 그러나 다리가 움직이지 않았다. 나는 차마 일어날 용기가, 일어나서 그가 문을 열고 나가는 모습을 볼 자신이 없었다.

"우리는…… 만나지 말았어야 했을까?"

들릴 듯 말 듯 낮은 목소리로 그가 물었다.

"이미 지나간 일에 대해서는 대답해줄 수 없어."

내가 말했다.

문이 열리는 소리가 났다.

그는 잠시 망설이더니 문 밖으로 발을 내딛었다. 문이 닫히는 소리, 계단을 밟는 소리가 뒤를 이었다. 그의 발소리가 계단 아래로 멀어지자 나는 자리에서 일어났다. 불을 모두 끄고는 창가로 다가갔다.

나는 차가운 유리창에 바짝 다가섰다. 가로등 불빛이 훤하게 비추는 집 앞 횡단보도에 그가 서 있었다. 그는 몸을 돌려 내 쪽을 올려다보았다. 나도 그를 보았다. 어둠 속에 내가 서 있는 것을 모르는 그를 바라보았다.

짧았다. 무척이나 짧은 시간이었다.

신호가 바뀌었고 그는 길을 건너기 시작했다. 나는 나도 모르게 손을 뻗었지만 그에게 닿을 방법이 없었다. 가지 말라고 외쳐야 했다. 그러나 내 목에서는 아무런 소리도 나와주지 않았다. 그가 횡단보도를 채 절반도 건너기 전에 그 일은 일어났다. 악몽의 한가운데에서 오려낸 거대한 트럭이 달려와 그의 몸뚱이를 그대로 깔아뭉갰다.

나는 그 모습을 보지 못했다.

내가 본 것은 검은 날개를 활짝 펴고 내게로 날아드는 암흑뿐이었다. 그것은 웃고 있었다. 벌린 입 속에 끝이 없이 돋아난 칼날 같은 송곳니들을 드러내고 그것은 소리 내어 웃었다. 타이어가 아스팔트를 찢으며 내지르는 포효도, 불운한 목격자들의 경악에 찬 비명도, 인간의 뼈가 부서지는 끔찍한 소리도, 모두가 그것의 웃음소리에 묻혀버렸다.

너무나 조용했다.

뺨으로 뜨뜻한 것이 끊임없이 흘러내려 턱을 타고 방울져 떨어졌다. 나는 한참이 지나서야 양손에 물컹하고 둥그런 것을 쥐고 있다는 것을 깨닫고 무심히 그것을 내던졌다. 사방에 가득한 역겨운 비린내가 어렴풋이 느껴졌지만 이젠 아무래도 상관없었다.

언젠가 늦은 밤, 버스를 타고 집으로 돌아가던 길이었다.

비가 내려 온통 젖은 도로 위로 지나는 차들의 불빛이 어른거렸다. 나는 문득 그 불빛들이 외로운 밤바다를 헤매는 고깃배들의 불빛 같다고 생각했다. 세상이라는 어둡고 차가운, 등대도 없는 바다를 헤매는 작고 가엾은 배들.

산다는 건 등대도 없는 밤의 바다를 작은 배 한 척으로 헤쳐 나가는 것이다. 무슨 일이 생길지 아무도 모른다. 거대한 암초에 부딪혀 박살이 나더라도, 시커먼 파도의 입안에 그대로 삼켜지더라도 그 일이 일어나기 전까지는 알지 못한다. 그저 이 평온한 항해가 계속되리라는 헛된 기대를 부둥켜안고 나아가는 수밖에 없다.

나는 언제나 그들을 부러워했다. 자신의 운명을 알지 못하는 이들을. 그들에게서 돈을 받고 미래를 말해주는 내가 얼마나 그들을 부러워했는지 아무도 알지 못했다. 아무리 노력해도 아무리 발버둥 쳐도 정해진 운명에서 벗어날 수 없다면, 그것을 모르는 쪽이 만 배는 더 행복하기 때문이다.

끝났다.

모두 끝났다.

그는 죽었고, 그의 죽음을 보여주던 내 눈도 사라졌다.

이제야 나도 그들처럼 검은 바다에 홀로 남았다.

붉은 고양이 흰 고양이

너는 그 고양이들을 카이로에서 샀다고 했어. 두 뼘 정
도 길이에 크기는 같고 자세는 미묘하게 달랐지. 붉은 고
양이는 꼬리를 몸에 감고 똑바로 앉아 있었어. 흰 고양
이는 고개가 왼쪽으로 약간 기울어졌고. 너는 붉은 고양
이를 왼쪽에 놓고 흰 고양이는 오른쪽에 놓았어. 그렇게
해야 흰 고양이가 붉은 고양이에게 기대려는 듯 안정적
인 구도가 완성된다고 말했지. 흰 고양이의 고개가 약간
기울어져 있다고는 하지만, 말 그대로 아주 약간이어서
내 눈에는 안정적으로 보이지 않았어.
　나는 고양이를 좋아하지 않았지만 너는 좋아했어. 언

젠가는 고양이를 키우고 싶다고 자주 말했지. 어떤 고양이를 키우고 싶냐고 물어본 적이 있었어. 털이 북슬북슬한 놈이 좋은지 날씬한 녀석이 좋은지, 애교가 많은 개냥이가 좋은지 차갑고 도도한 성격이 좋은지, 머리부터 발끝까지 까맣거나 하얗게 단벌옷을 입은 스타일이 좋은지, 알록달록 갖춰 입은 패셔너블한 고양이가 좋은지. 한 집에 살게 된 후로 네가 고양이를 좋아한다는 건 알게 되었지만 취향을 짐작할 수는 없었거든.

대답이 바로 나오리라 생각했는데 너는 의외로 생각에 잠겼어. 언젠가 꼭 고양이 집사가 될 거라고 했으니 어떤 고양이를 키울지도 생각해놓은 줄 알았어. 마치 복권에 당첨되면 어떤 집과 차를 살지 미리 생각해놓는 사람들처럼. 너는 한참이나 말없이 무언가를 생각하더니 싱거운 대답을 내놓았지. 고양이라면 다 좋아! 그러고는 덧붙였어. 내가 정말 고양이를 키울 수 있을까.

왜 못 키워, 하고 나는 대답했어. 넌 못한다고 말하고 싶지 않았어. 우미가 있었다면 단번에 면박을 줬을 거야. 못 키우지, 네가 어떻게 키워. 그렇게 싸돌아다니는데 돌멩인들 키울 수 있겠냐.

우미는 모르지만 너에게는 애완용 돌멩이가 정말로 있었지. 이탈리아 포지타노의 해변에서 주워온, 메추리 알 크기의 동그란 구슬 같은 돌이었어. 너는 그 돌멩이를 반지상자에 담아서 서랍 안에 넣어두었어. '포지'라는 귀여운 이름도 붙였지. 포지는 수줍음이 많아서 특별히 나한테만 보여준다고 했어. 만져봐도 되냐고 물었더니 너는 손가락으로 살살 만지는 건 괜찮다고 대답했어. 나는 검지로 포지의 둥글고 매끄러운 표면을 살살 만졌어. 이제 내 검지에서 포지타노의 햇빛과 바람 냄새가 날 거라고, 네가 말했어.

네가 돌아오는 날, 나는 아침부터 집을 청소했어. 너는 이스탄불에서 시작해 카파도키아와 파묵칼레를 거쳐 카이로로 들어가더니, 알렉산드리아와 룩소르까지 갔다고 했지. 처음 계획은 한 달이었는데 중간에 일주일만, 또 일주일만 하고 늘어나서 두 달하고도 열흘이나 돌아오지 않았어.

네가 탄 비행기는 정오에나 한국에 도착할 예정이었고, 짐을 찾아 공항버스를 타고 집까지 오려면 아무리 빨리 움직여도 두 시간은 더 걸리겠지. 알면서도 새벽부터 눈이 저절로 떠졌어.

우리가 함께 산 지 3년째였어. 햇수로는 3년이었지만 너는 집에서 보낸 시간보다 집 밖에서 보낸 시간이 훨씬 더 길었어. 애초에 그걸 이유로 네가 혼자 살던 집에 내가 들어온 것이었지. 집주인이 급하게 좀 나가달라는데 당장 집을 구하러 다닐 일이 막막하다고 털어놓았더니, 네가 대뜸 자기 집으로 들어오라고 했어. 넌 집을 자주 비운다고.

그 도깨비 소굴에? 우미가 말했어. 아니야, 라고 네가 펄쩍 뛰었어. 너 얘네 집 안 가봤지? 아주 사람 사는 집에 물건이 있는 게 아니라 물건 사는 집에 사람이 얹혀 사는 꼴이라니까. 우미가 손사래를 치자 네가 벌떡 일어났어. 혜진아, 진짜 아니야. 이럴 게 아니라 지금 가보자. 우미도 따라 일어났어. 그래, 가보자. 백번 말하느니 직접 보는 게 낫지.

나는 얼떨결에 너의 집으로 가게 됐어. 저기, 아무리 그래도 처음 가는 건데, 어떻게 휴지라도 좀 살까? 내가 묻자 우미가 웃음을 터뜨렸어. 가서 봐. 얘네 집에 휴지가 얼마나 많은데. 아주 전 세계 휴지가 다 있어. 휴지만 있는 건 아니고, 암튼 가서 봐.

너의 집은 햇빛이 잘 드는 다세대 주택 3층이었어. 골목 안쪽에 있어서 바쁘게 지나가는 사람이라면 모르고 지나갈, 숨어 있는 집이었지. 세월의 흔적은 있지만 관리가 잘된 편이었어. 이런 집에 흔히 보이는, 계단참에 널

브러진 짐이나 녹슬어가는 자전거도 없었어. 네가 씩씩하게 먼저 계단을 올라가고, 우미가 여유롭게 뒤를 따르고, 나는 엉거주춤하게 끝에 붙었어.

우미의 표현과는 달리 집은 지저분하지 않았어. 바닥은 뽀득했고 은은하게 좋은 냄새도 났어. 다만 물건이 너무 많긴 했지. 방마다 드림캐처가 주렁주렁 달렸고 냉장고에는 여행지에서 사온 자석이 가득 붙어 있었어. 싱크대 안에는 스타벅스에서 파는 도시 머그를 쌓아놓았고 병따개만 잔뜩 들어 있는 서랍도 있었어. 각종 박물관과 미술관 입장권이 가득 든 대용량 비타민 통 옆에는 그만큼의 엽서를 채워놓은 쿠키 틴케이스가 있었어. 책장이 휘어진 이유는 책이 너무 많아서였지만, 엄청난 양의 안내책자 모음도 한몫했지. 무늬와 질감이 독특한 스카프에, 문양과 색감이 아름다운 천도 셀 수 없이 많았어. 너의 집은 네가 여행했던 모든 장소의 기억과 흔적을 고스란히 보여주는 작은 박물관이었어.

집이 너무 산만해. 우미가 투덜거렸어. 못 들은 척 네가 나에게 물었어. 어때, 혜진아? 도깨비 소굴 아니지? 아니라고 하려는데 우미가 먼저 말했어. 복이 들어오려다가 정신 사납다고 나가면 어떻게 할래? 네가 천진하게 대답했지. 그러게, 어떻게 하지? 쫓아가서 잡아올까?

나 달리기 잘하잖아. 네가 웃었어. 오후의 햇살을 받으며 웃는 얼굴은 우리가 처음 만났던 어린 시절 너의 얼굴 그대로였어.

너는 5학년 때 우리 반으로 전학을 왔어. 초여름이었지. 피부가 몹시 하얗고 키가 큰 말라깽이였어. 낯선 학교에 온 첫날인데도 긴장한 기색 없이 방실방실 웃으며 자기소개를 했지. 하얀 얼굴에 초록색 티셔츠가 잘 어울렸어. 티셔츠에는 장난기 가득한 얼굴로 웃고 있는 꼬마 그림이 있었는데 너랑 꼭 닮아 보였어.

너는 그림을 잘 그렸어. 만화책을 보고 거의 똑같이 따라 그리는 것도 잘했고, 반 아이들의 특징을 콕 집어서 캐리커처도 그렸어. 어느 반에나 그림 실력이 좋은 여자아이가 하나씩 꼭 있게 마련인데 네가 바로 그런 아이였어. 쉬는 시간마다 네 앞에는 그림을 그려달라는 줄이 늘어섰어. 너는 요청받은 대로 얼굴도 그리고, 대여점에서 빌린 잡지에서 뜯어낸 만화 등장인물도 그리고, 문구류에 인쇄된 캐릭터도 그려주었어. 그림을 그리면 오른쪽 하단에 작지만 또렷하게 멋진 사인을 곁들이는 걸 잊지 않았지. 나는 줄을 서지 않았어. 네가 그린 그림보다, 그걸 그리는 너를 보는 게 훨씬 더 흥미로웠거든.

다음 해에도 너와 같은 반이 되었어. 지난 학기에 너와 붙어 다니던 우미도 함께였지. 우미는 키가 작아서 너와 짝이 되지는 못했어. 겨울 동안 키가 훌쩍 자란 내가 너의 짝꿍이 되었어.

와, 같은 반도 되고 짝도 되고 너무 좋다! 우리 친하게 지내자.

네가 먼저 내게 말을 걸었지. 낯익은 너와 같은 반이 되고 짝이 된 게 나도 좋긴 했어. 하지만 '너무'와 '친하게 지내자'까지는 미처 생각하지 못했지. 나는 얼떨결에 어, 라고만 대답했어. 그날부터 학교가 끝나면 나와 너, 우미와 우미의 짝꿍인 채경이, 이렇게 넷이서 함께 집으로 걸어갔어. 채경이의 집이 제일 가까웠고 그다음이 우미, 너, 그리고 내가 제일 마지막이었어. 우미는 종종 자기 집을 지나쳐 너의 집까지 따라왔다 가곤 했어. 우미의 집은 그리 멀지 않았으니까.

우미가 가고 나면 너는 가끔 내게 물었어. 혼자 가도 괜찮아? 고개를 끄덕이는 나에게, 같이 가줄까? 하고 묻기도 했어.

나는 한 번도 그러자고 하지 않았어. 혼자 걷는 게 좋았거든. 함께 걸어오며 네가 재잘재잘 한 이야기도 생각하고, 네가 나중에 어른이 되면 여행하고 싶다는 먼 나라들의 이름도 떠올리고, 너는 왜 다른 아이들과는 다른 느낌일까 생각했어. 날씨가 좋으면 하늘을 올려다보며 너를 닮은 구름이 있는지 살펴보고, 그림을 그릴 때의 네 얼굴도 생각하고, 같은 반도 되고 짝도 돼서 너무 좋다던 너의 목소리도 떠올리곤 했어. 별로 웃기지 않은 일에도 웃음을 터뜨리는 너를 생각하다보면 나도 모르게 자꾸 웃음이 나더라. 너는 참 이상하고 귀여운 아이였어.

  집을 다 청소하고 김치찌개와 잡채, 계란말이를 만들고, 설거지와 샤워를 했는데도 너는 오지 않았어. 나는 소파에 몸을 묻고 너의 SNS를 부유했어. 구불구불 웨이브가 멋진 붉은 금발머리와 커다란 귀걸이가 태닝한 너에게 잘 어울렸어. 너는 현지 시장에서 산 게 분명한 옷을 입고 여행 중에 만난 사람들과 함께 환하게 웃고 있었지. 어린 시절에는 피부가 희고 찰랑거리는 까만 생머리를 가졌던 네가 지금의 모습이 되리라고는 미처 상상하지 못했어. 하지만 특유의 분위기만은 달라지지 않았어. 내가 이사를 가서 연락이 끊긴 후, 15년 만에 만난 너를 알아볼 수 있었던 것도 그 덕분이었어. 너는 밝고 활기차고 즐거웠지. 주위에 늘 친구가 많았던 것도 그래서였을 거야. 너의 발밑에서는 중력이 약해져서, 너는 손가락 두 마디 높이쯤에서 떠다니는 것만 같았어. 나는 가끔 궁금했어. 다른 사람들은 내가 보는 걸 못 보는 걸까, 아니면 그저 보이지만 상관하지 않는 것뿐일까.

너를 다시 만난 건 어린 시절 네가 우리 반으로 전학 왔을 때와 비슷한 초여름이었어. 아직 본격적인 더위가 시작되기엔 일렀는데 어찌된 셈인지 그날은 몹시 더웠어. 문화센터 수업을 마치고 가던 길이었는데, 홀린 듯이 어느 카페로 들어갔지. 당장 아이스 아메리카노를 안 먹으면 죽을 것 같더라고. 평소에는 아메리카노를 마시지도 않는데 말이야.

거기 네가 있었어. 너도 나를 보았지. 내가 아는 척을 해도 되나 망설이던 그때, 음료를 받아들고 네 옆에 앉으려던 우미가 너의 시선을 따라 나를 쳐다보았어. 우미의 얼굴은 어린 시절과 거의 비슷했어. 어? 우미가 나를 손가락으로 가리켰지. 혜진이다!

우리는 같은 테이블에 앉아서 시간 가는 줄 모르고 이야기를 했어. 내가 비즈공예 공방을 운영하면서 취미 수업도 하고 문화센터 강사도 하고 온라인으로 완성품도 판다고 했더니 네가 말했어. 맞아, 우리 어릴 때도 혜진이가 팔찌 만들어줬잖아. 기억나, 우미야? 어, 그랬지. 그때부터 계속 했던 거야?

엄마는 동네에서 작은 옷가게를 했었어. 옷은 도매시장에서 떼어왔지만 모자와 목도리, 그리고 액세서리는 엄마가 직접 만드셨지. 코바늘로 뜨개질도 하고, 낡은 재봉틀도 돌리고, 재료를 사와서 귀걸이와 목걸이와 팔찌, 머리핀 같은 것을 만들어 파셨지. 나는 종종 집이 아니라 엄마 가게로 가서 시간을 보내곤 했어.

엄마는 한가로울 때면 나에게 목걸이나 팔찌를 만드는 법을 가르쳐주셨어. 나는 손이 여물지 못해 더디게 배웠어. 기껏 매듭을 지어놓고는 너무 바짝 자르는 바람에 꿰어놓은 비즈가 사방으로 흩어지는 일도 자주 있었지. 난 왜 이렇게 못해? 내가 묻자 엄마가 말했어. 우리 혜진이도 자꾸 연습하면 잘하게 될 거야. 나는 빨리 잘하고 싶다고 투정을 부렸어. 그럼, 엄마가 비법을 하나 알려줄까? 뭔가를 만들 땐 그 물건을 기쁘게 쓸 사람을 상상하는 거야. 팔찌를 만든다면 어떤 예쁜 언니가 엄마가 만든 팔찌를 손목에 차고 좋아하는 모습을 상상하는 거지. 그러면 마음이 행복해져서 더 잘 만들어져.

서툰 솜씨로 만든 팔찌를, 나는 학교에 가져가서 아이들에게 나눠줬어. 너도 주고 우미도 주고 채경이도 주고, 그 옆에 앉은 아이와 뒤에 앉은 아이와 옆 반에서 놀러

온 아이들에게도 줬지. 내가 무엇을 상상하며 만든 팔찌
인지 아무도 몰랐겠지만 상관없었어.

그때부터 계속 한 건 아니고, 대학을 산업디자인과에
갔는데 어쩌다보니 하게 됐다고 나는 설명했어. 그때 준
팔찌가 참 예뻤다고 네가 말을 꺼내니 우미도 그랬다고,
내가 이사를 가서 연락이 끊어진 뒤에도 한참 동안 갖고
있었다고 했어. 난 잃어버렸어, 하고 네가 말했어. 넌 덜
렁이니까 그렇지. 우미가 타박했어. 너 같은 덜렁이가 어
떻게 여행은 맨날 다니나 몰라. 가방도 안 잃어버리고.
혜진아, 앤 1년에 절반도 한국에 안 있어. 이것저것 해서
돈은 열심히 버는데 한 푼도 못 모아.

이야기는 우미의 회사생활과 퇴사 욕구에서 너의 여
행 계획으로 두서없이 넘어갔다가 우연히 나의 이사 고
민으로 옮겨 갔어. 네가 자기 집에 들어오라고 하자 우미
가 '도깨비 소굴'이란 표현을 썼고, 우르르 너의 집으로
간 끝에 나는 너의 하우스메이트가 되고 말았지. 15년이
나 만나지 못했는데 다시 만난 지 보름도 되지 않아 한
집에 살게 되다니, 정말 이상한 일이었어.

경유지 도착편이 연착되는 바람에 연결 편을 놓쳤다
고, 여덟 시가 다 돼서야 집에 온 네가 말했어.

"진짜 오늘 못 오는 줄 알았어. 너무 피곤하다."

말은 그렇게 했지만 너는 마냥 즐거워 보였어. 끙끙거리며 여행 가방을 끌고 들어오더니 꼭 보여줄 게 있다며 옷가지로 둘둘 감싼 붉은 고양이와 흰 고양이를 꺼냈어.

"짜잔, 이거 뭐로 만들었는지 알아? 나무로 깎아서 만들었대. 절대 그렇게 안 보이지?"

나는 고개를 끄덕였어. 처음 봤을 때 나무로 만든 줄은 전혀 몰랐어.

"만져봐, 어서."

네가 내 손을 잡아끌었어. 손이 차갑고 조금 거칠어진 것 같았어.

나무로 만들어졌지만 절대 그렇게 보이지 않는 붉은 고양이와 흰 고양이는 아무 생각 없이 손을 뻗어 만질 만한 생김새는 아니었어. 그러나 네가 너무 신이 나 보여서 거절할 수가 없었지.

나는 먼저 흰 고양이를 만졌어. 동그란 뒤통수가 내 손 안에 쏙 들어왔어. 생각했던 것보다 훨씬 매끄러웠어. 흰 고양이는 뼈만 남은 고양이였는데 속을 파내지는 않았지만 마치 투명한 틀 위에 뼈만 남은 것처럼 교묘하게 잘 만들어진 조각상이었어.

너는 붉은 고양이도 만져보라고 했어. 미세한 거스러

미조차 없다며 장인의 작품인데 거저나 다름없이 얻어 온 거라고 했어. 중국 공장에서 마구잡이로 만들어 파는 대량생산품이 아니라는 건 나도 첫눈에 알았어.

붉은 고양이는 선명하게 붉었어. 금방이라도 피가 뚝 떨어질 것 같았어. 어떤 염료를 썼기에 그런 색일까. 붉은 고양이는 피부가 없었어. 털과 피부가 완전히 제거되어 붉은 근육을 결결이 그대로 드러낸 모습이었지. 명암이나 농도의 대비가 없이 모두 같은 붉은색이어서 그나마 다행이라고 생각했어. 조금은 가짜 같아 보였거든. 나는 손을 내밀어 붉은 고양이를 만졌어. 근육을 표현한 섬세한 요철이 느껴졌어. 너는 흐뭇한 표정으로 나를 보았지.

"진짜 멋지지? 이런 게 예술이지."

나는 고개를 끄덕였어. 멋진 건 사실이었어. 누군가는 예술이 아니라 악취미라고 부를지도 모르지만 멋지긴 했어. 너의 손목이 비어 있는 게 그제야 눈에 들어왔어.

"팔찌는 벗어놨어?"

내가 묻자 너는 무슨 말이냐며 되물었어.

"내 팔찌가 어디 간 거야?"

너는 자신에게 묻는 것도 아니고 그렇다고 내게 묻는 것도 아닌 질문을 던졌어.

"어디서 끊어졌나 보다."

내가 대답했어. 아무리 튼튼한 줄을 써도, 아무리 확실한 매듭을 지어도, 너는 늘 팔찌를 잃어버렸어.

"어쩜 좋아. 또 잃어버렸어. 나 왜 이러니."

"괜찮아, 또 만들어줄게. 일단 밥부터 먹자. 배고프지?"

"어, 완전 배고파!"

너는 내가 만들어놓은 음식을 말끔히 먹어치웠어. 잡채는 싹싹 긁어 먹고, 계란말이는 한 입에 두세 개씩 넣고, 김치찌개는 밥을 비벼서 국물까지 남김없이 해치웠지. 설거지는 내일 하기로 하고, 우리는 진하게 탄 믹스커피를 한 잔씩 들고 거실로 갔어. 나는 소파에 앉고, 너는 바닥에 앉았어. 붉은 고양이와 흰 고양이 옆에.

"카이로에서 샀어. 칸 엘 칼릴리 시장에 갔는데 얘들이 있더라고. 수염이 눈같이 흰 아랍인 할아버지가 낡은 양탄자 같은 걸 깔고 목각 인형들을 팔고 있었어."

그랬구나, 하고 내가 말했어.

"우미가 보면 기겁하겠지?"

그러겠지. 하지만 나는 글쎄, 라고 대답했어. 너는 커피를 한 모금 마시고 붉은 고양이를 들어 무릎에 올렸어.

"사실, 카이로에는 붉은 고양이와 흰 고양이의 전설이

있어."

"그래?"

"들어볼래?"

응. 내가 대답하자 너는 이런 이야기를 시작했어.

아주 먼 옛날, 카이로가 생겨나기 오래전에, 그곳에는 어떤 도시가 있었다. 어느 날 그곳에 붉은 고양이가, 조각상처럼 피부가 없는 고양이가 나타났다. 붉은 고양이를 본 사람들은 기이한 모습에 놀라고 두려워했다. 털도 없고 피부도 없이 핏빛 속살을 드러낸 고양이라니. 동족인 고양이들마저 붉은 고양이가 나타나면 겁에 질려 도망쳤다. 사람들은 붉은 고양이가 사막에 사는 악마가 키우는 사악한 짐승이라고 믿기 시작했다. 그렇지 않고서야 살가죽이 몽땅 벗겨진 모습으로 태연하게 살아 움직일 수 있겠는가. 누구도 감히 붉은 고양이를 건드리려고 나서지 않았다. 주인이 무려 악마인데 괜히 미움을 샀다가 무슨 횡액을 당할지 모르기 때문이었다.

시간이 지나며 소문은 조금씩 더 정교해졌다. 붉은 고양이는 무시무시한 저주를 옮기는 매개체라서 고양이를 만지는 사람이나 동물에게는 예외 없이 저주가 옮아붙는다고, 피부가 죄다 썩어 떨어져서 붉은 고양이와 똑같은 모습이 되어 끝내는 죽고 만다는 것이었다.

소문은 사람들 사이에서 들불처럼 번져나갔다. 사람의 말을 알아들을 만큼 영리한 새와, 소문을 옮기는 교활한 쥐들이 전해준 덕분에 동물들도 모두 알게 되었다. 사람들은 붉은 고양이의 저주를 피해 문을 걸어 잠그고 지하에 숨었다. 동물들도 마찬가지였다. 땅속 깊은 곳이나 나무에 난 구멍 속에서 숨을 죽였다. 새들은 모두 날아가버렸다. 도시는 아주 적막해졌다. 바람마저도 어딘가로 숨어버린 것 같았다.

붉은 고양이는 텅 빈 도시를 홀로 걸어다녔다. 고양이는 발이 부드러워 발소리가 나지 않았다. 붉은 고양이는 황량한 거리를 지나고 인적 없는 골목을 지났다. 마치 정말로 아무도 없는지 확인하려는 것처럼, 붉은 고양이는 빠뜨리는 곳 없이 도시 곳곳을 핥듯 확인하며 걸어갔다. 그러다가 막다른 골목에서 흰 고양이와 맞닥뜨렸다.

이것은 환각인가. 붉은 고양이는 생각하며 흰 고양이를 쳐다보았다. 흰 고양이는 앉은 채로 붉은 고양이를 마주 보았다. 그러다가 몸을 일으켜 붉은 고양이를 향해 걸어왔다. 붉은 고양이는 처음 보는 이 광경에 놀라 저도 모르게 뒷걸음질을 쳤다.

안녕. 흰 고양이가 인사했다. 붉은 고양이는 대답하지

않았다.

아프지 않니? 흰 고양이가 물었다. 붉은 고양이는 이 번에도 대답하지 않았다.

인간들이 그러던데, 너를 만지면 너처럼 된다고. 정말 이야?

글쎄. 붉은 고양이가 대답했다. 입 꼬리가 살짝 비틀렸다. 만져보면 알겠지. 만져볼 테야? 붉은 고양이가 흰 고양이를 향해 위협적으로 몸을 내밀었다.

그래도 괜찮아? 흰 고양이는 붉은 고양이의 생각과는 달리 움찔하지도 물러서지도 않았다. 오히려 한 걸음 더 다가왔다. 만져봐도 괜찮아?

도리어 붉은 고양이가 움찔 하며 뒤로 물러났다. 저리 가! 붉은 고양이는 왈칵 화를 냈다.

흰 고양이는 그 자리에 멈춰 섰다. 멈춰 서기만 했을 뿐 가버리지는 않았다. 뒤돌아서 다른 길로 가버린 건 붉은 고양이였다. 별 희한한 고양이가 다 있다고, 붉은 고양이는 혼자 중얼거리며 흰 고양이에게서 멀어졌다. 멀어졌다고 생각했다. 한참을 걷다가 뒤를 돌아보았더니 저 멀리서 흰 고양이가 따라오고 있었다.

그날부터 흰 고양이는 붉은 고양이를 따라 다녔다. 멀찍이 떨어져 따라오는 것 같으면서도 조금씩 더 거리가 가까워졌다. 붉은 고양이는 기분 탓으로 여겼지만 아니었다. 열흘쯤 지나자 흰 고양이는 붉은 고양이에게서 고양이 네 마리 정도의 거리까지 다가왔다.

난 악마의 종이다!

붉은 고양이가 얼굴을 일그러뜨리고 말했다.

인간들이 그렇다고 말하는 걸 들었어.

흰 고양이는 평화로운 얼굴로 대답했다.

난 무시무시한 질병을 퍼뜨리려고 왔다!

붉은 고양이가 귀를 눕히고 이를 드러내며 말했다.

그런데 왜 난 안 걸려?

흰 고양이가 꼬리를 살랑살랑 움직였다. 붉은 고양이는 말문이 막히고 말았다. 흰 고양이는 붉은 고양이에게 다정하게 말했다.

응? 왜 난 안 걸려, 응?

붉은 고양이가 아무 말 없이 서 있는 동안, 흰 고양이는 고양이 네 마리 거리에서 세 마리 거리로 다가왔다. 흰 고양이는 계속 걸어와 고양이 한 마리 거리가 채 되지 않는 곳까지 와서야 멈췄다.

말하기 싫으면 안 해도 돼.

흰 고양이가 말했다. 흰 고양이는 에메랄드 같은 파란 눈으로 붉은 고양이를 쳐다보다가 눈을 감았다 떴다. 붉은 고양이는 붉은 구릿빛 눈으로 흰 고양이를 응시했다.

같이 다닐래? 붉은 고양이가 말했다.

좋아. 흰 고양이가 대답했다.

붉은 고양이와 흰 고양이는 함께 다니게 되었다. 한낮의 태양이 뜨거울 때면 서늘한 그늘에서 낮잠을 잤다. 서로 기대지는 않았지만 발을 뻗으면 바로 닿을 만한 거리를 벗어나는 일도 없었다. 목이 마르면 오아시스에서 함께 물을 마시고 우연히 발견한 먹이는 나누어 먹었다. 좁아서 둘이 나란히 걸을 수 없는 성벽에서는 붉은 고양이가 앞장을 서고 흰 고양이가 뒤를 따랐다. 붉은 고양이는 도시에서 나고 자란 흰 고양이보다 더 날렵하게 걸음을 옮겼다. 그러다 문득 멈춰 서서 흰 고양이가 잘 따라오고 있는지 뒤를 돌아보았다. 흰 고양이는 호기심이 많아서 주위를 두리번거리느라 걸음이 느렸다. 성벽에 돋아난 작은 풀잎이라도 발견하면 한참을 정신없이 바라보느라 붉은 고양이가 저만큼 멀어진 뒤에야 허겁지겁 따라오곤 했다. 붉은 고양이는 때로 짜증을 내기는 했지만 흰 고양이가 찾지 못할 만큼 멀리 가는 일은 없었다.

처음에는 동물들이, 뒤를 이어 사람들이 붉은 고양이와 흰 고양이가 함께 다니는 모습을 보았다. 어쩌면 그렇게 무시무시한 괴물이 아닐지도 몰라. 사람과 동물들은 밖으로 나왔다. 두려움이 사라진 사람들은 이제 붉은 고양이를 피하지 않았다. 그러다가 누군가가 붉은 고양이를 잡아 도시 밖으로 쫓아내자는 의견을 냈다. 아예 잡아서 죽여야 한다고 주장하는 사람들도 나타났다. 모두를 겁에 질리게 했던 고약한 짐승이니 마땅히 가장 강력한 벌을 줘야 한다고.

지하에 숨어 있는 동안 사람들의 마음속에 자라던 공포는 이제 증오로 모습을 바꿔 도시 전체에 술렁거렸다. 사람들은 몽둥이와 날붙이를 들고 붉은 고양이를 찾아 나섰다. 붉은 고양이가 해를 끼치지 않는다는 소문을 듣고 도시로 돌아오던 새들이 그 기세에 놀라 다른 방향으로 날아갔다.

도망가자.

흰 고양이가 말했다.

지난밤에 잡은 쥐가 말해줬어. 인간들이 너를 죽이러 올 거래. 도시 밖으로 나가면 일부러 쫓아오진 않을 거야. 인간들은 겁이 많거든. 떼를 지어 사는 것도 같은 까닭이지.

그래.

붉은 고양이가 말했다.

일단 먼저 가.

같이 가야지.

흰 고양이의 꼬리가 작은 원을 그리며 빠르게 움직였다.

난 인간들의 눈에 안 띄는 곳을 골라서 움직일 거야. 넌 상관없으니까 편한 길로 먼저 가.

붉은 고양이가 말했다.

흰 고양이는 '넌 상관없으니까'라는 부분이 마음에 들지 않았지만 붉은 고양이의 말에 일리가 있었으므로 따르기로 했다.

알았어, 그러면 빨리 와야 해.

흰 고양이가 말하자 붉은 고양이가 미소를 지었다.

흰 고양이는 도시의 벽 위로 뛰어 올라가 빠르게 움직였다. 그럴 때 심장이 두근두근 뛰는 건 당연한 일이었으므로 흰 고양이는 오직 도시 밖으로 나가는 데에만 온 신경을 집중했다. 뱃속 어딘가 저 깊은 곳이 불편하게 느껴졌지만 그 또한 지금은 생각할 시간이 없었다.

흰 고양이는 도시를 벗어났다. 흰 고양이는 계속 달렸다. 도시는 점점 작아져 까만 점이 됐다. 마침내 도시가 먼지만 한 크기로 줄어들고 난 후에야 흰 고양이는 가쁜 숨을 내쉬며 모래 위에 엎드렸다. 그제야 붉은 고양이가 미소를 지었다는 사실이 기억났다. 그 얼굴이 왜 그렇게 낯설었을까. 흰 고양이는 생각했다. 전에는 한 번도 그랬던 적이 없었기 때문이라는 걸 깨닫는 순간, 흰 고양이는 벼락이라도 맞은 듯 펄쩍 뛰어올랐다.

흰 고양이는 도시를 향해 달려갔다. 한 번도 쉬지 않았다. 입가에 거품이 일었다. 발은 상처투성이가 됐다. 흰 고양이의 심장이 더는 버티지 못하고 터져버렸다. 흰 고양이는 도시에 갈 수 없었다.

누런 모래 위에 쓰러져 죽은 흰 고양이를 붉은 고양이가 바라보았다. 사람들이 붉은 고양이를 잡아서 목에 올가미를 걸어 도시에서 가장 높은 탑에 매달아놓았기 때문에 붉은 고양이는 아주 멀리까지 볼 수 있었다. 붉은 고양이는 죄어오는 올가미에 저항하지 않았다. 붉은 고양이는 천천히 죽어가며 미소를 지었다. 붉은 고양이는 흰 고양이에게 미소를 지어 보이기 전까지 그 누구에게도, 그 무엇에게도 미소 짓는 얼굴을 보인 적이 없었다. 마침내 생명의 마지막 한 방울이 몸에서 빠져나간 뒤에도 붉은 고양이의 얼굴에는 생애 두 번째 미소가 남아 있었다.

이렇게 쉽게 처치하면 될 걸 우리가 너무 멍청했어, 하고 사람들은 붉은 고양이의 축 늘어진 몸뚱이를 보고 웃었다. 사막에서 한 줄기 바람이 불어오자 드러난 붉은 피부에 모래 알갱이가 달라붙었다.

　저건 내일 날이 밝는 대로 도시 밖으로 던져버리자고.

　사람들은 붉은 고양이를 그대로 내버려둔 채 각자 집으로 돌아갔다.

　사람들은 한밤중에 잠에서 깨었다. 피부가 몹시 가려웠다. 어떤 사람은 팔이 가렵고 어떤 사람은 허벅지가 가려웠다. 등이나 사타구니가 가려운 사람도 있었다. 사람들은 잠자리에 누운 채 반쯤 눈을 뜨고 가려운 부위를 긁었다. 손톱 끝으로 무언가 부드럽고 축축한 것이 밀려나갔다. 사람들은 손바닥으로 그것을 더듬더듬 만져보았다. 그것을 잡고 당겨보기도 했다. 별다른 저항 없이 주르르 딸려 일어나는 그것이 자신의 살가죽이라는 사실을 알아채기까지는 그리 오랜 시간이 걸리지 않았다.

　도시에 사는 모든 사람들이 비명을 질러대는 동안 아침 해가 떠올랐다. 해가 하늘 높이 오르는 동안 비명소리는 점점 커졌다가 한낮을 지나 지표로 가까워지는 동안 서서히 줄어들었다. 마침내 도시에 밤이 왔을 때는 어떤 소리도 들리지 않게 되었다.

　바람은 사막의 모래를 실어와 도시 곳곳에 떨어뜨렸

다. 이제 아무도 거리를 쓸고 벽을 털어내지 않았으므로 모래는 계속 쌓였다. 도시는 모래 속으로 가라앉았다. 도시에서 가장 낮은 구역에 있던 집들이 먼저 사라지고 다른 구역의 집들이 뒤를 이었다. 마지막까지 남은 건 도시에서 가장 높은 탑과 거기에 매달린 붉은 고양이뿐이었다. 탑의 꼭대기만 모래 위로 비죽 남은 어느 날에 마침내 모래는 붉은 고양이의 발까지 차올랐다.

붉은 고양이가 몸을 부르르 떨자, 바람과 햇빛과 시간에 삭은 올가미가 푸슬푸슬 흩어졌다. 붉은 고양이는 모래 위에 내려서서 아주 오랜만에 주위를 둘러보았다. 아직은 탑의 꼭대기가 남아 있지만 머지않아 모래 속에 완전히 잠길 터였다. 그러면 이곳에 도시가 있었다는 사실조차 잊혀지리라. 붉은 고양이는 몸을 쭉 펴고 꼬리를 똑바로 세웠다. 저 멀리, 흰 고양이의 둥근 등을 닮은 모래 언덕을 향해 걷기 시작했다.

"그렇게 붉은 고양이는 멀리 떠났지만, 언젠가는 카이로에 돌아올 거래."

네가 이야기를 마치고 품에 안은 붉은 고양이를 쓰다듬었어. 나는 모래 언덕을 오르는 붉은 점 같은 고양이를 생각했어. 사막은 몹시도 뜨거울 테지만, 그 풍경은 어쩐지 서늘하게만 느껴졌어. 흰 고양이가 뼈만 남은 모습인 것도 이해가 됐어. 아주 오랜 시간이 지난 후에, 어딘가 모래 언덕에서 흰 고양이는 그런 모습으로 드러날 테니까.

"물어봐."

네가 말했어.

"뭘?"

"진짜냐고."

사람들은 때로 진위를 의심하기 때문이 아니라 놀랍고 신기한 마음을 표현하기 위해서 진짜냐고 묻기도 하지. 너는 내가 그런 반응을 보이기를 기대했나 봐. 발자국을 남기며 멀어져가는 붉은 고양이를 상상하느라 너의 마음은 미처 생각지 못한 게 미안해서, 나는 얼른 말했어.

"진짜야?"

"가짠데."

뭐라고? 내가 멍한 얼굴로 쳐다보자 네가 하아 소리를 내었어.

"카이로가 언제 생겼는지, 생기기 전에 거기에 뭐가 있었는지 내가 어떻게 알아. 그냥 한번 지어봤어. 그럴싸하지? 나도 누구처럼 이것저것 막 지어내서 책이나 쓸까?

173

공연서의 세계 유랑기. 이것은 북아프리카 오지에서 평생을 살아온 할머니가 별이 쏟아지는 사막의 밤하늘 아래에서 이국의 여행자인 나에게 해준 이야기다 뭐 이렇게. 아니지, 얘들을 팔고 있던 할아버지가 해줬다고 해야 앞뒤가 맞으려나. 이것은 산신령 같은 수염을 단 아랍 노인이 조각상과 함께 건네준 이야기이다. 그는 오직 붉은 고양이와 흰 고양이를 만나는 인연이 있는 이들에게만 전해준다는 신비로운 전설을 말해주었다 블라블라."

　이번에야말로 진짜냐고 묻고 싶어졌어. 너의 말에 거짓이 있다면, 고양이 이야기를 지어냈다는 부분이 거짓말일 거라고 생각했어. 물론 오지에서 평생을 살아온 할머니가 별이 쏟아지는 사막의 밤하늘 아래에서 해준 이야기나 산신령 같은 수염을 단 노인이 전해준 이야기는 아니겠지만, 어딘가에는 정말로 붉은 고양이와 흰 고양이의 이야기가 있을 것만 같았어.

　"그래도, 좋은 이야기야."

　"그렇지?"

　"응."

　그런데, 하고 네가 말했어.

　"넌 왜 내가 하는 말은 다 믿어?"

　왜 그럴까.

"안 믿을 이유가 없잖아."

"넌 가끔, 뭐랄까. 15년 만에 만났는데도 우리 집에 그냥 따라오고."

"15년 만에 만난 친구한테 들어오라고, 일단 가보자고 한 사람이 누군데."

"옛날에 이사 갔을 때 말이야, 연락은 왜 끊었어?"

"내가 끊었다고?"

그때 연락을 먼저 그만둔 쪽은 누구였을까. 나였을까. 어쩌면 나였을지도 몰라. 너는 말이 없었어. 나와 같은 생각을 하고 있는 것 같았어. 나였을까. 어쩌면 나였을지도 몰라. 어느 쪽이 먼저였는지는 중요하지 않아. 나는 처음부터 그렇게 되리라고 생각했어. 이렇게 다시 만나게 될 줄은 알지 못했지.

"난 사실 혜진이 네가 날 별로 안 좋아하는 줄 알았어."

네가 불쑥 말했어.

"왜?"

"그냥, 그때 학교 마치고 집에 매일 같이 갔잖아. 근데 너희 집이 제일 멀어서 너 혼자 가면 쓸쓸할 거 같더라고. 내가 같이 가줄까 여러 번 물었었는데, 넌 한 번도 그러자고 하질 않더라."

"나랑 같이 가주면 네가 혼자 집에 가야 하잖아."

"그래도, 그렇게 자주 물어봤는데 어떻게 매번 거절을 했어?"

"그랬나."

그랬어. 혼자 걸으며 네 생각을 했지. 네 발은 땅에 닿지 않고 내 손은 네게 닿지 않는다는 생각을 했어. 부모님이 갑자기 이사를 가야 한다고 했을 때도 가장 먼저 떠오른 건 너였어. 너와 같은 중학교에 배정받아서 정말 좋았거든. 어쩌면 한 걸음쯤 더 가까워질지 모른다고, 내 마음은 남 몰래 두근거렸지. 참 이상하고 귀여운, 하루에도 몇 번씩 자꾸 생각나는 너와.

"난 그래서 혜진이는 날 정말 안 좋아하는구나 생각했는데, 학교에서 만나면 또 다정하고. 팔찌도 만들어주고, 그런데 팔찌는 나만 준 건 아니니까."

"지금은 너만 주잖아. 다른 사람들한테는 다 돈 받아."

"또 잃어버렸다고 혼내는 거지, 지금?"

"아니야."

함께 살게 되면서, 네가 여행을 떠날 때마다 나는 팔찌를 하나씩 만들어줬어. 우미에게도 만들어줄까 물었지만 우미는 출퇴근 옷차림에는 어울리지 않을 것 같다며 에둘러 거절했어. 어쩔 수 없지, 하고 나도 마음에 없는 아쉬운 척을 했지. 공방에 혼자 앉아서 너의 팔찌를 만들 때마다 어린 시절 엄마가 말해준 비법을 생각했어. 가느다란 줄과 연약한 고리 사이 어딘가에 나의 바람을 함께 엮었어. 너의 팔찌에는 늘 여러 가지 참을 달았지. 네가 얼마나 멀리 가든, 얼마나 낯선 곳에 가든, 내가 달아놓은 작은 장식들이 닻이 되어 너무 멀리 떠내려가지 않길 기도하면서.

"나 이사 간다고 너한테 말했었잖아. 너한테 제일 먼저 말한 거였어."

그때 너는 내 손을 잡아주었지. 정말? 어떻게 해. 자주 연락하자, 혜진아. 나는 고개를 끄덕였어. 아마도 그러지 못할 거라고 생각하면서. 어린 시절의 하루는 너무 바쁘고 너는 많은 친구들에게 둘러싸여 지냈을 거야. 나 같은 건 그냥 이미 읽은 책의 기억나지 않는 어느 페이지가 되겠지.

"그것도 기억나. 난 슬펐는데, 넌 너무 덤덤한 얼굴이어서 하나도 안 슬픈가 보다 했지."

"슬펐어."

너는 붉은 고양이를 내려놓고 나를 쳐다보았어. 그러더니 다시 붉은 고양이 쪽으로 눈길을 돌렸어. 붉은 고양이 옆에 흰 고양이를 놓고 둘 사이의 각도를 몇 번이나 조정했어.

"이것 봐. 이렇게 놓으니까 구도가 안정적이지? 흰 고양이가 붉은 고양이에게 기대려는 것 같잖아."

붉은 고양이는 정말로 흰 고양이에게 어깨를 내어줄까? 흰 고양이는 정말로 붉은 고양이에게 두려움 없이 기댈 수 있을까? 묻고 싶었어. 너희들 그럴 수 있느냐고 물어보고 싶었어. 둘이 마침내 서로에게 기대앉는 날이 온다면, 그러면 붉은 고양이는 더는 세상을 떠돌지 않게 될까. 그래서 붉게 드러난 생살 위에 피부가 덮이고 털이 자라게 될까.

"응, 안정적이다."

붉은 고양이와 흰 고양이는 대답해주지 않겠지. 나무를 깎아서 만든 고양이들은 대답을 할 수 없어.

너는 돌아온 지 두 달 만에 다시 떠났어. 목적지는 인도네시아였어. 이번에는 자비로 가는 게 아니라 여행 가이드북을 만드는 출판사와 이야기가 되어 취재차 가는 거라서, 좀 더 있다 가라고도 할 수 없었어. 한 달만 바짝 하고 오겠다고 말했지만 나는 그 말을 절반만 믿었지. 아니나 다를까, 너는 계획했던 취재가 끝나도 돌아오지 않았어. 기왕 온 김에 근처의 다른 섬들까지 죄다 돌아봐야겠다며 또다시 기약 없는 길에 올랐어.

겨울방학 시즌이 됐어. 어린이 대상 강좌가 많이 생겨서 나는 조금 바빠졌어. 차갑고 메마른 바람이 불 때면 네 생각을 했어. 내가 어깨를 웅크리고 옷깃을 여밀 때 너는 어딘가 아름다운 바닷가에서 신나게 물장구를 치고 있을지 모른다고. 낯선 사람들과 친구가 되어 그들이 시킨 피자를 넉살좋게 얻어먹고, 다 같이 우스꽝스러운 표정을 지으며 사진을 찍고 있겠지. 그들과 페이스북 친구를 맺고, 인스타그램을 팔로잉하고, 그러고도 내가 알지 못하는 수백 가지 다른 재미있는 일을 하고 있을 거라고 생각했어.

매일 저녁 집으로 돌아오면 붉은 고양이와 흰 고양이가 나를 맞이했어. 우리가 사는 집은 현관문을 열고, 다시 중문을 열어야 집으로 들어가는 구조잖아. 두 마리는 중문을 열면 바로 마주 보게 되는 거실 수납장 한가운데에 꼼짝 않고 앉아 있었기 때문에 내가 눈을 감거나 일부러 다른 곳을 보지 않는 한 반드시 눈이 마주쳤어. 붉은 고양이의 붉은 눈과 흰 고양이의 하얀 눈은 대개 무표정했지만 가끔은 무언가 할 말이 있는 것처럼 보이기도 했어. 그럴 때면 나는 얼른 눈을 피했어.

감기에 걸린 어느 날, 우미가 집으로 왔어. 우미는 들어오면서 아유 깜짝이야 하고는 붉은 고양이와 흰 고양이에게 얼굴을 찡그려 보였어. 저것들은 몇 번 봐도 영 적응이 안 되네, 하고는 사온 전복죽을 꺼내 상을 차려주었어.

"그렇게 좋으면 지가 싸가지고 갈 것이지, 너만 있는 집에 놔두고 가냐."

우미가 말했어.

"같이 사는 집이잖아."

내가 대답했어.

"뭐, 이번에 오면 싹 싸가지고 가겠지."

"어디로?"

나는 죽을 떠 넣으며 건성으로 물었어. 어디로 가기에 무거운 고양이들까지 싸간다는 걸까, 하고.

"신혼집으로."

"무슨 말이야?"

"누굴 만났던데? 넌 연서 인스타 안 봐?"

우미는 스마트폰을 꺼내서 너의 인스타그램을 보여주었어. 내가 감기를 앓느라 집에 와서 이불 속으로 직행하던 며칠간 너는 누군가의 청혼을 받고 승낙했어. 네 옆에서 환하게 웃는 남자는 전에도 네 사진 속에서 본 적이 있는 얼굴이었어. 그러나 어디서 본 것일까 기억을 되살리려고 들여다볼수록 남자의 얼굴은 점점 더 낯설어졌어. 웃고 있는 너와 함께 사진을 찍었던 수많은 남자와 여자의 얼굴들이, 하얗고 까맣고 빨갛고 노란 얼굴들이 기억 속에서 뒤엉켜 도무지 찾아낼 길이 없었어.

"너 어쩌냐."

우미가 말했어. 뭐라고 대답하면 좋을지 몰라서 나는 우미의 얼굴을 쳐다보았어.

"집 보러 다니는 거 은근 스트레스잖아. 여기 주인이 좋아서 연서도 나갈 걱정 안 하고 오래 살았는데. 아님, 이번에 그냥 너로 바꿔서 계약해. 연서 짐 싹 빼면 새 집 같겠다. 공연서 이년은, 이런 큰일을 친구한테 상의도 안 하고 제멋대로 결정하고 말이야. 우리 이모가 관상 공부 오래 했잖아. 이렇게 코끝이 둥글둥글하면 돈은 있다더라."

나는 우미의 관상 강의를 들으며 전복죽을 먹었어. 네가 김치찌개를 말끔히 먹어치웠던 것처럼, 나도 숟가락으로 바닥을 야무지게 싹싹 긁었어.

너는 한국에 오지 않고 발리에서 결혼을 했어. 남편은 2년의 세계여행 계획을 세우고 떠난 지 반년째라고 했지. 청혼한 지 한 달도 되지 않아 뚝딱뚝딱 장소를 고르고, 나와 우미에게도 항공권을 보냈어. 자식들이 객사

181

나 하지 않을까 걱정하던 양쪽 부모님은 뭐든 좋다고 했
다지. 일부러 내 공방에 들른 우미가 말해줬어. 나는 새
로 여권까지 만들었지만 결혼식에 가지 못했어. 출발 이
틀 전에 독감에 걸려 도저히 비행기를 탈 수 없었으니까.
이러다 죽는 게 아닌가 싶을 정도의 고열과 전신 통증에
시달렸어. 너에게 전화를 걸어서 내 상태를 알린 일도
내가 정말로 너와 통화를 했는지, 그러는 꿈을 꿨던 건
지 알 수 없을 정도였어. 나중에 통화 기록을 확인하고
서야 겨우 안도의 한숨을 쉬었어.

"난 연서가 독거노인으로 늙어 죽을까 봐 걱정했는데,
어쩜 골라도 딱 저 같은 사람을 골랐어."

우미는 너의 남편을 마음에 들어 했어. 딱 저 같은 사
람을 골랐다는 말에, 네가 전학올 때 입고 있던 초록색
티셔츠가 생각났어. 돋아난 새잎같이 파랗던 너의 티셔
츠에는 너를 닮은 웃는 꼬마가 그려져 있었지. 네가 자기
자리를 찾아 팔랑팔랑 걸어가던 모습도 생각났어. 그건
아주 오래전 일 같기도 하고 바로 얼마 전에 보았던 일
같기도 했어.

"너도 갔으면 좋았을 텐데, 연서가 많이 아쉬워하더라.
당분간은 들어올 계획도 없대. 남편도 회사 때려치우고
나온 거라고, 둘이 계획대로 세계 일주를 다 해야 올 거

라더라. 내가, 살림은 몽땅 혜진이한테 남겨놓고 속도 편하다 했더니 저도 할 말 없는지 웃기만 하는 거 있지."

"살림이야 뭐, 가만히 제자리에 있는데 내가 힘들 게 있나. 오히려 연서 살림을 내가 쓰는 거지."

"이러니 그 기집애가 속이 편하지. 다음 목적지가 어디랬지? 난 듣도 보도 못한 데라서 기억도 못하겠네. 아, 연우 씨는 유튜브도 해. 아직 구독자가 별로 없던데 우리라도 좀 해주자."

너와 결혼한 남자의 이름은 고연우라고 했어. 성격이며 취향뿐 아니라 공연서와 고연우라는 이름까지 비슷하다고, 우미는 얼굴도 어딘가 닮았다고 했지만 나는 아무리 봐도 그런 것 같지 않았어. 고연우는 너처럼 가볍지 않았어. 눈빛이 단단하고 입매가 야무진 얼굴이었지. 우미는 내 스마트폰을 가져가더니, 언니들이 이렇게 생각해주는 걸 알기나 하는지 모르겠다고 투덜거리며 고연우의 유튜브 채널에 구독을 눌렀어.

"결혼식 영상은 아직 안 올라왔네. 알림 설정도 해놓을게."

우미가 제 것인 양 이것저것 눌러대는 모습을 보면서 생각했어. 이제 너는 내 팔찌가 필요 없겠구나. 나는 궁금했어. 고연우도 고양이를 좋아할까? 그 남자는 너와 함께 고양이를 키우며 살게 되는 걸까.

붉은 고양이와 흰 고양이의 이야기를 해줬던 날 밤, 너는 자러 가기 전에 내게 물었어. 나는 붉은 고양이일까 흰 고양이일까. 나는 둘 다 아니라고 대답했어. 너는 귀여운 샴 고양이야. 아니면 장난꾸러기 노랑고양이 할래? 너는 생각해보마고 웃었지. 고연우는 네가 어떤 고양이를 닮았다고 대답했을까. 어쩌면 나는 상상도 못할 멋진 대답을 했을지도 몰라. 아마 그랬을 거야.

고연우의 유튜브 채널 이름은 '사표내고 세계여행'이었어. 세계지도를 배경으로 번쩍번쩍 네온사인처럼 빛나는 글자들 사이에서 단정한 이를 드러내고 웃고 있는 얼굴을 보다가, 문득 나도 여행이나 떠나볼까 하는 생각이 들었어.

"우미야, 우리도 여행이나 갈래?"

"너까지 왜 그래. 너도 공연서한테 물들었어? 난 여행에 취미 없다. 이번에도 연서 결혼식이니까 어쩔 수 없이 간 거지, 아무리 오성급 호텔이라도 내 집만 못해. 넌 여행 얘긴 한 번도 안 하다가 갑자기 웬 여행이야?"

"그냥."

"어디 가고 싶은 데라도 있어?"

나도 카이로에 가볼까. 그 시장 이름이 뭐라고 했더

라? 그 크고 어지러운 시장에 가서 한 번도 먹어본 적 없는 음식을 먹고, 다른 어떤 곳에서도 팔지 않을 것 같은 기이한 물건도 만나고, 그것에 얽힌 이상한 이야기도 듣고…… 그런데 그 이야기를 누구에게 하지?

"참, 연서가 우리한테 엽서 보낸다던데 아직 안 왔더라. 너도 못 받았지?"

엽서는 오지 않았어. 너는 다이빙 사고로 죽었어.

너는 수많은 섬을 여행했지만 스쿠버다이빙을 배운 적은 없었어. 그러다가 우미가 구독과 알림설정을 해놓은 그 채널에 네가 스쿠버다이빙을 배우는 영상이 하나둘씩 올라왔어. 너의 남편은 채널 이름을 '사표내고 세계여행'에서 '사표내고 세계여행+신혼여행'으로 바꾸었지. 허우적거리는 네 옆에서 그는 격려와 칭찬을 아끼지 않았어. 처음 해보는 거 거짓말 아니냐, 정말 잘한다, 이러다 마스터 등급까지 따겠다고 아내를 추켜세웠지. 네가 초보자치고는 정말 그렇게 잘하는 것인지 기분을 맞춰주려고 하는 말인지는 알 수 없었어. 너는 즐거워 보였어. 이렇게 재미난 줄 알았으면 진작 배워놓을 걸 그랬다고 했어. 어쩌면 바다야말로 너에게 가장 잘 어울리는 장소일지 모른다는 생각이 그제야 들었어. 바다에서는 바닥에 발을 붙일 필요가 없으니까.

　나는 어지럽게 흔들리는 바다 속 풍경을 몇 번이고 보고 또 보았어. 소리만 들어도, 눈을 감아도, 스노클을 쓴 너의 얼굴과 네가 신은 하얀 오리발이 눈앞에 생생했어. 나는 매일 밤 침대에 누운 채 어딘가 먼 바다로 천천히 가라앉았어. 일렁이는 수면 아래로 유영하는 너는 손을 뻗으면 닿을 듯 가깝게 다가왔다가도 다음 순간 푸르스름하게 멀어졌어. 너의 손목에서 떨어진 팔찌들이 너울거리며 내 옆을 지나 바다 밑바닥으로 사라져갔어.

　해저에는 무엇이 있을까. 나 같은 사람이 만들고 너 같은 사람이 잃어버린 팔찌들이 그저 녹슬고 낡아가며 닳아질 뿐이라고는 생각하고 싶지 않았어. 그러면 무엇이 있으면 좋을까. 거기에도 공방이 있어서 누군가가 그런 팔찌를 모아다가 끊어진 줄을 바꾸고 깨진 장식을 고쳐 새로 만들고 있다면 좋을 것 같았어. 아마도 그 누군가는 나와는 비교도 안 되게 훌륭한 솜씨를 가졌겠지. 그렇게 처음보다 몇 배는 근사해진 팔찌들을 파는 시장도 있어야 할 텐데. 나는 대개 그쯤에서 잠들었어. 낮에는 도통 기억나지 않던 카이로의 시장 이름이 잠들기 직전 머릿속에서 반짝 빛났다가 꿈도 없는 깊은 잠 속으로 다시 사라지곤 했지.

사고가 난 후, '사표내고 세계여행+신혼여행' 채널에
서는 모든 영상이 내려갔어. 그러고는 며칠 지나지 않아
아예 채널 자체가 사라졌어. 너의 영상을 다운로드 해놓
지 않았던 것이 잘한 일인지 잘못한 일인지 나는 도무지
알 수가 없었어. 너의 부모님은 몇 가지 중요한 물건만
챙겨갔을 뿐, 나머지는 나와 우미에게 처분해달라고 부
탁하셨어. 집주인과는 내 이름으로 다시 계약했어. 우미
는 언제든 불러도 좋다고, 필요하면 휴가를 내서라도 돕
겠다고 했어. 너의 집까지 같이 왔다가 다시 돌아가던 어
린 시절의 다정한 마음이 아직도 남아 있었나 봐. 나도
그때 한두 번쯤은, 같이 가줄까 묻던 너에게 그러자고
했어야 했는데.

 딱 한 번, 꿈을 꾸었어. 진한 향신료 냄새가 섞인 후텁
지근한 공기 속을 걷고 있었지. 티셔츠와 바지가 땀에 젖
어 몸에 달라붙었어. 사람들이 너무 많았어. 누군가 내
손목을 잡았어. 호객행위인가 싶어 떨쳐내려는데 손목
을 잡은 사람이 귀에 익은 목소리로 말했어. 다 왔어, 저
쪽이야. 너였어. 여기가 어딘데? 내가 물었지만 너는 대
답하지 않고 내 손목만 잡아당겼어. 나는 너에게 끌려가
며 다시 물었어. 여기가 어디야? 어디로 가는 건데? 너의

얼굴이 보이지 않았어. 사람들 사이로 비죽 나와 내 손목을 잡은 너의 손과 팔만 겨우 보였지. 잠깐만 멈춰봐. 내가 말했지만 너에게는 들리지 않는 것 같았어. 누군가 내 발을 밟았고 나도 다른 누군가의 발을 밟았어. 내게 밟힌 누군가가 화를 내며 무언가 말했어. 아마도 욕설이겠지만 나는 알아들을 수 없었어.

모래 바람이 불었어. 눈을 감았다 뜨니 어느 좁은 뒷골목이었어. 얼굴에 고운 모래 알갱이가 달라붙은 게 느껴졌지. 손등으로 얼굴을 훔치고 문득 돌아보니 나는 혼자였어. 너는 어디로 갔을까. 주위를 두리번거리다, 보았어. 구름 같이 흰 수염을 늘어뜨린 노인이 거기에 있었어. 낡은 양탄자 위에 어지러이 늘어놓은 목각 인형들과 함께, 붉은 고양이와 흰 고양이가 거기에 있었어. 나는 팔을 들어보았지. 오른쪽 손목에 위태롭게 매달린 팔찌가 보였어. 이것은 나의 꿈이 아니구나. 칸 엘 칼릴리. 그 이름은 오래 알고 지낸 누군가의 이름처럼 익숙하게 느껴졌어. 나는 노인을 향해 걸어갔어.

노인이 고개를 들어 나를 보았어. 거미줄 같이 주름이 가득한 얼굴에 까만 눈이 맑게 빛났어. 물기를 머금은 눈은 고요하게 멈춰서 흔들리지 않았어. 그는 더 가까이 오라는 듯 손짓을 했지. 나는 그의 양탄자 앞에 무릎을 내려놓았어. 그는 주름이 문신처럼 새겨진 손으로 붉은 고양이를 가리켰어. 그러고는 흰 고양이를 가리켰어. 데려가. 노인이 말했어. 신기하게도 무슨 뜻인지 알아들을 수 있었어. 얼마인가요? 내가 물었어. 난 당신 같은 사람을 알아. 노인이 말했어. 위로가 될지 모르겠는데 어차피…… 뒷부분은 잘 들리지 않았어. 뭐라고요? 내가 물었어. 뭐라고 하셨어요? 데려가, 이건 당신 같은 사람을 위한 거야. 나는 고양이들을 품에 안았어. 그러고는 기다렸지. 이제 노인이 붉은 고양이와 흰 고양이의 이야기를 시작할 거라고 생각했어. 하지만 그는 아무 말도 하지 않았지. 아예 눈을 감고는 스스로도 조각상이 된 듯 움직이지 않았어. 보고 있자니 노인은 스르르 다른 사람이 되었어. 믹스커피가 든 머그컵을 들고 거기 앉아 있는 사람은 나였어.

나는 붉은 고양이일까 흰 고양이일까. 네가 물었어. 둘 다 아니지. 내가 대답했어. 너는 귀여운 샴 고양이야. 아니면 장난꾸러기 노랑고양이 할래? 생각해볼게. 네가 미소를 짓는 게 느껴졌어. 볼이 움직이고 얼굴 피부가 당겼어. 코끝이 시큰해졌어. 나는 뭐라고 대답해줬어야 했던 걸까? 꿈속에서도 나는 답을 찾지 못했어.

붉은 고양이와 흰 고양이는 여전히 같은 자리에 놓아 두었어. 이제는 집에 들어올 때 시선을 피하지 않아. 붉은 고양이는 붉은 눈으로, 흰 고양이는 하얀 눈으로 나를 쳐다보면 나도 같이 그 애들을 바라보곤 해.

잠이 오지 않는 밤이면 나는 거실로 나가 붉은 고양이와 흰 고양이를 함께 들어 가슴에 안지. 고양이들의 엉덩이 아래쪽을 받치고 양손이 팔꿈치에 닿을 때까지 천천히 당기는 거야. 살짝 왼쪽으로 고개가 기울어진 흰 고양이가 붉은 고양이의 어깨에 기대. 붉은 고양이는 아무 말도 하지 않아. 흰 고양이는 편안하게 붉은 고양이에게 몸을 맡기지. 어디선가 낮게 골골대는 소리가 들려와. 나는 그 소리에 가만히 귀를 기울인단다.

먹는다

"맛있겠다!"

그녀는 언제나 그렇게 말했다. 그의 다리 사이에 무릎을 꿇고 앉아서, 혀를 내밀어 아랫입술을 핥으면서. 하얀 얼굴에 어울리는 작고 도톰한 분홍색 입술을 가진 그녀가 양손으로 그의 무릎을 감싸 쥐고 고개를 숙일 때면, 그는 흥분으로 떨리는 손을 들어 그녀의 머리카락을 움켜잡았다.

격정의 파도가 지나간 후에 그와 그녀는 한참을 말없이 누워 있곤 했다. 그녀는 그가 해주는 팔베개를 애정의 표현으로 여기고, 그도 자신처럼 행복하리라 생각했다. 그녀의 머릿속에서는 두 사람이 처음 만났던 날부터 현재까지의 모든 순간이 매번 조금씩 윤색되어 '운명적 사랑'이란 제목에 어울리는 한 편의 영화로 변해갔다. 그녀는 그의 머릿속에 있는 극장에서도 같은 영화가 상영 중일 거라 믿었다.

안된 일이지만, 그의 머릿속에 극장 따위는 없었다. 그는 대개 아무런 생각도 하지 않았다. 그녀에게 팔베개를 해주는 것도 그의 뇌가 지시한 일이라기보다는 팔이 습관적으로 하는 행동에 지나지 않았다. 그의 뇌는 평소에도 공상을 즐기지 않았을뿐더러, 특히나 그녀와 사랑을 나눈 후에는 자신에게 팔이 달렸는지조차 잊기 일쑤였다. 그것은 그녀를 대하는 그의 마음과는 아무런 상관이 없었다. 그는 주말을 그녀와 보내려고 여행 정보 사이트의 주말여행 섹션을 꼼꼼히 읽어보는 수고를 마다치 않았고, 가끔은 아무 이유 없이 꽃다발과 선물을 내밀어 그녀를 깜짝 놀라게 해주었다. 그는 그녀를 사랑스럽게 여겼고 그녀가 무척 아름답다고 생각했다. 하얀 얼굴과 쌍꺼풀진 큰 눈, 조금 짧은 듯한 코와 작고 도톰한 분홍색 입술, 가지런한 치아와 그리고 무엇보다도 유연하고 따스하며 촉촉한 그녀의 붉은 혀가 아름답다고.

그녀는 그가 이전에 사귀던 여자들과는 달랐다. 어떤

여자들은 데이트 중이건 침대에서건 받는 것만 좋아하고 그의 배려와 노력에는 감사할 줄 몰랐다. 그녀는 그가 마음을 쓰는 만큼 애쓰는 여자였다. 작은 선물에도 감동의 눈물을 글썽였고, 때로는 정성껏 준비한 도시락을 그의 회사로 가져와 동료의 부러움을 사게 해주었다. 게다가 똑똑하기까지 했다. 그녀는 다국적 제약회사의 연구원이었다.

"자기야, 날 얼마만큼 사랑해?"

흠잡을 데 없는 그녀가 녹은 사탕처럼 찰싹 달라붙어 이렇게 물을 때면 그는 우쭐한 기분이 들었다. 그는 뭔가 근사한 대답을 해주고 싶었지만 딱히 떠오르는 말이 없었다. 그래서 그는 질문으로 대답을 대신하곤 했다.

"자기는 날 얼마나 사랑하는데?"

"먹고 싶을 만큼!"

그녀는 반짝이는 눈동자로 그를 올려보다가 이내 스르르 눈을 감으며 대답을 번복했다.

"아니, 자기한테 먹히고 싶을 만큼!"

귀여운 얼굴로 그런 음란한 말을 서슴없이 하는 그녀가 그저 예뻐서, 그는 연인의 가냘픈 몸을 꼭 끌어안으며 적절하게 화답했다.

"맛있게 먹어줄게."

그는 그녀의 이마에 입을 맞추었다. 내 이마는 무슨 맛이야? 그녀가 물었다. 내 입술은 무슨 맛이야? 내 목은 무슨 맛이야? 내 가슴은? 내 젖꼭지는? 배는? 허벅지는? 거기는? 그는 생각나는 대로 아무렇게나 대답했다. 딸기 맛. 쿠키 맛. 커피 맛. 바닐라 아이스크림 맛. 체리 주스 맛. 다크초콜릿 맛. 그녀는 그 모든 맛이었으며 동시에 그 어떤 맛과도 다른 맛이었다.

그들은 그렇게 달콤하고 행복한 나날을 함께 보냈다.

그녀는 지고지순한 사랑 이야기를 좋아했다.

몇 번씩이나 윤회를 거듭하며 다른 얼굴과 다른 이름으로 다른 시대에 태어나면서도, 여전히 오직 한 사람만을 바라보는 사랑에 관한 거라면 더욱 좋아했다. 그녀는 그런 이야기를 하는 책과 그런 이야기를 하는 영화 블루레이를 수집했고, 그런 이야기를 하는 노래를 즐겨 들었다. 그러나 현실은 그녀의 취향처럼 달콤하지 않았다.

그와 만난 지 3년이 조금 넘어갈 무렵부터 그는 조금씩 멀어져갔다. 전화하는 횟수가 줄었고, 그와 비례해 통화시간도 점점 짧아졌다. 그녀를 침대로 데려가고 싶어 안달했던 그가 저녁 식사만 하고서는 피곤하다며 집으로 가버리는 일도 종종 생겼다.

그런 날이면 그녀는 집에서 가까운 대형 마트로 갔다. 살 것은 없었다. 그녀는 집에서 식사하는 일이 거의 없었다. 기껏해야 가끔 생수를 여섯 개들이 팩으로 살 뿐이었다. 그녀는 혼자 카트를 밀면서 물건을 집어, 거기에 적힌 성분 분석표나 광고 문구를 꼼꼼히 읽었다.

그녀는 맛을 상상했다.

눈으로 읽어 들이는 문자 정보들은 그녀의 머릿속에서 선명한 시각 정보로 구현됐다가 생생한 미각 정보로 최종 변환되었다. 그녀는 텅 빈 카트에 기대어 서서 혀와 목구멍에(사실은 머릿속이지만) 밀려드는 미각의 해일을 즐겼다. 그러다 보면 어느 순간엔가 각각의 맛은 그리운 몸의 감촉으로 변했다. 통밀 비스킷 맛은 그의 탄탄한 허벅지 사이에 앉아 딱딱한 무릎을 양손에 느낄 때의 촉감을 되살렸고, 칠레산 포도주의 시큼한 맛은 그의 체모가 코끝을 간질이는 느낌을 기억나게 했다. 입안을 가득 채우는 부드러운 크림치즈의 맛을 떠올릴 때면 그녀는 자신도 모르게 입을 벌렸다. 그녀는 어느새 그의 단단하고 비밀스러운 부분을 입안 가득 머금은 듯, 황홀경에 빠져들었다.

같은 날이 몇 번이고 반복됐다. 그러자 상상은 빛을 잃어갔다. 인쇄된 글자들을 아무리 꼼꼼히 읽어도 맛이 느껴지지 않았다. 마치 비닐을 씌운 혀에 음식을 올려놓는 기분이었다. 그녀는 결국 몇 가지 식품을 사서 집으로 가져왔다. 쇼핑백에서 꺼낸 것을 식탁 위에 늘어놓은 그녀는 잠시 망설였으나, 결국 포장을 뜯고 내용물을 입에 넣었다. 다시 한 번, 미각에서 촉각으로의 강렬한 전이가 일어났다. 그녀는 그날 사온 것을 모두 맛보았다. 한 개도 빼놓지 않고 전부.

　어느 날 아침이었다.

　그녀는 바지의 지퍼를 끝까지 올리지 못했다. 숨을 들이마시며 몇 번이나 다시 시도한 끝에 간신히 지퍼는 올릴 수 있었지만 단추까지 채우는 건 역부족이었다. 그녀는 달력을 보았다. 처음 대형 마트에 간 날로부터 석 달이 지나 있었다. 그녀는 냉장고로 달려갔다. 냉장고는 냉동실과 냉장실 모두 사과 한 개, 아니 자두 한 알 넣을 자리가 없을 만큼 꽉 찬 상태였다. 그녀는 멍하니 냉장고 안을 쳐다보았다.

　언제 저 많은 것을 다 사 넣은 거지?

　마치 남의 냉장고를 열어본 것처럼 모든 것이 너무나 낯설었다.

　아니야.

그녀는 고개를 저었다. 낯설지 않았다. 그녀는 어젯밤에도 무거운 비닐봉지를 들고 집으로 돌아온 일을 기억했다. 부엌 바닥에 펼쳐놓고 하나씩 하나씩 먹었던 것도. 그녀는 냉장고를 열어 남은 것을 쑤셔 넣으려다가 공간이 없어서 잡히는 대로 아무거나 꺼내서 쓰레기통에 던져 넣었다. 그러다가 손으로 입을 막고 하염없이 울었다. 꿈이 아니라 현실이었다. 그 모든 일을 그녀가 한 것도, 그가 사흘째 그녀에게 전화하지 않은 것도 모두 현실이었다.

그녀는 다른 바지를 입고 출근했다.

그녀는 점심때까지 버티다가 마음의 결정을 내리고 조퇴를 했다. 목적지는 집이 아니라 그의 회사였다.

그가 다니는 회사는 사무용 건물 밀집 지역에 있었다. 그녀는 사람들의 물결에 섞여들었다. 점심시간이 끝나기 전에 사무실에 돌아가려고 바삐 걷는 수많은 이들 사이에서 그의 회사에 가까이 갈수록, 옛 기억이 고슴도치처럼 가시를 세워 그녀를 아프게 찔렀다. 그게 언제였을까. 정성을 다해 만든 도시락을 들고 같은 자리에 왔던 날들이. 그게 언제였을까. 그가 나를 향해 환하게 웃어주었던 날들은.

그녀는 그를 만나서 이야기하고 싶었다. 누구나 그럴 때가 있다는 거 나도 알아. 그녀는 그렇게 말해줄 생각이었다. 괜찮아, 기다릴게. 그녀는 그렇게 말하면서 활짝 웃어줄 자신이 있었다.

그때 그가 나타났다. 그녀는 그 자리에서 얼어붙었다. 그는 혼자가 아니었다. 그녀가 한 번도 본 적 없는 낯선 여자가 그의 곁에 있었다. 그는 그 여자와 나란히 걸으며 무엇이 그리도 즐거운지 소리를 내어 웃었다. 그녀 안에서 무언가가 꿈틀거렸다. 아침부터 물 한 모금 넘기지 않았지만, 뱃속을 헤집는 역겨운 무언가의 정체가 허기가 아니라는 것만은 분명했다.

"어, 여긴 웬일이야."

그녀를 발견한 그는 조금 당황한 기색이었다. 아주 조금. 그녀의 가슴에서 뭔가가 무너져 내렸다.

알고 있었잖아.

무너진 가슴에서 교활한 목소리가 들렸다. 놀랄 일도 아니지 뭐. 하루에도 대여섯 번씩 전화하던 남자가 사흘씩이나 연락을 안 했는데 뭘 더 기대한 거야? 목소리는 아예 대놓고 키득키득 웃었다.

먼저 갈래? 그가 함께 있던 여자에게 말하자, 여자는 어깨를 으쓱하더니 자리를 피해주었다. 여자가 없어지자

아주 조금 당황했던 그의 표정이 풀어지더니 꽤 많이 뻔뻔한 얼굴로 변했다.

자, 본 그대로야. 그는 아무 말도 하지 않았지만 그의 표정이 이미 모든 것을 설명했다. 절망이 뱀처럼 그녀의 온몸을 휘감았다.

"나한테…… 이럴 수 있어?"

그녀는 자신의 목소리가 제 것 같지 않다고 느꼈다. 그의 모습이 눈물 속에서 일렁거렸다. 어서 말해. 그녀는 걷잡을 수 없이 떨리는 두 손에 힘을 주었다. 손톱이 손바닥을 파고드는데도 아프지 않았다. 어서 말해. '오해야, 그냥 직장 동료일 뿐인걸'이라고만 말해주면, 그러면 믿을게. 믿고 기다릴게. 그러나 그는 짧게 한숨을 쉬었다.

"미안하다."

그녀는 급하게 입을 벌렸다. "정리할 시간이 필요하다면 줄게"라고 말하려고. 그녀는 얼마든지 관대해질 자신이 있었다. 인생은 길다. 한두 달의 힘든 시간쯤이야, 이후의 수십 년에 비한다면 눈 깜박할 정도의 시간에 지나지 않으니까.

"전화할게."

그녀보다 먼저 그가 말했다.

진심으로 하는 말인지, 그저 그녀를 돌려보내기 위한

임기응변인지 알 수 없는 말을 내뱉고 그는 어색한 미소를 지었다. 그의 웃는 얼굴에 익숙해진 그녀지만 그 미소는 너무나 낯설게 느껴졌다.

그녀는 결국 아무 말도 하지 못했다. 그가 등을 돌려 걸어가, 마침내 사람들 속에 섞여 보이지 않을 때까지.

그녀는 걸어서 집에 돌아왔다.

그녀의 몸은 오랜 습관에 따라 기계적으로 움직였다. 손은 가방을 뒤져 꺼낸 열쇠를 구멍에 꽂았다. 그녀의 이웃은 모두 디지털 도어록을 썼지만 그녀는 아직도 열쇠를 쓰고 있었다. 단 두 개뿐인 열쇠 중 하나를 그에게 주었던 날은 언제였을까. 디지털 도어록을 쓰지 그러느냐고 물었던 그에게 말없이 웃어주기만 했던 날은 또 언제였을까. 손목은 손이 문고리를 잡자 오른쪽으로 회전했다. 그는 그녀가 열쇠를 고집하는 이유를 궁금해 하기는 했을까. 다리는 문이 열리기를 기다렸다가 그녀의 몸을 집 안으로 운반했다.

문이 닫혔다. 그녀는 그제야 정신을 차리고 고개를 들었다.

5년째 사는 집이었다. 현관에 선 그녀의 눈에 들어오는 모든 풍경은, 나무무늬 바닥재와 아직도 새 것 같은 하얀 벽지와 현관에서 마주 보이는 작은 베란다를 반쯤 가린 꽃무늬 커튼은 너무나 익숙해서 오히려 끔찍하게 낯설었다.

난 왜 여기에 온 거야? 그녀는 자신에게 물었다.

텔레비전에 나오는 실연당한 여자들은 넋을 잃고 걷다가 빨간불이 켜진 건널목에서 달려오던 자동차에 잘도 치이던데, 난 왜 멀쩡한 거야?

그녀는 현관에 주저앉아 울음을 터뜨렸다.

아침이 왔다. 그녀는 눈물과 눈곱이 엉겨 붙은 눈을 간신히 떴다. 퉁퉁 부은 눈꺼풀이 무겁게 느껴졌다. 학창시절부터 직장인인 현재에 이르기까지 언제나 성실함을 잃지 않던 그녀는 울다 지쳐 잠이 든 괴로운 밤을 보내고도 정해진 시간에 일어났다. 아침 햇살이 화장대 위에서 반짝거렸다. 그녀는 침대에 앉아 화장대 거울 속에서 이쪽을 향한 자신의 모습과 가지런히 놓아둔 메이크업 도구들을 번갈아 쳐다보았다.

차가운 물로 씻으면 눈의 부기가 조금은 가라앉을 것이다. 화장하고, 옷을 갈아입고, 5분 거리에 있는 전철역으로 걸어가겠지. 늦지 않게 출근하려고 바쁘게 움직이는 수많은 사람들과 함께 전철을 타면 30분 후에 연구소에 도착한다. 어차피 세상은 아무것도 달라지지 않았다.

정말?

그녀는 믿을 수 없었다. 세상이 전혀 달라지지 않는다니, 그게 가당키나 한 소리인가. 세상은 무너져야 옳았다. 태양은 떠오르지 않고, 바다는 말라버려야 했다. 세상은 그대로인데 자신의 사랑만 변했다는 사실을, 그녀는 도무지 받아들일 수 없었다.

툭. 무언가가 손등에 떨어졌다. 그녀는 멍한 눈으로 손등을 바라보았다.

붉은 피 한 방울.

그녀는 고개를 숙였다. 찢어진 입술을 벌리고 혀가 나와 손등을 핥았다. 천천히. 붉은 피가 붉은 혀로 스며들었다. 혀의 표면에 돌기를 세운 맛봉오리들이 비명을 지르며 깨어났다. 아무것도 떠오르지 않는 맛이었다. 그저 캄캄한 어둠, 끝이 보이지 않는 암흑만이 그녀의 머릿속을 가득 채웠다.

그녀는 그를 먹기로 결심했다.

할 일이 많았다. 그녀는 냉장고 청소부터 시작했다. 안에 든 음식을 모조리 꺼냈다. 전부 꺼내 바닥에 늘어놓은 후에 버릴 것과 남겨둘 것을 나누었다. 대부분은 인스턴트식품이나 반조리식품이라 남겨둘 것이 별로 없었다. 소스와 향신료는 따로 챙겼다. 그녀는 그것들의 종류를 꼼꼼히 점검해서 더 사야 할 것의 목록을 만들었다. 냉동실은 더 신경 써서 작은 성에 한 조각까지 말끔히 닦아냈다. 크기를 가늠해보니 아무래도 소형 냉동고가 하나 더 있어야 할 것 같았다. 그녀는 소스와 향신료 목록 아래에 '냉동고'라고 써넣었다.

그녀의 집에는 변변한 조리도구가 없었다. 기껏해야 과일을 깎을 때 쓰는 작은 칼과 역시 과일이나 자를 만한 작은 도마, 그리고 크기가 제각각인 컵이 너덧 개 있을 뿐이었다. 그녀는 '전문주방용품'을 검색했다. 오프라인 매장을 함께 운영하는 곳 중 홈페이지의 인터페이스가 깔끔한 두 군데를 골라 전화를 걸었다. 새로 레스토랑을 개업할 계획이니 조리도구 카탈로그를 보내달라고 부탁했다.

"가격은 중요하지 않아요. 제품만 좋다면."

그러니 최고급 제품의 카탈로그를 원한다고, 그녀는 강조해서 말했다.

그녀의 단호한 목소리 덕분인지 매끄럽고 두꺼운 종이에 모든 페이지가 컬러로 인쇄된 멋진 카탈로그가 하루 만에 도착했다. 질리도록 많은 온갖 종류의 조리도구가 저마다 자태를 뽐냈다. 칼만 해도 어찌나 종류가 많은지, 매번 새로운 칼을 쓴다 해도 그녀가 사는 도시 주민 절반의 심장을 도려낼 수 있을 것 같았다. 그러나 그녀는 다른 심장 따위는 원하지 않았다.

그녀가 도려내고 싶은 심장은 오직 그의 것뿐이었다.

석 달간 조금씩 살이 올랐던 그녀는 이제 다시 조금씩 마르기 시작했다. 그녀는 근무시간에 자주 하품을 했다. 마침 계절이 바뀌는 시기여서 그런 모습을 눈여겨보는 사람은 없었다. 아무도 그녀가 하루에 서너 시간, 길어야 너덧 시간밖에 자지 못한다는 사실을 알지 못했다. 그녀는 몹시 피곤했지만 직장을 그만둘 수는 없었고, 직장을 그만두지 않는 한 필요한 준비를 가능한 한 빨리 하려면 잠을 줄이는 것만이 유일한 방법이었다.

준비. 그녀는 그것을 '준비'라고 불렀다.

석 달이 지났다. 그녀의 군살은 모두 사라졌고, 그녀의 통장 잔액은 대부분 사라졌다. 그녀는 꼼꼼하게 점검하여 준비가 완벽한지 확인했다.

모든 준비가 끝난 날 저녁, 그녀는 대형 마트에 갔다. 아직 한 가지 준비물이 목록에 남아 있었지만 그날 저녁에 할 일은 없었다. 반년 전처럼, 그녀는 혼자 카트를 끌고 식료품 코너를 천천히 걸었다. 그녀의 카트는 텅 비어 있었다. 그녀는 텅 빈 카트가 자기 자신 같다고 느꼈다. 카트는 물건을 담기 위한 도구다. 그런데 아무도 거기에 무언가를 넣지 않는다면 과연 카트는 존재할 필요가 있을까.

그녀는 소금 진열대 앞을 지나갔다. 마지막 남은 준비물은 내일 챙기면 된다. 그녀는 늘어선 소금통을 바라보며 미소 지었다. 그녀가 마련한 모든 계획이 겉만 살짝 익혀 속살의 생생한 부드러움을 살린 스테이크라면, 마지막 준비물은 그 위에 뿌리는 몇 알의 소금이었다. 사소하지만 최고의 맛을 완성하는 결정적인 존재.

그녀는 빈 카트를 계산대 근처에 버려두고 나갔다. 누군가 그녀를 보았다면 활짝 웃는 얼굴이 사랑스러운 아가씨라고 생각했을 것이다.

다음 날 아침, 그녀는 여느 때보다 조금 이른 시간에 연구소에 도착했다.

그녀는 자신의 직업을 좋아했다. 직장 동료들은 때로 긴 연구 작업에 넌덜머리를 내거나 더 재미있어 보이는 다른 일을 찾아 떠나기도 했지만, 그녀는 한 번도 자기 일에 싫증을 낸 적이 없었다. 원하는 결과가 나오지 않아 같은 실험을 몇 번이고 반복해야 할 때조차 그녀는 단 한 번도 일이 지겹다고 생각하지 않았다. 그녀에게는 일도 사랑도, 한번 마음을 주면 다시는 변하지 않는 상대였다. 학교를 졸업하자마자 일을 시작했는데 오늘이 마지막이라고 생각하니 아쉬운 마음이 들었다. 그러나 이제 와서 되돌릴 수도, 되돌리고 싶지도 않았다. 그녀는 숨을 들이마셔 폐 속에 신선한 공기를 채웠다.

자, 소금을 가지러 가자.

"어, 오늘은 일찍 나왔네?"

엘리베이터가 13층에 도착해 문이 열리는 순간, 불쑥 나타난 동료 때문에 그녀는 놀라서 거의 주저앉을 뻔했다. 그녀의 몸을 떠받쳐 쓰러지지 않게 한 것은 다리 근육이 아니라 마음의 의지였다. 그녀의 구두 굽이 엘리베이터 바닥을 지익 소리 나게 긁었다.

"응. 일이 좀 있어서."

그녀는 평소 수다스럽기로 소문난 동료가 그녀를 붙잡고 장광설을 풀지 않기를 간절히 기도하며 대답했다. 그녀의 절박한 심정과는 달리 동료는 태연하게 엘리베이터 열림 버튼을 누르고 서서 자신도 일 때문에 일찍 나와야 했으며 아침을 못 먹고 나왔더니 속이 쓰린데 왜 연구소 근처에는 맛있고 저렴한 아침 대용식을 파는 가게가 없는지, 푸념을 늘어놓았다.

"연구소 인생이 그렇지뭐."

동료는 그녀가 이제껏 수백 번은 들었던 것 같은 말로 마무리를 짓더니, 주위에 듣는 귀가 없는지 재빨리 살피고는 덧붙였다.

"로또만 걸려 봐, 당장 사표다!"

동료는 킥 웃었다. 그녀는 그 말이 썩 재미있지 않았지만 따라 웃었다.

"그런데 안 내려?"

그녀는 그제야 아직도 엘리베이터 안에 서 있는 자신을 발견하고 걸음을 내디뎠다. 그녀가 내리자, 동료가 버튼을 놓고 안으로 들어갔다.

"좋은 하루! 이따 점심이나 같이 해."

닫히는 문 사이로 말하는 동료에게 그녀는 고개를 끄덕였다. 그녀와 이제 다시는 점심을 먹을 일이 없을 거라는 사실을, 천진한 동료가 알 리 없었다.

사방이 고요했다.

그녀는 잠시, 엘리베이터 앞에 선 채 아무도 없는 13층의 긴 복도를 바라보다가 주머니에 손을 넣어 출입 카드를 꺼냈다. 텅 빈 복도에 그녀의 굽 낮은 구두 발걸음

소리가 울렸다. 발소리에 맞추어 그녀의 심장도 두근두근 뛰었다. 그녀는 자신을 뜨겁게 달구는 이 흥분이 앞으로 저지를 불법 행위에 따르는 일탈의 쾌감 때문인지, 오늘 오후에 그를 만나게 되리라는 기대감 때문인지 알 수 없었다.

복도 끝, 제일 깊숙한 곳에 64번 연구실이 있었다.

연구가 중단되면서 연구실도 폐쇄된 지 벌써 1년이 다 되었는데도, 그녀의 출입 카드는 여전히 유효했다. 그녀가 2년에 가까운 세월을 매일같이 드나들던 곳이었다. 그때 팀원은 그녀를 포함해 모두 네 명으로, 다들 거식증으로 고통받는 사람을 치료하고 싶다는 고귀한 열정을 지닌 성실한 연구자들이었다.

그녀는 64번 연구실에서 처음으로 의미 있는 결과물이 나타났을 때의 환희를 떠올렸다. 그것은 반나절짜리 축제와 같았다. 들뜬 분위기는 반나절 만에 완전히 뒤집혔고, 그로부터 두 달이 채 못 가서 연구는 중단됐다. 다시 이곳에 들어올 거라고는, 당시의 그녀는 상상조차 하지 못했다.

그녀는 재빨리 움직였다. 출입 카드가 먹혔던 것처럼 시료 냉장고의 비밀번호도 그녀가 기억하는 그대로였다. 그녀는 연한 보라색 액체가 담긴 유리병을 꺼냈다. 손안에 쏙 들어오는 작은 병이었다. 그녀는 그것을 주머니에 넣고 64번 연구실을 나왔다.

인기척은 없었다.

그녀는 엘리베이터를 향해 걸었다. 그녀가 가져가는 물건은 어차피 수익성이나 환금성과는 거리가 멀었다. 게다가 회사는 그녀에게 퇴직금을 지급하지 않아도 되고, 덤으로 보안체계의 허점까지 점검하게 될 테니 그만하면 훌륭한 거래였다. 하지만 그렇게 생각해주지 않더라도 어쩔 수 없는 일이지. 그녀는 쓴웃음을 지으며 정문으로 걸어 나가 택시를 탔다.

약간의 정체가 있었지만 그녀는 늦지 않게 목적지에 도착했다. 택시기사는 그녀가 지폐를 건네줄 때까지만 해도 무표정이었다가, 잔돈은 가지라는 말에 입을 헤벌쭉 벌렸다.

그녀를 기다리는 것은 은색 밴과 두 명의 남자였다. 세 사람은 인사도 없이 밴에 탔다. 둘 중 좀 더 마른 남자가 휴대전화와 메모지 한 장을 그녀에게 건네주었다. 수신 음량이 최대로 설정되어 모두가 소리를 들을 수 있는 그 전화기로, 그녀는 통장에 남은 잔액 모두를 메모지에 적힌 계좌로 이체시켰다. 은행의 ARS 서비스가 '이용해주셔서 감사합니다'라고 인사하자, 남자들과 그녀도 서로

목례를 했다.

은색 밴은 그녀를 약속 장소로 데려다주었다.

그녀도 그들도 '그곳'에 도착할 때까지 아무 말도 하지 않았다.

그는 두통과 함께 깨어났다.

눈을 떴지만 시야가 온통 뿌옇게 흐려져서 제대로 보이지 않았다. 마음속에 의혹이 뭉글뭉글 피어났다. 그가 지금 있는 곳은 회사나 집, 또는 다른 어떤 익숙한 장소와도 닮지 않았다. 그는 눈꺼풀을 비비고 싶었지만, 손이 어디에 있는지 알 수 없었다. 그는 대신 눈을 여러 번 빠르게 깜박였다.

서서히 빛이 눈에 익으며 주위가 보이기 시작했다. 사방이 회색의 시멘트벽이었다. 그는 고개를 들었다. 눈을 찌르는 강렬한 조명등이 여러 개 달린 천장은 무척 높았다. 그는 정면에 놓인 하얀 소파를 발견했다.

소파 위에 여자가 앉아 있었다.

그는 마른 눈꺼풀로 흐린 눈을 여러 번 닦았다. 눈앞에 보이는 여자와 그의 머릿속 어딘가에 있는 어떤 여자의 모습이 딱 하고 아귀를 맞추었다.

그녀였다. 하얀 얼굴에 어울리는 작고 도톰한 분홍색

입술을 가진 여자.

마지막으로 본 게 언제였더라? 그래, 서너 달쯤 전이었다. 회사 앞에서 당장 울음을 터뜨릴 것 같은 얼굴을 하고, 그러나 작고 도톰한 분홍색 입술을 꽉 깨물어 울음을 참던 여자. 어쩌면 한동안 귀찮게 할지도 모른다고 생각했지만, 그날 이후로 그녀는 두 번 다시 나타나지 않았다. 3년이 넘게 사귀는 동안 좋은 추억도 많았건만 그는 그녀를 쉽게 잊었다. 그는 아직 젊은 데다 새로운 사랑에 빠졌으므로 지난 사랑을 지워버리는 일이 그리 힘들지 않았다. 그는 쉽게 생각했다. 아마 그녀도 금세 또 다른 사랑을 만났을 거라고. 원래 세상일이란 게 그렇고 그런 거 아닌가. 그런데 그녀가 왜 여기에 있는 거지? 그는 오랜만에 보는 그녀에게 뭐라고 말을 해야 할지 몰랐다. 어쨌든 뭐든 말하려고 그는 입을 벌렸다. 그러나 목구멍에 굵은 모래가 꽉 찬 듯 아무런 소리도 나오지 않았다.

"안녕."

그녀가 말했다.

그녀는 소파에서 일어나 그에게 다가왔다. 그는 마른 기침을 끌어올려 목구멍에서 모래를 밀어냈다.

"어, 안녕."

"오랜만이지?"

그녀는 그가 헤어진 전 남자친구라는 걸 잊기라도 했는지 경쾌하게 물었다. 하지만 그는 같은 어조로 대답해줄 기분이 들지 않았다. 침침한 눈을 비비고 싶었던 손이 어디에 있는지 알게 되었기 때문이다.

"여기가…… 어디야?"

그녀는 대답하지 않았다. 그건 중요한 게 아니었다. 그는 얼른 더 중요한 다른 질문을 생각해냈다.

"내가 어떻게 여기에 온 거야?"

그녀가 짧게 한숨을 쉬었다.

"자기는 자기한테 일어난 일만 궁금해? 자기가 나한테 한 게 뭔지는 궁금하지 않아?"

그는 궁금하지 않았다. 적어도 이 순간에는 그랬다. 그에게 중요한 것은 왜 자신이 여기에 있는지였다. 아니, 왜 팔을 벌린 자세로 쇠사슬에 묶여 있는지가 더 중요했다. 그는 몸을 움직여보았지만, 쇠사슬은 양 팔목만 아니라 온몸을 휘감고 있었다. 가슴과 허리, 허벅지와 발목에서 느껴지는 차갑고 섬뜩한 쇠의 감촉, 비릿한 쇠냄새. 역겨운 불안의 맛이 입안 가득 느껴졌다.

"무슨 말이야? 이거 좀 풀어줘."

그녀가 대답했다.

"미안하지만 아직은 안 돼."

아직은? 그는 그 단어에 희망을 느꼈다.

"그럼 언제 풀어줄 건데?"

"배고프지?"

뚱딴지같은 말이었다. 그는 그녀를 쳐다보았다. 어떻게 대답하면 좋을지 알 수 없었다. 그는 대답하기 곤란한 질문을 받으면 은근슬쩍 되묻는 것으로 해결했었다. 자기야, 날 얼마만큼 사랑해? 자기는 날 얼마만큼 사랑하는데? 그런 식으로 넘어갈 수 있을까? 아니다. 그때와는 상황이 다르다.

"괜찮아."

그녀가 말했다. 그녀는 손목시계를 들여다보더니 그에게 싱긋 미소를 지었다.

"곧 배가 고파질 거야."

그녀는 몸을 돌려 소파로 돌아가 앉았다.

그는 혼란스러웠다. "언제 풀어줄 건데?"라는 질문과 "배고프지?"라는 대답 사이의 상관관계가 무엇인지 도무지 짐작되지 않았다. 침착하자. 그는 자신에게 말했다. 생각을 해보는 거야.

머릿속에 거미줄처럼 엉겨 붙은 두통과 싸우며, 그는 부서 회식을 마치고 집으로 돌아오던 길을 기억해냈다. 열두 시도 되기 전이니 그리 늦은 것도 아니었다. 그는 버스 정류장에 내려서, 바로 앞에 있는 편의점에 들어가 캔커피 한 개와 즉석 북엇국을 샀다. 물건을 담은 비닐봉지를 들고 나와서 5분 거리의 집으로……? 집으로 간 기억이 없었다.

애된 얼굴을 한 편의점 아르바이트 학생이 반투명한 흰색 비닐봉지에 물건을 담아 건네주었고, 그는 그것을 오른손으로 받아들었다. 살짝 취기가 오르긴 했어도 걸음은 전혀 흐트러지지 않았다. 그는 물건을 들지 않은 왼손으로 편의점 출입문을 밀고 나왔다. 누군가 다가왔던가? 기억나지 않았다. 편의점 출입문을 미는 자신의 왼손. 그것이 그의 기억이라는 책에 인쇄된 마지막 페이지였다.

나머지는 온통 백지였다. 새하얀. 마치 그녀가 앉아 있는 저 소파 같은.

그의 가슴속에서 분노가 울컥 솟구쳤다. 편안하게 소파에 앉아 이쪽을 바라보는 그녀가 이 일을 꾸민 것이다. 당연하지! 아니라면 저렇게 편안하고 느긋하게 있을 리가 없잖아! 그러니 더더욱, 그녀의 심기를 건드리는 명청한 짓은 삼가야 했다. 자기는 자기한테 일어난 일만 궁금해? 자기가 나한테 한 게 뭔지는 궁금하지 않아? 편의점 이후의 일은 기억나지 않지만, 그는 조금 전에 그녀가 한 말만은 분명히 기억했다. 그녀는 화가 난 것이다.

그가 그녀를 떠났으니까. 그녀는 무척 많이 화가 난 것이 틀림없었다.

그러니까 조심해야 해.

그는 그녀에게 속내를 들키고 싶지 않았다. 그는 영화나 소설에서 절대적으로 불리한 상황에 놓인 인물이 제처지는 잊고서 큰소리를 치다가 대가를 치르곤 한다는 사실을 상기했다. 욕을 하거나 저주를 퍼붓는 일은 결박에서 풀려나 안전한 곳으로 돌아간 후에도 얼마든지 할 수 있었다.

그는 좋은 쪽으로 생각하려고 애를 썼다. 그녀가 화가 나서 그를 이리로 데려와 묶어놨지만 한두 시간 후면 분이 풀려서 그를 보내줄 것이라든가 하는 식으로. 어쩌면 그의 뺨을 때릴지도 모르지만, 그 정도쯤이야 얼마든지 감당할 수 있었다. 점점 더 심해지는 두통도 밀폐된 공간에 있어서 그런 것이지, 무언가 다른 이유가 있을 리 없었다. 그런데 그녀는 왜 배가 고프냐고 물어본 걸까. "곧 배가 고파질 거야"라고도 했잖아. 그건 무슨 뜻으로 한 말이지?

그는 허기를 느꼈다.

그녀의 말이 맞았다. 배가 고팠다.

그녀가 물어본 지 채 5분도 지나지 않은 것 같은데, 그는 벌써 배가 고파졌다. 당황할 틈도 없이 뱃속에서 작지만 분명하게, 꾸르르륵 소리가 났다.

그녀가 반갑게 물었다.

"자기야, 이제 배고프구나?"

그는 망설였다. 굳이 거짓말을 할 필요가 있을까. 어쩌면 그녀는 뭔가 먹을 것을 주려고 물어보는 것일지도 몰랐다. 원래 그녀는 맛있는 것을 좋아하는 여자가 아니던가. 항상 그의 다리 사이에 무릎을 꿇고 앉아서 "맛있겠다!"라고 말하곤 했으니까. 그녀는 훌륭한 요리비평가가 될 수도 있었을 것이다. 제약회사 연구원이 되지 않았더라면 말이다. 그는 그녀가 무슨 연구를 하고 있었는지 기억해보려고 했지만 도무지 생각이 나지 않았다.

"사실은, 조금 고파."

"그렇지?"

왜 기뻐하는 거야? 허기에 가려진 마음 한구석에서 그림자가 슬그머니 움직였다. 그림자는 흐느적거리며 바닥에서 몸을 일으켰다. 그러나 그는 그림자를 제대로 볼 수가 없었다. 배가 고팠다. 배가 고프다는 사실을 시인하고 나니, 허기가 갑자기 두 배로 크게 부풀어 오른 느낌이었다. 입안에 침이 고였다.

"그런데 말이야."

그녀가 소파에서 일어나 그에게 다가왔다.

"여기엔 아무것도 없어."

그녀는 오른손 검지를 들어 자신을 가리켰다.

"나 말고는."

그는 침을 흘리지 않기 위해 필사적으로 입을 다물었다.

"나를 먹을래?"

그녀가 하얀 팔을 그의 입 높이로 들어 올렸다. 그는 침을 꿀꺽 삼키고 입을 열었다.

"무슨 소리를 하는 거야."

"여기 먹을 거라곤 나밖에 없다니까."

배고파! 배고파! 배고파! 손톱을 세운 허기가 뱃속을 긁었다. 왜 이렇게까지 배가 고픈 거지? 무언가 이상했다. 그녀가 하는 말도, 내장을 찌르는 허기도 이상했다. 그는 식당에 앉아서 음식을 재촉하거나 배달 확인 전화를 몇 번씩 하는 남자가 아니었다. 그는 밤늦게 일할 때도 야식을 먹지 않았다. 무슨 짓을 했지? 나한테? 깊은 바닥을 기어 올라온 그림자가 손가락을 흔들어댔다. 그녀는 다국적 제약회사의 연구원이거든, 이 멍청아?

"이러지 말자……."

그는 앓는 소리를 냈다.

"여기서 나가자. 응? 일단 나가서 얘기해, 응?"

그녀는 말없이 그를 한참 쳐다보다가 조용히 말했다.

"우린 여기서 못 나가."

뭐라고?

"위를 봐. 높이가 5미터는 될 거야. 처음에 여길 만들 때는 사다리가 있었는데 내가 치워버렸어. 벽을 타고 올라갈 방법도 없지만 만약 그런다고 해도 문을 열 수 없을 거야. 용접해서 막아버렸거든. 그러는 조건으로 돈을 줬어. 아주 많이. 내가 가진 전부를 줬지. 나한텐 이제 필요 없으니까."

"그게 무슨 말이야?"

"……."

"거, 거짓말이지?"

그녀는 소리를 내지 않고 입술을 천천히 움직여 대답했다. 진-짜-야.

"왜, 왜 이러는 거야? 나한테?"

"말했잖아. 백번도 넘게. 널 사랑한다고, 먹히고 싶을 만큼 사랑한다고 말했잖아."

자기야, 날 얼마만큼 사랑해?

자기는 날 얼마만큼 사랑하는데?

먹고 싶을 만큼! 아니, 자기에게 먹히고 싶을 만큼!

"날 더는 사랑하지 않는다고 해서, 그것까지 잊은 건
아니지?"

그게 정말 '먹는다'라는 얘기었어? 섹스 얘기가 아니고?

"버티고 싶은 만큼 버텨도 좋아. 그럴수록 더 맛있을
거야."

그는 터무니없는 농담을 태연하게 늘어놓는 그녀의 진
의를 알고 싶었다. 아니, 알아내야 했다. 겁주려는 거지?
그는 그녀의 눈동자에서 반들거리는 장난기를 찾기 위
해 눈을 크게 떴다. 그녀는 감정이 그대로 얼굴에 드러
나는 여자였다. 사랑을 나눌 때도 절정을 느꼈는지 물어
볼 필요가 없었다. 말로 해주지 않으면 표정을 살피면 됐
다. 그는 동물적인 본능을 총동원해 그녀의 얼굴과 몸이
나타내는 진실을 찾으려 했다. 그는 그녀가 당장이라도
웃음을 터뜨리며 무서워서 벌벌 떠는 그를 경멸할 거라
고 믿기 위해 안간힘을 썼다.

절망이 서늘한 손으로 그의 목덜미를 쓰다듬었다.

그는 자신도 모르게 주위를 둘러보고야 말았다. 그녀
의 표정만 살피려고 했던 애초의 의도와는 달리, 그의
시신경은 그와 그녀가 함께 있는 이 공간 전부의 시각

정보를 그의 뇌에 전달했다. 거친 시멘트벽. 높고 육중한 그 벽에 사다리는 보이지 않았다. 문도 없었다. 거기에 있는 것은 벽뿐이었다. 회색의 벽과 흰색의 소파. 회색의 벽과 백색의 절망.

"내, 내가……."

소리는 그의 목구멍 속에서 자꾸만 덜그럭거렸다.

"내가 잘못했어. 내가, 진짜 잘못했어. 내가 좀, 어떻게 됐었나 봐. 미안해, 이런 장난은 그, 그만하자. 그만, 그만 하고 우리 같이, 나, 나가자. 응? 네가 하자는 대로 다 할게. 뭐든 다! 결혼? 그래, 우리 결혼하자. 결혼해서……."

저 여자의 이름이 뭐였지? 그는 그녀의 이름을 기억할 수 없었다. 손톱 밑에 깊숙이 박힌 가시같이, 머릿속 어딘가에 분명히 있을 그 이름이 보이지 않았다. 그는 울었다. 눈물이 뺨으로 줄줄 흘러내렸다. 무서웠다. 그녀는 거짓말을 하는 것도, 농담을 하는 것도 아니었다. 그녀는 진심이었고 그는 여기에 갇힌 것이었다. 덫에 걸린 쥐새끼처럼 그의 운명은 그녀의 손에 달렸다.

"쉬……."

그녀의 손이 그의 볼에 닿았다. 그것은 끔찍하게 차가 웠다. 아니면 그의 몸이 타버릴 듯 뜨겁거나. 그녀는 그 의 눈물이 닿은 손가락을 입으로 가져갔다. 그가 한때 사랑스럽다고 생각했던 분홍색 입술이 열리면서 붉은 혀가 나와 손가락을 핥았다. 바로 그 순간, 그의 입이 벌어지더니 침이 뚝 떨어졌다.

배고파! 허기가 짐승처럼 울부짖었다.

"울지 마. 그렇게 나쁘지 않을 거야."

그녀가 어린아이를 타이르듯 부드럽게 말했다. 그러나 그는 그녀의 목소리를 제대로 들을 수 없었다. 허기라는 야수의 포효에 고막이 날아가버렸다. 그녀의 분홍색 입술과 붉은 혀. 분홍색 입술과 붉은 혀. 붉은 혀. 붉은 혀. 붉은 혀. 그는 그녀의 붉은 혀를 물어뜯고 싶었다. 물어뜯은 혀를 입안에 넣어 질겅질겅 씹고 싶었다.

아니야!

그는 야수의 고삐를 당겼다. 난 그런 짓은 안 해! 예상치 못한 상황에 놓여서 당황한 것뿐이라고! 모든 건 말장난이야. 그래, 이성적으로 생각해. 누구라도 이런 낯선 곳에 갇혀서 쇠사슬로 칭칭 묶여 있으면 금세 정신이 나갈 만큼 겁이 나는 게 당연하다고. 그녀는 똑똑한 여자야. 미국에서 박사학위까지 따온 여자잖아. 어쩌면 거기서 최면 같은 걸 배워왔는지도 몰라. 최면! 그래, 최면이야! 〈올드보이〉 봤지? 최면으로 못하는 게 없었어. 그래, 바로 그거야!

그는 가쁜 숨을 몰아쉬었다. 허기가 주춤하며 그의 말에 귀를 기울이는 듯했다.

여긴 그냥, 교외에 있는 창고 같은 장소일 거야. 아니지, 어쩌면 시내 한가운데 어느 건물일지도 몰라. 아예 우리 집인 건 아닐까? 내가 사는 오피스텔에 몇 번이나 왔었잖아. 그녀와 끝낸 후에 디지털 도어록의 비밀번호를 바꿨던가? 안 그런 것 같은데, 그래, 여긴 우리 집일 확률이 높아. 집 앞 편의점에서 날 잡아다가, 우리 집 현관문을 태연히 열고 들어왔겠지. 그리고 영화에서처럼 나한테 최면을 건 거야. 당신은 사방이 시멘트벽으로 막힌 장소에 있습니다. 당신의 손발은 쇠사슬로 결박되어 움직일 수 없습니다. 당신은 배가 고픕니다. 배가 고픕니다. 배가 고픕니다…….

"나한테 최면 걸었지?"

그는 고개를 들고 그녀의 얼굴을 똑바로 바라보았다. 머리가 아팠다. 두통과 허기가 머릿속과 뱃속에서 사이좋게 쿵쿵 울렸다. 눈이 부실 만큼 빛이 환한데도 그녀의 얼굴이 제대로 보이지 않았다.

"그런 속임수는 안 써."

그녀가 고개를 저었다.

"정말로 원하는 게 뭐야?"

그녀는 말없이 그를 보았다. 그는 그녀의 얼굴에 떠오른 표정을 읽을 수 없었다. 머리가 너무 아프고, 배가 너무 고팠다. 그를 태운 허기의 롤러코스터가 끝이 보이지 않는 바닥으로 떨어져 내렸다.

"뭐냐고!"

그가 거세게 몸을 뒤틀었다. 그녀의 얼굴에 침이 튀었다. 그녀는 얼굴을 닦지 않았다. 64번 연구실의 원숭이도 폭력성이 증가하는 반응을 보였었다. 약이 잘 흡수되고 있다는 증거였다.

세상이 비만을 치료하기 위해 야단법석을 떠는 동안, 그녀와 동료들은 64번 연구실에서 거식증을 치료하는 신약을 연구했다. 망가진 식욕 중추를 회복시켜 생존에 필요한 음식을 거부감 없이 받아들이게 할 약을 만들어, 죽음을 향한 고통스러운 길 위에 서 있는 수많은 사람을 삶의 방향으로 돌려놓으려 했다. 그녀가 폐쇄된 연구실에서 가져온 연한 보라색 액체는 고단한 연구의 결과로 태어난 물건이었다. 그녀와 동료들은 개발 중인 그 약을 '해피라이프'라는 별명으로 불렀다. 그녀는 그때까지만 해도 삶이 곧 행복이라고 믿었다. 사람들을 하루라도 더 삶에 머물게 돕는 일을 한다는 자부심이 있었다.

'해피라이프'는 실패했다. 그녀가 그의 혈관에 주사한

약은 끔찍한 실패작이었다. 상사들은 피와 살점으로 범벅이 된 철창을 둘러보며 당장 그만두라고 질책했다. 처음부터 연구를 탐탁지 않게 여겼던 한 상사는 그것을 경멸하여 이렇게 불렀다.

좀비라이프.

격렬하게 몸을 흔들던 그가 지쳐서 고개를 떨구었다.

"사랑해."

그녀가 말했다.

"자기가 나를 사랑하지 않는 걸 알았는데도, 내 마음은 변하지 않았어."

그는 움직이지 않았다. 불규칙한 호흡 소리만 들렸다.

"어떻게 할까. 이 사랑에서 날 잘라낼 수도 없고, 마음이 떠난 자기를 내 곁에 데려다 놓을 수도 없고, 그래서 난, 자기를 먹으려고 했어."

그녀는 조리도구 카탈로그와 그 책을 보고 만들었던 길고 긴 주문목록을 떠올렸다. 뼈를 자르는 칼과 살을 발라내는 칼, 덩어리 고기를 써는 칼이 각기 다 달랐다. 그녀는 혼자서 모든 일을 해야 했기에 적절한 도구가 필요했다. 180센티미터의 키에 단단한 근육질 체형을 가진 성인 남자를 요리하기에 적합한 크기로 해체하는 일이 만만할 리 없었다. 그만 한 체구의 남자를 그녀 혼자서 먹어치우는 것도 하루 이틀에 끝날 일은 아니었지만, 그녀는 거기까지는 생각하지 않았다. 한 달이 되든 1년이 되든 전부 먹을 때까지 멈추지 않을 테니까.

며칠 밤을 꼬박 새워 목록을 만든 그녀는 완전히 지쳐서 침대에 누웠다. 잠깐 눈을 붙였다가 일어나서 이메일로 주문을 할 요량이었다. 잠이 쏟아졌다. 온몸이 가닥가닥 뜯겨나가는 것 같았다. 그러라지. 그녀는 차라리 웃고 싶었다. 마음이 갈가리 찢어졌는데, 몸뚱이는 멀쩡히 남아 있는 자신이 견딜 수 없이 우스꽝스러웠다.

그 순간, 그녀는 벌떡 일어났다.

그런 다음에는 어떻게 할 거야?

그녀는 그를 먹을 계획만 세우고, 그다음 일은 생각하지 않았다는 사실을 깨달았다. 그를 모두 먹어버린 다음에는? 먹는 건 어렵지 않겠지. 하지만 그러고 나서 어떻게 할 건데? 혼자서 살아갈 수 있겠어? 너 혼자서? 사랑하는 사람이 없는 세상에서?

그녀는 바닥으로 몸을 내던져 밤새 만든 주문목록을 거머챘다. 어쩌면 이렇게 바보스러울까! 어쩌면! 그녀는 그 종이를 갈기갈기 찢었다. 멍청한 자신에게 화가 나서 자기 손등을 긁어 상처가 나는 줄도 몰랐다.

"나 참 바보였지? 자기가 없으면 살 수 없는 주제에, 자기를 먹을 생각을 하다니 말이야. 아마, 자기가 너무 사랑스러워서 제대로 생각이란 걸 할 수가 없었나 봐."

그녀의 눈에서 눈물이 뚝 떨어졌다. 그녀는 눈가를 훔치고 조금 웃었다.

"하지만 괜찮아. 늦지 않게 그걸 알았으니까."

그는 여전히 꼼짝도 하지 않았다. 아이들의 장난에 목이 부러진 허수아비처럼 양팔을 벌리고 고개를 숙인 채. 숨소리조차 귀를 기울여야 들릴 정도로 가늘어졌다.

원숭이들도 그랬었다. 철창을 흔들며 비명을 지르다가 기운이 빠져 드러누웠다. 그녀는 마치 당시의 64번 연구실로 되돌아온 듯한 착각이 들었다. 그때와 다른 점이 있다면 원숭이가 아닌 그에게 약물을 주사했다는 것이다. 그리고 이곳에서 빠져나갈 길이 없다는 것도.

그녀를 은색 밴에 태워 여기까지 데려다준 남자들은 평범한 인생을 살아왔던 그녀와는 전혀 다른 사람들이었다. 그들은 그녀의 모든 요구사항을 완벽하게 들어주었다. 통장에 남은 마지막 동전 한 닢까지 모두 내줘야 했지만, 그녀는 가격이 비싸다고는 생각하지 않았다. 그들은 그녀의 설계대로 이 공간을 만들었고, 그를 데려와서 쇠사슬에 묶었고, 쇠사슬의 잠금 고리를 푸는 법을 그녀에게 알려주었다. 그와 그녀를 여기 남겨둔 채, 그들은 벽에 있던 사다리를 걷어 올리고 하나뿐인 출입문을 용접했다. 아마도 이 구조물이 우연히라도 누군가의 눈에 띄지 않도록 뒤처리까지 말끔하게 해주었을 것이다.

이제는 기다리는 일만 남았다.

그르르륵.

그의 배에서 소리가 났다. 아니, 그렇다고 여기기엔 무언가 다른 소리였다. 그녀는 흠칫 놀랐지만 오히려 한 걸음 더 그에게 가까이 갔다.

그르르…… 그르르륵…….

어디선가 들어본 적이 있는 소리라는 생각이 그녀의 머리에 떠오름과 동시에, 그가 빠르게 움직였다. 쇠사슬이 팽팽하게 당겨졌다. 그녀가 기세에 놀라 반사적으로 뒤로 물러나는 순간, 그의 벌린 입이 그녀의 오른팔을 크게 한 입 물어뜯었다. 그녀의 입에서 비명이 터져 나와 표면의 피부와 그 아래 근육이 함께 뜯겨나가는 소리를 묻어버렸다.

그녀는 바닥에 엉덩방아를 찧었다.

차가운 시멘트 바닥에 부딪혔는데도 엉덩이의 아픔까지 돌아볼 여유가 없었다. 그녀는 팔을 내려다보았다. 벌어진 상처에서 피가 분출했다. 고통이 너무나 생생하게 느껴져 도무지 현실이란 생각이 들지 않을 정도였다. 그녀는 고개를 들어 천장을 보았다. 천장이 아까보다 100미터쯤 위로 올라간 것 같았다. 머릿속이 어지럽고 속이 메스꺼웠다. 피는 금세 팔을 타고 흘러내려 바닥을 적셨다.

그리 오래 걸리지 않았어.

그녀는 만족스러웠다. 비록 팔의 상처가 너무 아파서 당장이라도 기절할 것 같았지만. 그녀는 주머니에 넣어두었던 주사기를 꺼냈다. 양손잡이라서 다행이었다. 오른손잡이였더라면 왼손으로 주사를 놓기가 쉽지 않았을 것이다.

"자, 잠깐만 기다려, 자기야."

그녀가 말했다. 그녀는 왼손에 든 주사기 바늘을 피투성이가 된 오른팔에 찔러 넣었다. 연한 보라색 액체가 그녀의 몸 안으로 흘러 들어갔다. 그녀의 가슴이 두근거렸다. 어떤 느낌일까? 제어할 수 없는 식욕이 뇌를 폭발시키는 기분은? 눈앞에 있는 모든 것을 먹어치우지 않고는 견딜 수 없게 되는 상태는? 모든 감각이 사라지고 오직 강렬한 허기만 남는 순간은 정말로 고통스러울까? 어쩌면 오히려 표현할 수 없는 쾌락의 절정에 이르는 건 아닐까? 원숭이들은 말해주지 않았다. 서로를 산 채로 뜯어발겨 멈추지 않고 먹어대던 원숭이들. 그녀는 핏물에 젖어 덩그러니 대가리만 남아 있던 한 녀석을 생각했다. 지금 생각하니 웃는 얼굴 같기도 했다. 어느 쪽이라도 상관없었다. 그것이 고통이라 한들, 그를 잃고 혼자서 살아가는 고통보다 크지는 않을 것이다.

그녀는 무거운 머리를 억지로 들어 그를 쳐다보았다. 그의 눈은 광기로 번쩍이고, 최대한 벌어진 콧구멍은 공기 중에 흩어진 그녀의 피 냄새를 갈망했다. 그의 강인한 턱은 부지런히 움직였다. 입속에 든 그녀의 피와 살을 꼼꼼하게 씹는 것이리라. 그 모습을 보며, 그녀는 다리 사이가 뜨겁게 젖어 드는 것을 느꼈다.

"맛있어?"

그녀가 물었다.

그는 대답 대신 입안에 든 것을 꿀떡 삼키고 피 묻은 입술을 들어 올려 으르렁거렸다.

"잠깐만, 아주 잠깐이면 돼."

그녀는 후들거리는 다리에 힘을 주어 억지로 몸을 일으켰다. 팔에서 끊임없이 흘러내린 피가 그녀를 따라 긴 자국을 만들었다.

그녀는 그의 다리 아래에 엎드렸다. 고리의 구조는 간단했다. 오른쪽 발을 묶은 고리를 하나만 풀면, 그를 옭아맨 쇠사슬이 모두 풀어지게 되어 있었다.

"여기에는 아무것도 남지 않을 거야."

하얗게 불타서 재조차 남지 않는 사랑. 그녀는 자신이 진정 원하던 것을 얻었음을 깨달았다.

쇠사슬의 고리를 풀면서, 그녀는 행복하게 미소 지었다.

아비(阿鼻)

희주는 잔뜩 웅크린 채 잠들어 있었다. 어둡고 눅눅한 방 한구석에 함부로 구겨 던진 옷처럼 누운 아이에게 예전의 모습은 하나도 남지 않았다. 지독한 꿈이었다. 태석은 크게 숨을 들이쉬었다. 뺨을 후려치듯 선명한 악취가 분명히 말해주었다. 꿈이 아니라 현실이었다.

문득 희주가 소스라치며 깨어났다. 어둠이 눈에 익지 않은 아이는 몇 걸음 밖에 선 태석을 보지 못한 듯 대번 울음을 터뜨렸다. 태석이 손에 든 것을 내던지고 와락 달려들어 안았지만 금세 울음을 그치지 못했다. 흐느끼며 떠는 작은 몸에서 시금털털한 자릿내가 났다.

"우리 딸, 자다가 일어나서 놀랐구나. 괜찮아, 아빠 여기 있잖니."

태석은 딸을 안고 등을 쓸어주며 노래를 불렀다. 넓고 넓은 바닷가에 오막살이 집 한 채, 고기 잡는 아버지와 철모르는 딸 있네, 내 사랑아 내 사랑아 나의 사랑 우리 희주……. 늘 같은 부분에서 목이 막혔다. 아내가 고쳐 부른 노랫말의 마지막 부분은 '엄마 아빠 우리 희주 행복하게 살아요'였으나, 태석은 차마 그렇게 부를 수 없었다. 노래의 뒷부분은 아내가 죽은 날로 영원히 잘려나갔다.

"아빠, 맛있는 거 갖고 왔어?"

희주가 속삭이듯 말했다. 태석은 일부러 호들갑스럽게 대답했다.

"그럼, 우리 희주 주려고 맛있는 거만 골라서 가져왔지! 희주랑 아빠랑 같이 먹을까?"

태석은 내던졌던 자루를 가져왔다. 안에서 나온 것은 온전한 노란 상자 한 개와 귀퉁이가 찌그러진 파란 상자 한 개였다. 보잘것없는 작은 상자 두 개를 얻으려고 태석은 희주를 혼자 남겨두는 모험을 했다. 상자 겉면에 개성 없는 돋움체로 '음식'이라는 단어가 영어와 이 나라 언어로 인쇄되어 있었다.

태석은 상자를 맨손으로 뜯었다. 벌써 1년째였다. 처음에는 칼이나 가위 없이는 힘들었지만 이제는 맨손이면 충분했다. '무엇이든 꾸준한 연습을 당해낼 수 없다'. 대학에서 교수로 일하던 시절에 태석은 학생들에게 그렇게 가르쳤다. 이제는 꿈처럼 희미한 기억의 부스러기로만 남은 그때, 태석은 이 도시에서 캠퍼스가 제일 예쁜 대학의 교환교수였다. 그는 대학에서 일과를 마치고 방 세 개짜리 아파트로 돌아왔고, 집 안에서는 맛있는 저녁을 준비해놓는 아내와 웃으며 뛰어나오는 딸이 있었다. 태석은 모든 것을 다 가졌기에 아무것도 더 바라지 않았다.

노란 상자 속에서 생수 세 병과 손바닥 반만 한 크기의 비스킷 여섯 개, 200밀리리터 용량의 멸균우유 세 팩, 그리고 초콜릿바 세 개가 나왔다. 태석은 초콜릿바를 집었다. 그는 포장지를 벗길 때 확 번지는 초콜릿바의 들큰한 냄새가 싫었다. 그 냄새를 맡으면 어쩐지 구역질이 났다. 그러나 초콜릿바는 희주가 그나마 잘 먹는 것이어서 태석은 노란 상자를 찾기 위해 눈에 불을 켜고 다녔다.

희주는 아빠가 건네주는 초콜릿바를 두 손으로 얌전히 받아서 작은 입으로 가져갔다. 그렇게 딱딱한 것이 아닌데도 아이는 깨물어 먹지 못했다. 그저 마르고 핏기 없는 입술로 감싸 조금씩 핥을 뿐이었다.

"아빠도."

희주가 초콜릿바에서 입을 떼고 말했다. 표면이 조금 녹았을 뿐 전혀 줄어들지 않은 그것을 들고, 아이는 아빠를 향해 미소를 지어주었다. 통통했던 볼이 홀쭉해지고, 윤기 나던 피부에 버짐이 피었어도 희주는 아직 웃음을 잃지 않았다.

오래오래 조금씩 녹여 겨우 초콜릿바를 3분의 1쯤 먹고, 멸균우유를 두어 모금 마신 후에 희주는 다시 잠이 들었다. 태석은 딸을 편하게 눕히고 담요를 잘 덮어주었다. 그는 딸이 좋은 꿈을 꾸기를 바랐다. 아주 잠깐이라도, 어차피 '현실'이라는 끝나지 않는 악몽으로 돌아올지라도.

태석은 축축한 벽에 등을 기대고 앉았다. 그는 무릎을 세우고 앉아 멍하니 반대쪽 벽을 바라보았다. 그의 시선은 곰팡이가 번져 가무끄름한 벽 너머 어딘가를 향해 있었다. 자신도 모르게, 태풍이 도시를 집어삼켰던 그날을 또다시 돌이켜보는 것이었다.

태석은 태어나서 그토록 많은 비가 쏟아지는 것은 처

음 보았다. 이 도시가 예전에도 홍수를 겪었다는 이야기
는 들은 적이 있었다. 당시 기록적인 수해를 입은 후에
빗물펌프장과 하수도 시설을 최신식으로 재정비했고,
매년 철저하게 보수 관리해서 절대 같은 일이 되풀이되
지 않을 거라는 말도 함께 들었다. 텔레비전에서는 속보
가 계속 나왔다. 도시의 저지대가 물에 잠겼다. 한국의
처가와 본가에서 전화가 왔다. 태석은 거기까지 소식이
갔느냐고, 아무 걱정 마시라고 달랬다. 노인들이 걱정한
다고 달라질 일도 아니었거니와 그 자신도 딱히 걱정할
필요는 없다고 생각했다.

한나절이 지날 무렵 정전이 됐다. 휴대전화와 인터넷
연결이 끊어진 것도 거의 같은 시각이었다. 푸르고 흰 번
개가 밤처럼 꺼먼 하늘을 가르고, 미친 바람이 굉음을
내면서 온 도시를 마구잡이로 할퀴었다. 태석의 아내가
촛불을 켰다.

"금방 지나갈 거야."

태석이 말하자 아내는 말없이 고개를 끄덕였다. 그의
말대로 태풍은 금방 지나갔다. 그 자리에는 부러진 가로
수와 떨어져 나간 간판, 침수된 자동차와 무너진 축대벽
과 눈에 보이지 않는 무언가가 남겨졌다. 날씨가 화창하
게 갠 날로부터 열흘 뒤, 태석의 아내는 갑작스러운 고열

로 혼수상태에 빠졌다.

태석은 뺨에 닿는 손길을 느끼고 눈을 떴다. 눈물이
그렁그렁한 희주가 눈앞에 있었다.

"희주야, 왜 그래? 어디 아프니?"

태석이 놀라서 묻자, 희주는 조그만 고개를 가로저었
다.

"정말이야? 아픈 데 없어? 그럼 왜 울어? 무서운 꿈꿨
어?"

희주는 이번에도 고개를 흔들었다. 그러면 왜, 라고 물
으려던 태석은 그제야 이유를 깨닫고 멋쩍게 소매로 얼
굴을 닦았다. 깜박 잠이 든 사이에 눈물을 흘린 모양이
었다. 어린 딸에게 들킨 게 부끄러웠다.

"희주야, 아빠 운 거 아니야. 눈이 좀 따가워서 그런 거
야."

"거짓말."

"정말이야. 아빠가 우리 희주한테 거짓말을 왜 하겠
어."

"그렇지만……."

희주가 고개를 숙이며 입안으로 웅얼거렸다.

"응?"

태석이 다시 묻자 희주의 목소리가 조금 커졌다.

"엄마 이름…… 불렀단 말이야, 아빠가……."

희주의 눈에서 눈물이 떨어졌다.

"그래……."

태석은 말을 잇지 못했다. 아내가 너무나 그리웠다. 미치도록 보고 싶다고, 차라리 따라 죽고 싶다고 말해버리면 속이 시원할 것 같았다. 아내를 다시 만날 길이 없다면 무덤이라도 두드리고 싶었고, 무덤이 없다면 재를 뿌린 장소에라도 가고 싶었다. 그러나 그는 아무 데도 갈 수 없었다.

태석의 아내는 고열에 시달린 지 일주일 만에, 결국 의식을 회복하지 못하고 죽었다. 의사가 사망 확인을 하자마자 간호사는 어서 짐을 챙기라고 했다. 도시의 병원들은 명성이나 위치에 상관없이 모조리 만원이었다. 태석의 아내와 비슷한 증상을 보이는 환자들이 끝도 없이 밀려들었다. 의료진은 수인성 전염병의 일종이라고만 할 뿐, 정확한 병명조차 알려주지 않았다. 병원 여기저기서 드잡이가 벌어졌다. 펄펄 날뛰는 보호자들에 비하면 눈밑이 시커먼 의사와 간호사 무리가 오히려 환자 같았다.

태석은 아내의 시신조차 수습하지 못했다. 정부에서

나왔다는 남자들이 신분증과 몇 가지 문서를 들이밀며 산 남편에게서 죽은 아내를 빼앗아 갔다. 태석은 자신과 아내는 대한민국 국민이지 이 나라 사람이 아니므로 대사관에 연락을 하겠다고 했다. 소용이 없었다. 그들은 기계음 같은 딱딱한 목소리로 매뉴얼을 읊었다. 조사 절차가 끝나면 시신을 돌려드리겠습니다. 그때까지 협조하십시오. 그들은 육식동물 같은 눈을 가졌고, 허리춤에 찬 권총도 보여주었다. 태석은 허탈한 심정으로 병원 밖에 대기한 검은 차를 보았다. 차는 소형 버스만 한 크기였는데 도무지 차종을 알 수 없었다. 똑같은 차들이 십여 대나 줄지어 서서 차례차례 시신을 옮겨 실었다.

그들은 약속을 지키지 않았다. 태석은 다시는 아내를, 산 모습으로도 죽은 모습으로도 만나지 못했다. 아내의 시신이 어떻게 되었는지 알아낼 방법도 없었다. 부검했으리라는 정도는 짐작했지만, 그 뒤로 어찌 되었는지는 모를 일이었다. 태석은 그저 그들이 망자에게 예의를 갖추어 수습해주었기만을 바랐다. 염이나 수의는 차치하고라도, 관을 쓰고 화장한 후에 비싸지 않은 유골함에라도 두었기를. 그리하여 언젠가는 아내를, 한 줌 재라도 좋으니 다시 만날 수 있기를 기도했다. 헛된 기도인 줄 알면서도 그렇게 바랄 수밖에 없었다. 그런 예우를 기대하기에는 도시 전역에서 거두어들인 사망자 수가 너무 많았다. 아마도 태석의 아내는 다른 시신들과 함께 불태워졌을 것이다. 그들이 이 도시를 불태워버린 것처럼 단번에, 신속하고, 정확하게.

태석은 허리를 구부리고 쓰레기 더미를 뒤졌다. 지난번에 노란 상자와 파란 상자를 하나씩 얻은 뒤로 벌써 여러 날이 지났다. 오늘 무언가를 발견하지 못하면 내일은 굶어야 할 형편이었다. 보급은 아직 끝나지 않았으나 몇 달 새 눈에 띄게 양이 줄어들었다.

신종 인플루엔자가 처음에 '돼지 독감'으로 알려졌듯이, 초기에 그것은 '태국열'이란 이름을 얻었다. 태국에서 비슷한 질병이 발생했는지는 확인되지 않았다. 태국에서 뎅기열이 발생했다는 뉴스를 본 누군가가 연관 지어 만들어낸 이름일 터였다. 이 나라는 일당독재 국가였다. 당의 실수는 있을 수 없었다. 실수하지 않는 당이 다스리는 나라에서 새로운 질병이 생겨났을 리도 없었다. 국경을 사이에 두고 종종 국지적인 분쟁을 벌이곤 하는 태국은 진원지로 탓하기에 적절한 상대였을 것이다.

이름 따위가 무슨 상관이겠는가. 중요한 것은 태풍 이후에 도시 전역으로 질병이 번졌다는 사실이었고, 그보다 더 중요한 것은 세균인지 바이러스인지 모를 그것을 죽일 방법이 없다는 거였다.

생존자 중에는 아직도 희망을 버리지 않은 이들이 많았다. 그들은 때로 모여 앉아 이야기를 나누기도 했다. 요즘이 어떤 시대냐고, 이제 곧 의료진이 올 거라고 목청을 높였다. 도시를 둘러싼 장벽이 허물어지고, 백신을 실은 구급차가 당장 내일이라도 올 것처럼 말했다. 태석은 한 번도 그런 자리에 끼어 앉은 적이 없었다. 태석은 그들과 달리 식량 상자를 떨어뜨리는 비행기를 향해 손을 흔들지 않았다. 태석의 생각은 달랐다.

애초에 그럴 희망이 조금이라도 있었더라면, 왜 정부가 도시 전체를 날려버렸겠는가? 공식적으로는 분리 장벽 설치 후 불만을 품은 폭도들이 저지른 짓이라고 알려졌지만, 온 도시를 화염 속에 몰아넣을 만한 양의 폭발물을 누가, 도대체 어디서 구했단 말인가. 아직 증상을 보이지 않은 수많은 사람까지 한꺼번에 희생되리라는 걸 뻔히 알면서도 그들은 도시를 쓸어버리는 쪽을 택했다.

살아남은 이들은 지하로 숨어들었다. 언제 무너질지 모르는 지붕 없는 건물 대신 어둡고 습하더라도 지하가 차라리 안전했던 까닭이다. 그래서 태석도 희주를 데리고 '개미굴'로 들어갔다. 비슷한 처지의 입주자들이 자조적으로 '개미굴'이라 이름 붙인 그곳은 기초공사를 겨우 마친 지하상가였다. 한때 이 도시의 새로운 명소가 될 꿈을 꾸던 곳.

"뭐 좀 구했어요?"

태석은 뒤를 돌아보았다. 몇 시간째 펴지 못했던 허리에 뻐근한 통증이 느껴져, 태석은 저도 모르게 얼굴을 찌푸렸다.

말을 건넨 사람의 얼굴이 낯익었다. 개미굴에서 몇 번 마주친 적이 있는 남자였다. 다른 사람들과 마찬가지로 얼굴 피부는 거칠고 입은 옷은 더러웠지만 190센티미터에 가까운 큰 키에 늘씬한 몸매, 길게 자란 머리카락을 정수리에 상투 틀듯 올려붙인 솜씨만은 예사롭지 않았다. 태석은 남자가 이전에 모델이나 디자이너였으리라 넘겨짚었다. 그는 자신에게도 대학교수의 흔적이 남아 있는지 궁금했다.

"아니요."

오늘따라 아무것도 눈에 띄지 않는 참이었다. 남자가 태석에게 다가왔다.

"요즘엔 점점 더 먹을 거 구하기가 힘들어지는 것 같아요. 전엔 비행기가 사나흘에 한 번씩은 온 것 같은데, 요즘엔 보름씩 안 올 때도 많다네요."

그렇겠지. 태석은 속으로 대답했다.

도시를 폐쇄한 자들은 번거롭게 폭탄을 여기저기서 터뜨리느니 한꺼번에 폭격을 가해 말끔히 처리하고 싶었을 것이다. '인권'이란 말이 사람들의 입에 오르내리지 않았던 시절이었다면 그렇게 했으리라. 그들은 같은 이유로 식량을 공급하고 있지만, 실상은 이곳의 모든 생존자가 어서 죽기를 기다리고 있는 게 틀림없었다.

"사는 게 뭔지."

남자가 오른발로 바닥의 돌멩이를 찼다. 태석은 동조도 반대도 아닌 흠, 소리를 내며 애써 무심한 표정을 지었다. 남자는 양손에 상자를 하나씩 들고 있었다. 그것도 둘 다 희주가 잘 먹는 노란 상자로. 태석은 머릿속으로 재빨리 계산했다. 자신보다 키가 큰 이 남자에게 덤벼들어 상자를 빼앗을 확률은 몇 퍼센트인가. 키는 크지만 근육은 없어 보이니까, 일단 가까이 다가가서 뭔가 주의를 다른 곳으로 돌릴 만한 말을 건네자. 그런 다음 냅다 사타구니를 걷어차면······.

"이거 하나 드릴게요."

남자가 오른손에 든 노란 상자를 태석에게 내밀었다.

"아니, 저······."

태석이 머뭇거리자 남자가 말했다.

"괜찮아요, 받으세요. 어린애가 있는 것 같던데."

태석은 상자를 받았다. 얼굴이 화끈 달아올랐다.

"아, 고맙, 습니다."

"뭘요. 힘드시겠어요, 아이까지 데리고."

남자는 미소를 지었다. 태석은 울고 싶었다.

"희주예요, 그 애 이름은, 일곱 살인데."

"희 - 주. 예쁜 이름이네요."

남자는 남은 상자 하나를 내려놓고 흙바닥에 그냥 주
저앉았다. 그러더니 주머니에서 담배를 꺼냈다. 태석은
담뱃갑을 든 남자의 손에서 눈을 떼지 못했다.

"한 대 피우실래요?"

태석의 손은 주인의 대답을 기다리지 않고 먼저 나갔
다. 예전의 그였더라면 상상도 하지 못할 일이었다.

"아직도 담배가 있다니, 신기하죠? 지난주에 전에 시
청 있던 자리에 갔었는데, 혹시나 해서 쓰레기더미를 뒤
져봤더니 나오더라구요. 그것도 완전 새것에 라이터까지
요. 하하……."

수다스러운 남자였다. 그래도 좋았다. 태석은 엎드려
절이라도 하고 싶었다. 음식에다 담배까지, 그는 경배받
아 마땅한 구세주였다.

"여자친구가 있었는데요, 정말 괜찮은 여자였어요. 진

짜로. 키도 크고 얼굴도 예쁘고 돈도 잘 벌고, 꽃집을 했
거든요. 딱 하나 흠이 제발 담배 좀 끊으라고 잔소리하
는 거였어요. 만날 끊겠다고 말은 했지만 그게 어디 쉽나
요. 그래서 결국은 결혼하면 끊는다고 약속을 했죠. 결
혼식 하는 날부터 끊는다고요. 날을 잡았었거든요. 그런
데……."

　남자는 갑자기 입을 다물었다. 태석은 뒷이야기를 묻
지 않았다. 그에게도 '그런데' 다음을 차마 이을 수 없는
이야기가 있었다. 그리고 이대로 간다면 이야기는 하나
가 아니라 둘이 될 터였다. 희주의 건강은 계속해서 나
빠져 이제는 분명히 눈에 보일 정도가 되었다. 태석은
타들어 가는 담배와 자신의 처지가 다르지 않다고 생각
했다. 조금씩 타서 재가 되다가 필터까지 이르면 끝이다.
땅에 떨어져 흙 묻은 발에 짓이겨진다. 태석은 연기를 길
게 뱉었다. 언제쯤 그 발길이 머리 위에 떨어지게 될까.
희주가 이대로 죽게 된다면, 그땐 어떻게 살아갈 수 있
을까? 무슨 이유로?

　"아!"

　갑자기 남자가 소리를 치며 벌떡 일어났다. 태석은 얼
떨결에 따라 일어섰다가, 이내 남자가 소리친 까닭을 알
게 되었다.

B형 감염자였다. 감염자는 한쪽 다리를 질질 끌며 태석과 남자 앞으로 걸어왔다. 힘없이 왼쪽으로 기운 머리에는 머리카락이 하나도 남지 않았다. 두피를 비롯해 얼굴 거의 전부가 썩어가는 중이라 남자인지 여자인지도 알아볼 수 없었다. 태석과 남자가 담배에 정신이 팔린 사이 다가온 모양이었다. 두 사람은 감염자를 피해 뒷걸음질을 쳤다. 딱히 해를 끼쳤다는 말을 들은 적이 없고 접촉만으로 감염되는 것도 아니라고 하지만, 견디기 어려운 악취를 뿜어내는 것만으로도 가까이 가고 싶지 않은 존재였다.

"이런, 제기!"

남자가 담배꽁초를 집어던지고는 주위를 두리번거리더니 커다란 돌덩이를 집어 들었다. 그러고는 태석이 말릴 새도 없이, 돌을 냅다 감염자의 머리에 던졌다. 퍽. 둔탁한 소리가 나더니 감염자가 풀썩 쓰러졌다. 돌에 맞은 머리 부분에서 검붉은 피가 쿨럭쿨럭 쏟아졌다. 태석이 놀라서 어쩔 줄 몰라 하는 사이에 남자는 다른 돌덩이를 집어 쓰러진 감염자의 머리에 또 던졌다. 퍽. 이번엔 아주 제대로 맞았다. 뒤통수가 뭉그러지며 돌덩이가 뇌수와 핏덩어리의 중간에 떡 하니 박혔다. 남자는 그래도 성에 차지 않는지 돌이 또 없나 두리번거렸다.

"뭐 하는 짓이에요!"

태석이 남자의 손목을 잡았다.

"왜요?"

"미쳤어요? 저 사람도 사람이오! 불쌍한 사람입니다!"

"아저씨 눈엔 저게 사람으로 보여요? 저건 그냥 좀비 예요, 좀비. 썩은 시체라고요."

"시체라니, 아직 안 죽었으니까 돌아다니는 거 아닙니까. 그런데 당신이 죽인 거예요."

"내가 죽인 거라고?"

남자가 태석의 손을 뿌리쳤다.

"이봐요, 아저씨, 내 참 기가 막혀서. 좋아, 내가 죽였다고 치자고요. 그래서 뭐요?"

"뭐라니?"

"어차피 뒈지잖아요."

"어차피 죽을 거라면 왜 그냥 놔두지 않는 겁니까? 왜 일부러, 왜."

"구역질나니까!"

남자가 비명처럼 소리쳤다.

"할 수만 있다면 여기에 돌아다니는 좀비들을 다 죽여 버리고 싶어! 당신은 안 그래?"

남자의 침이 태석의 얼굴로 튀었다.

"허, 말해보시지. 당신은 안 그래? 우리가 누구 때문에 여기 갇혀 있는 줄 몰라서 그딴 소릴 해?"

순간, 태석은 그 자리에서 토했다. 태석의 위장은 얼마 되지도 않는 내용물을 모두 역류시켰다. 그는 괴롭게 몇 번이고 토해냈다. 태석의 구토물이 남자의 신발에 튀는데도, 남자는 발을 옮기지 않았다.

"너무 그러지 마요, 아저씨."

남자가 말했다.

"아저씨도 머리가 있으면 생각을 좀 해보라고. 아저씨가 저 꼴이 났다고 생각을 해보란 말예요. 그래도 꼴까닥 하고 완전히 뒈질 때까지 살고 싶을까? 몸뚱이는 썩고, 냄새는 끝내주고, 흥, 갈 데는 없고, 그런데 숨은 안 끊어져. 안 끊어진다고."

몸뚱이는 썩고, 냄새는 끝내주고, 갈 데는 없고, 갈 데라곤 아무 데도 없고. 태석의 빈 위장은 남자의 말에 맞추어 뒤틀리는 것 같았다.

"하하하, 아저씨는 그렇게 돼도 살 거예요? 저런 꼴로 정말 살고 싶어요?"

태석은 자신이 토한 오물이 있는 바닥에 그대로 무릎을 꿇었다.

도시를 지옥으로 만든 병은 단순한 수인성 전염병이

아니었다. 환자들은 증상에 따라 세 가지로 구분되었다. A형은 고열과 탈수로 즉각 혼수상태에 빠지며 의식을 되찾지 못한 채 사흘에서 일주일 사이에 사망했다. 더러 피부가 괴사하는 이들이 있었으나 자기 몸에 무슨 일이 일어나는지 인지하며 죽은 사람은 없었다.

B형은 A형과 같은 끝을 향해 있으나 죽음에 이르기까지의 속도가 비교할 수 없이 느렸다. 발병하면 고열과 전신 무력증, 피부 괴사가 동시에 일어났다. 산 채로 몸이 썩어 들어가는 것이었다. 이 단계에서는 병변의 크기가 매우 작아서 외모가 그리 혐오스럽지는 않았다. 일주일쯤 지나면 가사 상태에 빠지는데 이때부터 끔찍한 단계로 접어들었다. 환자는 의식이 없는 채로 하염없이 걸어다녔다. 공포 영화 속 좀비와 다른 점이라면 아직 죽지 않았다는 것과 인간을 공격하지 않는다는 것뿐이었다. 그들은 부패가 진행되는 몸뚱이를 끌고 느리게 걷고, 걷고, 또 걸었다. 강제로 묶어놓거나 가두어놓지 않는 한 그들은 멈추지 않았다. 몸속의 모든 에너지가 바닥나거나 팔다리가 모두 썩어 떨어져 나가 움직일 수 없을 때까지, 둘 중 먼저 찾아오는 결말을 맞이할 때까지 움직였다. 도시가 파괴될 때 대다수가 사라졌지만, 생존자 중에는 나중에 발병한 이들이 있었다. 남자와 태석이 맞닥

뜨린 것도 그런 이들 중 하나였다.

"난 말이에요."

남자가 바닥에 내려놓았던 상자를 집어 들어 툭툭 먼지를 털며 말했다.

"난 좋은 일을 한 거예요. 고통을 덜어줬으니까요."

태석의 아내가 좀비로 변하지 않은 것은 축복이었다. 그녀는 죽을 때까지 의식이 없었으므로 죽음의 공포도 이별의 슬픔도 겪지 않았다. 그러나 누군가는 대가를 치러야 하는 법, 모든 고통은 고스란히 태석의 몫으로 남았다.

"그리고…… 저렇게 해놓으면 가져다 먹기도 편할 거 아니에요."

태석은 자신의 귀를 의심하며 무거운 머리를 들어 남자를 쳐다보았다. 설마, 내가 잘못 들었겠지. 태석은 이 나라의 언어를 현지인처럼 완벽하게 구사했다. 그가 알아듣지 못하는 단어나 표현은 없었다. 남자는 태석의 시선을 느꼈을 텐데도 이쪽으로 돌아보지 않았다. 아무 말도 하지 마. 태석은 머릿속에서 자신의 목소리를 들었다. 잘못 들은 거야. 그러니까 아무 말도 하지 마. 그러나 막을 틈도 없이 태석의 입술이 제멋대로 열렸다.

"지금, 뭐라고 했습니까?"

"먹기 편할 거라고요. 아무리 좀비라도 어쨌든 사람 비슷한 모양을 하고 있으니까."

"먹는다고?"

태석은 남자의 정신이 온전하지 못하다고 생각했다. 제정신을 가진 사람이라면 굶어 죽을지언정 감염자를 먹을 리가 있겠는가. 남자는 태석의 표정에서 그의 마음을 읽은 듯 태석 쪽으로 걸어오더니, 쭈그리고 앉아 눈높이를 맞추었다.

"아저씨는 외국인이라 소문을 못 들었나 보네요. 저걸 먹으면 태국열에 면역이 생긴다고 하더라고요. 발병해도 낫는다는 말도 있고."

"그런 말도 안 되는 소리를……."

"그러게요, 말도 안 되는 소리죠."

태석은 번들거리는 남자의 눈에서 시선을 돌렸다. 그 눈을 똑바로 마주 보기가 어려웠다.

"그런데 말이에요, 난 지금 이 판국도 썩 말이 되는 것 같지는 않거든요? 좀비 새끼들은 돌아다니지, 먹을 건 없지, 오늘은 멀쩡하지만 내일은 좀비가 될지도 모르지, 아유 신나."

남자는 태석의 얼굴에 자신의 얼굴을 바짝 들이대고 입을 크게 벌려 웃는 표정을 지어 보였다. 이마에는 주름이 잡히고 눈은 매섭게 번뜩이는데 입꼬리만 억지로 추켜올린 모양새가 소름 끼쳤다. 남자가 속삭였다.

"아저씨, 얼른 집에 가서 애 밥이나 챙겨 먹이세요."

폭발과 화염이 도시를 폐허로 만든 후, 생존자 중 일부는 탈출을 감행했다. 그들 모두가 장벽의 경비대에게 사살됐다는 소문이 뒤를 이었다. 정부도 바보가 아닌 바에야 경계를 철저히 했을 것이다. 사살당하느니 백신이 개발되길 기다리는 쪽이 안전하다고 믿는 사람들과 죽더라도 도시 바깥에서 죽겠다는 사람들이 나뉘었다. 태석은 탈출하는 쪽이었다.

난관은 한둘이 아니었다. 교통수단이 없으니 걸어야 했고 음식과 물도 준비되지 않았지만, 아버지로서 다른 판단을 내릴 수 없었다. 분리 장벽을 넘어갈 계획은 거기에 도착한 다음에 세울 심산이었다. 그러나 그는 탈출을 실행하지 못했다. 희주가 심한 몸살로 앓아누운 까닭이었다. 온 도시가 불길에 휩싸인 모습을 보았으니 일곱 살밖에 되지 않은 아이가 큰 충격을 받은 것도 당연했다. 태석은 그렇게만 생각하고 정성껏 딸을 돌보았다.

희주는 한동안 앓은 끝에 차도를 보이기 시작했으나, 자주 다리의 통증을 호소했다. 희주는 제대로 걷지 못했다. A형 감염의 증상도 아니고 B형 감염의 증상도 아니었다. 하지만 이 병이 아니라고 해도 장담할 수 없었다. 치료는커녕 진단도 할 수 없는 상황이었다. 태석은 그래도 탈출 계획을 포기하지 않았다. 어떻게든 도시를 벗어날 수만 있다면 나머지는 그때 가서 생각해보기로 했다. 문제는 태석 또한 지쳤다는 거였다. 그에게는 희주를 업고 먼 길을 갈 만큼의 체력이 없었다. 무리해서 가다가 쓰러진다면 다음은 장담하기 어려웠다. 태석은 딸을 옮길 도구와 몸을 가누기 어려운 아이를 데리고 움직일 만한 체력을 보충한 후에 길을 나서기로 했다.

기나긴 하루가 모여서 한 달, 석 달, 반년, 이제 1년을 넘어서고 있었다. 희주는 점점 더 쇠약해져갔고, 생각과는 달리 태석의 체력은 조금도 나아지지 않았다. 너무 적은 식량과 영양 불균형은 오히려 남은 생명력을 갉아먹었다. 그는 애초에 일찌감치 길을 나서지 않은 것을 후회했다.

태석이 상투를 튼 남자에게 얻은 노란 상자를 들고 개미굴로 돌아온 날, 희주는 좋아하는 초콜릿바 앞에서도 고개를 흔들었다. 아무리 입맛이 없어도 아빠가 걱정할까 봐 억지로 먹어주던 아이가 그러니 태석은 가슴이 덜컹 내려앉았다.

"그럼 다른 거 먹을까? 비스킷 어때, 희주야?"

태석이 아무렇지 않은 척 말을 건네자, 희주는 대답 없이 아빠의 얼굴을 쳐다보았다. 까맣고 죄 없는 희주의 눈 속에 망설임이 엿보였다. 말할까 말까. 말할까 말까. 태석은 함부로 뒤엉킨 희주의 머리를 쓰다듬었다. 축축하게 땀으로 젖은 머리는 뜨거웠다.

"비스킷도 싫어? 오늘만 꾹 참고 먹어보자. 내일은 아빠가 다른 거 꼭 찾아올게."

태석의 손이 아이의 뒤통수를 지나 등을 부드럽게 쓸어내렸다. 등에서도 분명한 열기가 느껴졌다.

"싫어서가 아니고……."

"응? 그러면?"

"이상해."

"뭐가?"

희주는 머뭇거렸다. 태석은 아이의 입에서 나올 말이 두려웠다. 그러나 들어야 했다.

"뭐가 이상한지 아빠한테 말해줄래?"

"희주 다리가……."

"우리 희주 예쁜 다리가 왜?"

"다리가…… 이상해……. 느낌이 없어……."

올 것이 왔다. 태석의 머릿속은 찬물을 끼얹은 듯 멍

료해졌다. 극도의 공포는 오히려 감각을 마비시키는 모양이었다. 태석은 침착하게 딸의 마른 다리를 이리저리 만져보는 시늉을 했다.

"괜찮아, 희주야. 잠깐 쥐가 났나 보다. 어린이들은 팔다리가 쑥쑥 크니까 그럴 때도 있어. 너무 걱정하지 마. 알았지?"

태석은 바짝 말라 갈라진 입술로 거짓말을 했다.

"응."

희주는 아이다운 순진함으로 태석의 말을 믿는 듯했다.

"우리 희주 다리가 아주 길어지려고 그러는 거야."

"정말?"

"그럼."

태석은 숨을 쉴 수가 없었다.

희주의 뺨에 얼룩이 생겼다.

다행히도 부녀의 방에는 거울이 없었다. 희주는 미처 깨닫지 못하는 모양이었다. 얼룩 근처를 무심히 한 번 긁은 적은 있으나 얼굴이 가렵다거나 아프다는 말은 하지 않았다. 얼룩이 나타나기 전까지만 해도 태석에게 남아 있던 실낱같은 희망은 사라졌다. 태석은 잠을 이루지

못했다. 낮에는 매일 밖으로 나가 식량을 구해야 하니 밤이 되면 피곤해 죽을 지경인데도 잠이 오지 않았다. 아무리 오랫동안 눈을 감고 있어도 마찬가지였다. 귓속에서 끊임없이 같은 소리가 들려왔다.

아저씨만 소문을 못 들었나 보네요. 저걸 먹으면 면역이 생긴다고 하더라고요. 발병했어도 낫는다는 말도 있고.

"미친 새끼."

태석은 희주가 깨지 않도록 입안으로 나지막이 말했다.

발병했어도 낫는다는 말도 있고.

그게 말이 돼? 어떻게 낫겠어? 다른 감염자를 먹는다고 나을 리가 없잖아. 옛날 옛적에 문둥병자들이 어린애 간을 먹으면 낫는다는 말을 믿는 거랑 똑같은 거 아냐. 말도 안 돼. 다들 머리가 어떻게 된 거야. 그래, 이런 데서 살다보면 제정신이 남아 있는 쪽이 미친 거지. 그놈도 자기 입으로 말했잖아. 좀비 새끼들은 돌아다니지, 먹을 건 없지, 오늘은 멀쩡하지만 내일은 좀비가 될지도 모르지, 아유 신나.

태석은 뜬눈으로 아침을 맞이했다. 그는 엉거주춤 일어서서 멍하니 방 안을 둘러보았다.

'여긴 방이 아니야.'

태석은 적당한 단어를 단번에 찾을 수 있었다.

'무덤이지.'

태석은 더듬더듬 구석으로 다가가 아끼고 아껴놓은 손전등을 덥석 집어 켰다. 태석은 그 불빛으로 희주의 얼굴을, 이지러진 원형의 얼룩이 있는 오른쪽 뺨을 비추었다. 태석은 손가락으로 얼룩을 문질렀다. 전 같으면 깨어났을 희주는 으음 하는 작은 소리만 낼 뿐 눈을 뜨지 않았다. 아이의 몸은 불덩이였다. 태석은 손가락을 눈앞으로 들어올렸다. 아무것도 묻어나지 않았다. 얼룩은 밖에서 묻은 것이 아니라 안에서 번져 나온 것이었다. 곰팡이와 배설물과 썩은 음식 냄새가 진동하는 이 공간이 꿈이 아니듯이, 희주의 병이 악화하고 있는 것은 부정할 길 없는 현실이었다. 태석은 손전등을 떨어뜨렸다. 그의 마음 깊숙한 곳에 남아 있던 한 줌 희망이 산산이 부서졌다.

태석은 파란 상자 하나를 뜯어 혼자서 모두 먹어치웠다. 이제까지 태석은 단 한 번도 배부르게 무언가를 먹은 적이 없었으나 이번만은 예외였다. 태석은 천천히, 멈추지 않고 배를 채웠다. 그런 다음 희주가 덮은 담요를 잘 여며주고 자루를 챙겨 방을 나섰다.

개미굴 입구에 서서 태석은 소리를 내어 말했다.

"이제 남은 방법은 없다. 어차피 희주는 죽는다."

태석은 희주의 이름과는 절대로 함께 말하지 않으려던 그 단어, '죽는다'를 썼다. 용기를 내야 했다.

태석의 자루 안에는 빈 상자 두 개를 겹쳐 넣은 상자하나와 손전등, 그리고 녹슨 칼이 있었다. 그는 일부러 개미굴에서 제법 먼 곳을 택했다. 부서진 건물의 벽체가 여기저기 남아 사람들의 눈에 띄지 않을 만한 장소였다. 태석은 마른 입술에 침을 바르고 거친 손을 마주 비볐다.

처음 나타난 사람은 몸집이 너무 컸다. 태석은 더 기다렸다. 두 번째는 지나치게 심한 뮬골을 하고 있어서 도무지 가까이 갈 엄두가 나지 않았다. 시간이 지날수록 그는 더 초조해졌지만, 이마에 묻어나는 땀을 눌러 닦으며 끈질기게 기다렸다.

어두워질 무렵에야 적당한 대상이 나타났다. 꼭 희주만 한 소녀였다. 옷은 너덜너덜하고 머리에는 까치집을 지었다. 썩어 들어가는 맨발은 돌멩이와 건물의 잔해가 널린 바닥을 밟아 생긴 상처로 반 이상 뭉개져 허연 뼈가 드러나 보였다. 하지만 태석은 소녀가 징그럽지 않았다. 끔찍한 모습의 소녀도 한때는 누군가의 사랑스러운 딸이었을 것이다. 소녀의 아버지도 태석처럼 목숨을 다해 소녀를 지켜주고 싶었으리라.

"그러니까, 날 이해해주렴."

태석은 일어나서 소녀의 팔을 잡아당겼다. 소녀는 태석 쪽으로 끌려와 풀썩 땅바닥에 쓰러졌다. 태석은 주위를 살폈다. 아무도 없었다. 소녀는 일어나려는 듯 버르적거렸다. 태석은 상투를 튼 남자가 그랬던 것처럼, 큰 돌을 집었다. 팔을 높이 들었다가 쓰러져 버둥거리는 소녀의 뒤통수를 내리찍었다.

태석은 느린 화면으로 재생 중인 저화질 영상을 보고 있다고 생각했다. 돌은 소녀의 뒤통수를 으스러뜨렸다. 피가 튀었다. 소녀의 뒤통수에서 핏물이 흘러나왔다. 소녀는 피를 흘리면서도 여전히 팔다리를 움직였다. 태석은 소녀의 뒤통수에서 돌을 뽑아내어 소녀의 오른쪽 어깨를 찍고 다시 오른쪽 팔꿈치를 찍었다. 그러고는 자신이 무얼 하고 있는지도 모른 채 왼쪽 어깨를 내리치고 왼쪽 팔꿈치도 내리쳤다. 피부가 찢어지고 뼈가 바스러지자 소녀는 움직이지 않게 됐다. 태석은 덜덜 떨면서 자루 속에 든 상자와 칼을 꺼냈다.

"조금만, 아주 조금이면 돼……. 조금만, 우리 희주, 우리 희주 살리게, 조금만……."

이제 주위가 정말 캄캄해졌다. 태석은 더듬거리며 그
자리를 벗어났다. 두 번인가 무언가에 걸려 넘어지고도
그는 손전등을 켜지 않았다. 무릎에서 피를 흘리며 태석
은 어둠속을 내달렸다.

희주는 거의 정신을 잃은 상태였다. 태석은 피에 젖은
상자 속에서 '그것'을 꺼냈다. 덩어리가 크지는 않았으나
통째로 먹일 수는 없었다. 태석은 그것을 자신의 입에 넣
었다. 냄새가 지독했다. 넣자마자 뱃속이 뒤틀렸다. 몇
번이고 욕지기가 났다. 그러나 태석은 그것을 뱉지 않았
다. 썩어 물컹거리는 살점을 있는 힘껏 꼭꼭 씹었다. 태
석 자신을 위해서라면 도저히 할 수 없는 일이었다. 그는
차라리 스스로 혀를 자르는 쪽을 선택했을 것이다.

태석은 입을 꽉 다물고 축 늘어진 희주를 안아 들었
다. 왼팔로 아이의 등을 받치고, 오른손으로 입을 벌렸
다. 허옇게 각질이 일어난 입술이 힘없이 벌어졌다. 태석
과 아내가 가장 맛있고, 신선하고, 영양 많은 것만 골라
넣어주려 애썼던 귀한 입이었다. 태석은 그토록 소중히
여겼던 입에다 자신이 씹어 만든 곤죽을 밀어 넣었다. 언
젠가 기르던 강아지에게 약을 먹이던 때처럼, 태석은 희

주의 목을 만져 삼키는 걸 도와주었다. 희주의 창백한 얼굴 위로 액체가 후드득 떨어졌다. 태석의 땀과 눈물이었다. 태석은 울고 있었다. 기적처럼 아이는 그것을 삼켰다. 세 번이나.

태석은 딸을 안은 채 바닥에 무릎을 꿇었다. 그는 기도했다. 제발 살려주십시오. 제발 우리 희주를 살려주십시오. 열에 들뜬 목소리로 태석은 끝없이 중얼거렸다. 누구라도 좋습니다. 제발 살려주십시오. 어떤 대가라도 다 치르겠습니다. 제가 치르겠습니다. 제발 우리 희주만 좀 살려주십시오. 살려주십시오. 살려주십시오.

사흘이 지났다.

희주의 상태가 좋아졌다. 아이의 뺨에 생긴 얼룩은 눈에 띄게 희미해졌고, 눈빛에서 생기가 느껴졌다. 열이 내리고 움직일 수 없다던 다리도 제법 구부리고 폈다. 왕성한 식욕까지 생겼다.

태석은 정말 행복했다. 그는 거의 아무것도 먹지 못하고 있었으나 전혀 허기를 느끼지 않았다. 태석은 여분의 식료품 모두를 희주에게 먹였다. 희주는 초콜릿바를 덥석덥석 베어 먹고, 비스킷을 와작와작 씹어 먹었으며 우유도 한꺼번에 세 팩씩 마셔댔다. 사레 한 번 들리는 일이 없었다. 그렇게 오랫동안 제대로 음식을 먹지 못했던 아이라고는 믿을 수 없을 정도로 잘 먹었다. 음식이 들어가자 아이는 더욱 기운을 냈다.

"아빠는 안 먹어?"

상자가 텅 빈 후에야 희주가 물었다.

"아빠는 아까 먹었어. 우리 공주님 이제 배불러?"

먹지 않아도 배가 부른 태석이 웃으면서 물었다.

"어…… 그게……."

희주는 머뭇거렸다.

"왜, 아직도 배고파?"

"아니……. 그런데…… 배가 안 불러."

"우리 희주, 너무 오랫동안 아파서 그런가 보다. 아빠가 먹을 것 더 가져올게. 잠깐만 희주 혼자 있을 수 있지?"

태석은 그저 신이 났다.

"응. 빨리, 빨리 갔다 와."

희주는 착한 아이답게 눈을 동그랗게 뜨고 아빠를 올려다보며 고개를 끄덕였다. 태석은 자루를 들었다. 자루 아래쪽에 검붉은 얼룩이 있었다. 그는 자신의 몸으로 자루를 가렸다. 희주가 보지 못하도록.

"아빠 얼른 갔다 올게."

희주는 손을 흔들었다. 아내가 살아 있고, 안락한 집

에 모두가 함께 살던 시절에 대학으로 출근하는 태석에게 손을 흔들었던 것처럼 순진한 표정으로 손을 흔들었다.

태석은 피 얼룩이 묻은 자루를 들고 식량을 구하러 나섰다.

운이 좋았다. 태석은 노란 상자 두 개와 파란 상자 한 개를 찾아냈다. 이 정도면 태석과 희주가 사나흘은 버틸 만한 양이었다. 태석은 얼른 개미굴로 돌아왔다. 하지만 들뜬 마음은 희주가 앉은 자리에서 그 음식들을 모두 먹어치우는 것을 보면서 싸늘하게 가라앉았다.

이해할 수 없는 일이었다. 사흘 전만 해도 다 죽어가던 아이가 소생한 것은 기쁘고 감사한 일이지만, 무언가 어긋난 느낌이 들었다. 희주의 식욕이 정상일까. 태석은 음식을 정신없이 입안으로 몰아넣는 희주의 눈동자에서 기이한 기운을 감지했다. 그것은 상투를 튼 남자가 태석에게 비방을 가르쳐줄 때처럼 어딘가 소름 끼치는 데가 있었다. 무언가 잘못됐다. 하지만 무엇이 잘못되었는지 알 길이 없었다.

부스러기도 남기지 않고 모조리 먹어치운 희주는 그제야 자리에 누워 잠이 들었다. 상자와 포장지를 치우려던 태석은 현기증을 느끼고 자리에 주저앉았다.

'아니야, 그럴 수도 있어. 사실 저 음식들은 형편없잖아.'

태석은 주저앉은 자리에 그대로 드러누웠다.

'한창 클 나이라고. 제대로 되었더라면 노란 상자 따위 얼마든지 간식으로 해치울 수 있지.'

태석은 웃어보려 했다.

'그러니까 괜찮아. 애가 이렇게 나았잖아.'

태석은 조금만 더 기다려서 희주의 다리에 힘이 붙으면 장벽으로 떠날 수 있으리라 기대했다. 도시의 경계를 넘어서 자유롭고 풍요로운, 그리고 안전한 곳으로 희주를 데려간다. '그리고 임금님과 따님이신 공주님은 오래오래 행복하게 살았답니다'로 이야기에 마침표를 찍는 것이다.

분리 장벽 너머에는 어떤 세상이 있을까? 태석의 의식은 점점 몽롱해졌다. 바깥세상 사람들은 여전히 잘살아가고 있을까? 언젠가 아내와 함께 희주를 데리고 놀러 갔던 교외 동물원의 풍경이 꿈처럼 다가왔다. 봄날의 환한 햇살, 아내는 하얀 티셔츠에 노란색 스카프를 하고 있었다. 아직도 소녀 같은 아내는 태석을 보고 미소를 지었다. 동물원 가득 벚꽃이 피어 눈처럼 꽃잎이 내렸다.

꽃잎의 빗속에서 희주가 깡충깡충 뛰어다녔다. 작은 나비 같았다. "희주야, 그러다 넘어져. 조심해야지!" 아내가 딸을 따라갔다. 흩날리는 꽃잎 속에서 딸과 아내는 두 마리의 나비처럼 날고 있었다. 태석은 미소를 지으며 깊이 잠들었다.

태석은 갑자기 잠에서 깨어났다. 눈은 떴지만 방 안은 온통 암흑이었다. 태석은 손으로 바닥을 더듬어 손전등을 찾았다. 손전등 불빛은 방 안을 이리저리 휘저었지만, 희주의 모습은 보이지 않았다. 아이가 덮었던 담요만 구겨져 있을 뿐이었다. 태석의 심장이 빠르게 뛰었다. 그는 딸을 소리 내어 불렀다.

"희주야! 양희주!"

개미굴 여기저기서 조용히 하라는 소리만 들릴 뿐, 그가 원하는 목소리는 대답하지 않았다. 태석은 계속해서 희주를 부르며 개미굴 밖으로 나왔다. 한밤중이었다. 가사 상태에 빠진 B형 감염자들 말고는 아무도 돌아다니지 않는 깊은 밤에 태석은 딸의 이름을 목 놓아 부르며 미친 듯이 뛰어다녔다. 태석은 오른쪽 신발이 벗겨져 달아난 것을 몰랐다. 양말도 신지 않은 오른발로 부서진 돌과 유리 조각을 밟아 피가 흐르는 것도 몰랐다. 태석은 아무것도 느끼지 못했다. 그의 눈동자는 어둠속에서 번득였다. 부실한 식생활로 쇠약해진 데다 피로가 누적돼 지칠 대로 지친 그의 몸은 딸을 향한 열망으로 움직였다. 그것이 꺼지기 직전의 불꽃이 되어 자신을 휘감아 타오르고 있다는 것을 태석은 알지 못했다.

기나긴 밤이 지났다. 저주받은 도시의 폐허에도 한 치의 어긋남 없이 태양이 떠오를 시간이 되었다. 희뿌연 새벽빛이 도시의 끔찍한 모습을 잠시나마 가리고 있던 어둠을 거두어들였다. 태석은 마침내 멈춰 섰다. 그는 입가에 피거품을 달고 가쁜 숨을 몰아쉬었다. 잔뜩 충혈된 눈도 온통 핏빛이었다. 태석은 덜덜 떨리는 손을 들어 눈을 덮은 머리카락을 걷어냈다.

거기에, 거짓말처럼 희주가 있었다.

새벽빛을 뒤따라 물결처럼 번져 오른 황금색 아침 햇살 속에 웅크리고 앉은 아이는 분명 희주였다. 보이는 것은 뒷모습뿐이었지만 태석에겐 그것만으로 충분했다. 아비는 뒷모습만 보고도 제 아이를 알아볼 수 있었다.

"희주야!"

태석은 희주를 불렀다. 아니, 그는 그렇게 생각했다. 태석은 자신이 희주의 이름을 소리 내어 불렀다고 생각했다. 하지만 그는 단지 희주를 향해 손을 내밀었을 뿐이었다. 그토록 애타게 찾아 헤맨 딸을 드디어 발견한 순간, 마지막 남은 한 방울의 생명력까지 모두 소진한 태석의 육체는 더 움직일 수 없었다. 태석은 쓰러졌다. 그는 무릎이 미처 땅에 닿기 전에 죽었다.

쿵. 태석의 죽은 몸이 바닥에 부딪혔다.

희주가 천천히 고개를 돌렸다. 이제 눈부신 햇살 아래 드러난 희주는 이전의 희주가 아니었다. 아이의 얼굴은 온통 피투성이였다. 얼굴만이 아니었다. 목도, 가슴도, 양손도 자신의 것이 아닌 피에 흠뻑 젖었다. 희주 앞에는 얼굴에서 아랫배에 이르기까지 피부가 몽땅 뜯겨나가 성별을 알 수 없는 누군가가 누워 있었다. 파헤쳐진 복부에서 비어져 나온 내장의 끄트머리는 뭉텅 거칠게 잘린 상태였다.

"아빠……."

입안에 든 무언가를 오물오물 씹느라 희주의 발음은 분명하지 않았다. 아이는 쓰러진 아빠와 앞에 누운 시체를 번갈아 쳐다보더니, 피범벅이 된 오른손을 들어 핥았다. 분홍빛 혀가 금세 피로 물들었다. 희주는 손바닥과 손등을 두어 번 핥고는 자리에서 일어섰다. 원래는 연한 노란색이었으나 이제는 새빨갛게 변한 원피스를 입고서, 희주는 서두르지도 망설이지도 않고 태석을 향해 걸어왔다. 핥지 않은 왼손에서 핏물이 방울져 떨어졌다.

"배고파…… 아빠, 배고파."

희주는 엎드린 태석을 뒤집어 바로 눕혔다. 태석의 눈은 죽은 후에도 한껏 부릅뜬 채 열려 있었다. 그러나 죽은 눈으로는 아무것도 볼 수 없었다. 어린 딸은 아버지의 티셔츠를 걷어 올리고 배를 드러냈다. 납작한 배를 열 개의 조그만 손가락들이 정신없이 후벼 팠다. 따뜻한 먹을 것에 대한 기대감으로, 희주의 벌어진 입에서 침이 뚝 떨어졌다.

장거리 연애

안나를 만나러 간다. 한 달에 두 번 기차를 타고. 마음 같아서는 매주 가고 싶지만, 그러지 못하는 이유는 내 머리에 뿌리 깊이 박혀 있는 성질 고약한 두통 때문이었다. 평소에도 변덕이 심한 이놈은 교통수단을 이용할 때면 한층 예민해졌다. 처음에 앉은 자세 그대로 움직이지 않는 게 가장 좋았다. 가는 동안 지루함을 달래볼 생각 따위는 아예 하지 말아야 했다. 책을 읽거나, 음악을 듣거나, 영화를 보려고 했다가는 당장 머릿속에서 폭동이 일어났다. 잠을 자면 한결 수월하겠지만 그나마도 쉽지 않았다. 매번 수면제를 챙겨 먹어도 효과가 있는 날과

없는 날이 반반이었다.

오늘은 운이 따르지 않았다.

상관없었다. 안나를 만날 수만 있다면 세 시간이 아니라 사흘 밤낮이라도 갈 수 있었다. 나의 등대, 나의 꽃, 나의 연인. 채. 안. 나. 혀와 이를 스치는 세 음절 마법의 주문.

─ 정말 그럴 수 있어? 사흘 밤낮을 기차에 앉아서 보내면 넌 완전 돌아버릴걸?

왔다.

아무리 맡아도 익숙해지지 않는 악취와 함께 나타난 형이 히죽 웃어 보였다. 옆자리에 아무도 앉지 않아서 불길하다 싶었다. 나는 눈을 감았다. 눈을 감아봤자 효과는 없었지만 어차피 다른 방법도 없었으니까.

─ 어이. 오랜만에 봤는데 모른 척하기야?

이건 형의 농담이다. 어제 점심시간에 회사 구내식당에 나타났으니 아직 만 하루도 지나지 않았다. 덕분에 점심까지 망치지 않았던가. 남은 음식을 고스란히 찌꺼기 통에 버리자마자, 화장실로 달려가 겨우 집어넣은 나머지 절반도 모두 토했다.

─ 그 여자가 그렇게 좋아?

나는 대답하지 않았다. 형이 하는 말이나 행동에 반

응을 보이는 건 멍청한 짓이었다. 형은 존재하지 않았다. 지금 내 옆에 앉아서 살가죽이 너덜거리는 손가락으로 시커멓게 썩은 이를 쑤시는 형과 그가 내뿜는 무시무시한 악취는 다 망상이었다. 그러니까, 감기 같은 것이었다. 병원에 가지 않아도 괜찮은.

  ─ 맘대로 생각하셔. 그런다고 내가 없어지나.

  형이 키득키득 웃는 소리가 고막을 파고들었다. 녹슨 나사못을 억지로 귓구멍에 박아 넣는 것처럼 듣기가 괴로웠다. 생전에 부드럽고 품위 있던 형의 목소리는 썩어가는 몸에 어울리는 소름 끼치는 소리로 변해버렸다. 안나가 서울에 계속 있었더라면 이런 고문을 당하지 않았으리라. 하지만 서울을 떠난 건 그녀의 잘못이 아니었다. 이런 생각을 하는 것은 옳지 않았다. 채안나라는 사람이, 그토록 경이롭고 아름다운 여인이 내 앞에 나타난 것에 감사해야 한다. 한 시간 반만 더 가면 만날 수 있다.

  ─ 아님 아버지한테 말씀을 드리던가. 내가 빨리 썩어 없어지면 너도 좋겠지?

  위선자. 그런다고 내가 속아 넘어갈 줄 알고.

  형은 자신이 죽은 날로부터 정확히 1년째 되던 날, 처음 나타났다. 집 안은 적막했고 나는 혼자였다. 아버지와 어머니는 교회에서 밤새 추모 기도를 드린다고 했다. 나는 함께 가지 못했다. 부모님은 나를 데려가지 않았다.

"넌 이제 고3이잖니."

그럴싸한 핑곗거리였다. 그래도 내가 가겠다고 우겼더라면 어땠을까. 부모님은 다른 이유를 얼마든지 찾아냈을 것이다. 당신들은 사랑하는 아들을 두 분이서만, 나 따위 거추장스러운 방해물은 빼고 오직 두 분이서만 추모하고 싶어 했다.

나는 책상에 앉아 눈에 들어오지도 않는 책을 몇 시간째 보았다. 글자들은 의미 없이 망막을 스쳐 가기만 할 뿐 머릿속에는 아무것도 남지 않았다. 나는 형 생각을 하고 있었다. 아버지와 어머니가 사랑한 아들, 성실한 모범생이며 아름다운 외모를 지녔던 형. 친구들에게는 다정한 벗이었고, 이웃에게는 예의 바른 소년이었으며, 인근의 또래 여학생들에게는 선망의 대상이었던 형. 이름에 든 빼어날 수(秀) 자의 뜻 그대로, 모든 면에서 빼어났던 나의 훌륭한 형을.

– 시험공부 하냐?

형은 이렇게 말했다. 죽은 사람이 나타나서 하기에는 시시한 말이었지만 나를 놀라게 하기에는 충분했다. 나는 펄쩍 뛰어올랐다가 그대로 방바닥에 나뒹굴었다.

– 책이 너무 깨끗한데?

형은 내가 펼쳐놓은 책을 훑어보았다. 살아 있는 형이 그런 말을 했더라면 '신경 꺼'라고 응수했겠지만, 형은 분명히 죽은 사람이었다. 죽은 지 1년이나 된 사람이었다. 나는 눈알이 으깨지도록 눈을 문질렀다. 그러나 형은 사라지지 않았다.

"형?"

마침내 내가 목구멍에 박힌 가시 같은 한 음절을 토해내자, 형은 씨익 웃었다.

– 보고 싶었다.

악취. 나는 견딜 수 없는 악취에 정신을 잃었다. 지금 생각하면 그리 독한 것도 아니었는데. 하지만 내가 무슨 수로, 그 뒤로 형이 시도 때도 없이 나타날 거라고, 천천히 부패하는 몸에서 조금씩 더 강해지는 악취를 풍기며 나타날 거라고 예상할 수 있었겠는가.

안나가 내게 손을 흔들었다.

개찰구로 나가기 직전, 나는 참지 못하고 뒤를 돌아보았다. 열차는 이미 역을 떠나고 텅 빈 선로에는 아무것도 없었다. 형은 거기에 없었다. 형은 차창에 뭉그러진 얼굴을 바짝 붙여 웃음을 흘렸을 뿐 나를 따라 내리지는 않았다. 속을 뒤집는 냄새의 여운은 아직 남았지만 어차피 나 말고는 아무도 못 맡을 테니 걱정할 필요는 없었다.

"오느라 힘들었죠?"

"아니에요. 중간에 형이 나타나서 같이 잘 왔는걸요."

"기차 안에 나타났다고요?"

안나가 놀란 얼굴로 나를 보았다. 미간에 살짝 주름이 잡힌 모습이 미치도록 귀여웠다.

"예."

머쓱한 대답이 입술을 비집었다. 말할 생각은 없었는데 나도 모르게 튀어나오고 말았다. 이런 바보. 혀를 돌돌 말아 목구멍에 처넣고 싶어졌다. 그러지 않아도 매번 내가 찾아오는 것을 충분히 미안해하는 사람인데. 아니나 다를까. 안나는 대번에 풀이 죽었다.

"미안해요, 나 때문에. 얼마나 힘들었을까."

"그런 말은 안 하기로 했잖아요."

안나가 멈춰 섰다. 그녀는 나보다 키가 작았다. 덕분에 나는 그녀의 아름다운 눈동자를 잘 볼 수 있었다.

"고마워요, 나를 보러 와줘서."

안나와 나는 서로에게 미안하다는 말은 하지 않기로 했다. 미안하다고 말하고 싶으면, 대신 고맙다고 말하기.

"고마워요, 나를 데리러 와줘서."

안나의 머릿결은 달콤했다. 안나의 머릿결에서 풍기는 샴푸 향기도 달콤했다. 안나의 달콤한 입술에서 달콤한 미소가 반짝거렸다. 그녀의 모든 것이 너무 달콤해서 어지러웠다.

대학 동기 녀석이 마련한 모임 자리에서 안나를 처음 만났다. 내가 안나와 사귄다는 걸 알게 된 주최자는 이렇게 물었다.

"왜 하필 그 여자를 골랐어?"

여자는 물건이 아니다. 나는 안나를 고르지 않았다. 안나는 여러 가능성 중에서 고를 수 있는 어떤 하나가 아니라, 그 자리에 있는 모두를 압도하는 절대적인 존재였다. 그러나 나는 간단히 녀석이 알아들을 정도의 수준에 맞춰 설명했다.

"예쁘니까."

"그 여자가? 이야, 너 취향 한번 독특하다. 거기서 제일 안 예쁜 여자가 그 여자였어."

그러자 다른 녀석이 끼어들었다.

"제일 안 예쁜 건 아니었지. 왜, 노란 카디건 입은 여자 생각 안 나? 어디서 쌍꺼풀을 야매로 했는지 칼자국이 제대로 보였잖아. 거기다 코에는 웬 분필?"

"아, 생각난다, 분필녀! 하긴, 걔가 젤 떨어지긴 했다. 그래도 걘 어쨌든 대화에는 꼈잖아. 재현이가 고른 여자는 한마디로 존재감이 없었다구. 난 얘랑 같이 나갈 때가 돼서야 '어, 저런 여자도 있었나?' 했다니까."

나의 안나를 비하하는 말을 들으니 기분이 좋지 않았지만 나는 놈을 너그럽게 용서했다. 어쨌든 덕분에 그녀를 만나게 됐으니까. 내가 그녀에게 함께 나가자고 했을 때, 놀란 사람은 녀석 혼자가 아니었다. 사실은 그 자리에 있던 모든 사람이 비슷한 반응을 보였다. 심지어 안나까지도.

그녀는 한동안 말이 없었다. 뭔가 먹으러 가자는 내말에 고개를 끄덕여 동의했지만, 뭘 좋아하느냐는 물음에는 애매한 미소로만 답했다. 아무거나요, 라는 대답은 너무 작은 소리라 들리지도 않았다. 그녀가 마침내 입을 연 것은 호텔 출신 셰프가 운영하는 이탈리안 레스토랑에 앉아 서로 메뉴판을 받아들었을 때였다.

"이거…… 장난이에요?"

내가 무슨 말씀이시냐고 되묻자, 안나는 작게 한숨을 쉬었다.

"전 사실 이런 자리 잘 안 나와요. 사람들이 저를 별로 좋아하지 않거든요. 오늘은 어쩌다, 원래 저 말고 다른 사람이 나와야 하는데 갑자기 일이 생겼다고 그래서 제가 나오게 됐어요. 그쪽…… 죄송해요, 이름을 잘 못 들었네요. 어차피 전 그냥 혼자 집에 갈 거라고 생각해서, 아까 제대로 듣지 않았거든요. 아무튼 그쪽 같은 분이 왜 저한테 같이 나가자고 했는지도 모르겠고, 왜 이런 고급 식당에 데려왔는지도 모르겠어요."

그쪽 같은 분.

내겐 늘 주위를 맴도는 여자들이 있었다. 범상한 외모를 가진 여자도 있었고, 비범한 미모를 가진 여자도 있었다. 평범한 여자는 나를 동경해서 다가왔고, 빼어난 미인은 내가 자신과 어울린다는 생각으로 접근했다. 모두가 눈에 보이는 것에만 관심이 있었고, 나는 그런 여자들에게는 전혀 관심이 없었다. 그들 중 누구도 안나처럼 아름답지 않았다.

"이거 무슨 장난 같은 거면, 그냥 갈게요. 그렇게 기분 나쁘지도 않으니까."

"장난이 아닙니다!"

나는 급히 말했다. 그녀가 정말 가버릴까 봐 허겁지겁.

"저는 안나 씨가 좋아요. 정말입니다. 그리고 제 이름은 김재현입니다."

나는 그녀가 확실히 기억하도록, 정확하게 발음했다.

"왜요? 재현 씨 같은 분은 저보다 훨씬 예쁜 분도 만날 수 있을 텐데."

내가 대답을 하려고 입을 여는 순간, 웨이터가 다가와 주문하겠느냐고 물었다. 나는 A 코스를 주문했고, 안나가 같은 것을 시켰다. 같은 거로요, 라는 그녀의 목소리가 아까보다 조금 커서 마음이 놓였다. 빌어먹을 웨이터 놈이 냉큼 꺼지길 기다렸는데, 이번에는 스테이크의 굽기는 어느 정도를 원하느냐고 물었다. 그 물음에 대답한 다음에는 와인은 무엇으로 하시겠느냐는 질문이 이어졌다. 정말 환장할 노릇이었다. 안나에게 선택권을 주고, 오늘은 좀 그러니 그냥 미네랄워터로 하겠다는 대답을 듣고, 나도 그러면 다른 음료는 필요 없다는 말로 웨이터를 쫓아내기까지는 견딜 수 없이 긴 시간이 걸렸다.

어색한 침묵이 식탁에 자리를 잡기 전에 나는 얼른 말했다.

"제 눈에는 안나 씨가 제일 예뻐요."

안나는 고요한 눈으로 나를 바라보았다. 사람들은 빛나는 눈을 선호하지만 나는 어두운 눈이 좋았다. 빛은 쉽게 사라지지만 어둠은 영원히 사라지지 않는다. 내겐 영원히 사라지지 않을 무언가가 필요했다. 안나의 눈은 내가 원하는 만큼 충분히 깊고도 어두웠다.

"이상한 분이시네요."

안나가 말했다.

"다른 사람들은 제가 음침해 보인다고들 해요."

"말도 안 되는 소립니다."

나는 단호하게 대답했다. 눈 코 입의 모양새 따위에나 신경 쓰는 바보들이 뭘 알겠는가.

"오늘 처음 만났는데, 너무 확신하시는 거 아니에요?"

"오늘 처음 만났어도 알 수 있어요."

"어떻게요?"

나는 망설였다.

"봐요, 말 못하잖아요."

"꼭 이유가 있어야 합니까?"

안나가 그렇다고 대답하면 말할 생각으로, 내가 물었다.

"없어도 돼요. 그런다고 제가 다른 사람이 될 것도 아니니까."

"안나 씨가 어떤 사람인데요?"

나는 그녀 쪽으로 몸을 기울였다.

"저한테 말해보세요."

안나도 내 쪽으로 몸을 기울였다.

"아직 아무한테도 말한 적이 없어요."

"그럼 우리 이렇게 하면 어떨까요?"

"어떻게요?"

"제가 먼저 안나 씨한테, 아직 아무한테도 하지 않은 제 이야기를 해드리죠. 그다음에는 안나 씨가 저한테 안나 씨의 이야기를 해주세요."

안나가 고개를 끄덕였다.

나는 마른기침을 한 번 했다.

"저한테는 두 살 위의 형이 있었어요. 아주 대단한 형이었지요. 얼굴도 무척 잘생기고 공부도 정말 잘했답니다."

"재현 씨보다 더 잘 생겼나요?"

"형은 저 같은 건 비교도 안 되게 미남이었어요."

사람들은 내가 형을 빼닮았다고 말했다. 그 집은 어쩌면 아들 둘이 다 그렇게 영화배우처럼 잘생겼느냐고. 그때마다 아버지와 어머니는 말도 안 되는 소리라고 받아쳤다. 재현이가 못난 건 아니지만 인물로는 수현이가 한참 더 낫지. 공부는 말할 것도 없고. 형만 한 아우 없다는 옛말이 딱이지 뭐. 우리 수현이는 내가 우리 아들이라서 하는 말이 아니고, 어디 한군데 빠지는 게 없어.

"거기다 고등학교 3년 내내 전교 1등을 한 번도 안 놓친 수재였고요. 당연히 서울대 법대에 떡 하니 합격했지요."

우와. 안나가 소리 없이 입 모양만으로 감탄했다.

"그런데 입학하자마자 3월에 죽었습니다. 밤길에 퍽치기한테 당해서요. 그것도 우리 동네, 바로 집 앞에서."

그날은 토요일이었다.

나는 온종일 혼자 집을 지켰다. 부모님은 친목회 모임에 가셨고, 형은 고등학교 때 친구들을 만나러 나갔다. 텅 빈 집에서 라면을 끓여 먹고 혼자 텔레비전을 보다가 혼자 잠이 들었다. 아주 아주 깊이. 자정이 넘은 시간에 부모님이 집에 돌아오실 때까지도 나는 여전히 잠에서 깨어나지 못했다.

오랜만에 만난 지인들과 즐거운 시간을 보낸 부모님은 정답게 이야기를 나누며 집으로 걸어오다가 집 앞 거리에서 이상한 것을 보았다. 바닥에 번진 거무스름한 액체는 아무리 봐도 피처럼 보였다. 그리 밝다고도 할 수 없는 가로등 불빛 아래에서도 섬뜩함을 미처 감추지 못한 핏자국.

부모님은 불길한 예감에 몸을 떨면서 집으로 뛰어올라왔다. 성질 급한 아버지가 형의 이름을 부르며 문을 마구 두드렸지만 잠든 나는 듣지 못했다. 내 평생 그날처럼 깊이 잠든 적이 없었다. 그날은 내가 인생에서 제대로된 잠이란 걸 잤던 마지막 날이었다.

어머니가 떨리는 손으로 핸드백을 뒤져 열쇠를 찾아 문을 연 후에, 아버지가 구두를 신은 채 방 안으로 들어와 내 엉덩이를 걷어찬 다음에야 겨우 정신을 차렸다.

"형 어디 갔어?"

일그러진 아버지의 얼굴. 그는 울음을 터뜨리기 직전이었다. 막 잠에서 깨어나 정신이 없던 나는 바보처럼 입을 헤 벌리고 아버지를 쳐다보다가 겨우 "에?"도 아니고 "예?"도 아닌 어정쩡한 대답을 했다.

"예?"

다음 순간, 눈에서 불이 번쩍 났다. 누군가 내 머릿속에서 부싯돌을 있는 힘껏 쳐올린 것 같은 기분이었다.

"형 어디 갔냐고, 이 새끼야!"

아버지가 내 멱살을 움켜쥐었다. 나는 황급히 고개를 흔들었다. 놀라고 당황해서 모른다는 간단한 말조차 나오지 않았다. 화끈거리는 볼의 통증과 입안에 가득한 피 맛, 공기 중에 번지는 공포와 분노의 뜨거운 냄새가 한데 엉켜 소용돌이쳤다.

"그때 경찰이 찾아왔습니다. 안 그랬으면 그날 밤 저는 아버지에게 맞아 죽었을지도 몰라요."

아버지와 어머니는 경찰을 따라갔다. 도살장에 끌려가는 소 같은 얼굴을 하고, 당신들에게 아들 하나가 더 있다는 사실은 송두리째 잊어버린 채로.

"부모님이 형의 시신을 확인했습니다."

형은 그렇게 죽었다. 집 앞 골목길에서, 불량배 나부랭이 또는 그와 비슷한 부류의 인간쓰레기로 추정되는 누군가가 내려친 둔기에 뒤통수가 으깨어져 개죽음을 당했다. 차라리 그 자리에 그대로 쓰러졌더라면 더 빨리 발견됐을지도 모르는데, 정신이 혼미한 상태에서 집과는 반대 방향으로 걸어가다 쓰러져 죽었다.

"범인은 못 잡았어요. 사람들은 화장을 권했지만 부모님은 형을 매장하셨습니다. 젊디젊은 나이에 죽은 것도 억울한데 불에 태워 두 번 죽일 수는 없다고 하셨죠. 그런데 형을 묻은 자리가 좋지 않아서 형은 잘 썩지 않았습니다."

나는 그 누구에게도 이 이야기를 하지 않았다. 누군가에게 말할 날이 올 거라는 생각도 해보지 못했다. 안나를 만난 것은 기적이었다.

"그걸 어떻게 아셨는데요?"

안나가 물었다. 그녀의 나지막한 목소리를 듣자 마음

이 편안해졌다. 나를 바라보는 눈동자에서 천박한 호기심의 빛 따위는 찾아볼 수 없었다. 그저 고요하고 어두울 뿐이었다.

"형이 직접 나타나서 말해줬거든요. 죽은 지 딱 1년째 되던 날에."

안나가 아닌 다른 여자에게 이런 이야기를 했더라면, 상대는 이런 미친놈이 다 있나 하고 벌떡 일어나 뒤도 돌아보지 않고 달아났을 것이다. 안나는 그러지 않았다. 그녀는 조용히 고개를 끄덕였다.

"그랬군요."

웨이터가 전채요리를 가져왔다. 안나와 나는 잠시 아무 말도 하지 않았다.

다시 둘만 남게 되자, 안나가 물었다.

"그래서 이장을 해드렸나요?"

"아니요."

"부모님께 말씀을……?"

"예, 안 했습니다. 도저히 할 수가 없더군요. 그랬더니……."

안나가 소고기 카르파초를 집는 걸 보고 나는 말을 멈췄다.

"그랬더니요?"

"저기, 식사 중에 하기에는 이야기가 좀⋯⋯."

"저 비위 좋아요."

안나가 웃었다.

"그러시면 제 이야기를 먼저 해드릴게요. 그런 다음에 재현 씨가 형님의 이야기를 좀 더 해주세요."

"좋습니다."

안나는 숨을 한 번 크게 들이쉬었다.

"저는 엄마에 대한 기억이 없어요."

우리는 그렇게 시작했다.

역사 밖으로 나오자 거리를 오가는 사람들이 평소보다 많아 보였다.

"오늘이 장날이라 사람들이 많네요. 여긴 아직 오일장이 크거든요. 젊은 사람은 별로 없고 다들 나이 드신 분들이라 그런가 봐요."

안나의 말대로 오가는 사람 중에 젊은 축은 찾아보기 어려웠다. 해안에 인접한 이곳이 지방 교역의 중심지로 활기를 띠었던 것은 이미 오래전 일이다. 이제는 그저 세월의 더께가 무겁게 내려앉은 쇠락한 소도시일 뿐. 안나처럼 아름답고 사랑스러운 젊은 여자와는 전혀 어울리지 않는 우중충한 곳이었다. 그러나 그녀에겐 선택의 여지가 없었다. 우리가 처음 만난 날, 안나는 이미 이곳으로 옮겨올 준비를 거의 마친 상태였고 정확히 일주일 후에 서울을 떠났다. 그래서 내가 한 달에 두 번씩 기차를 타게 된 것이다.

나와 안나는 손을 잡고 걸었다. 그녀의 집은 역에서 그리 멀지 않았다. 천천히 걸어도 15분이면 충분했다. 나는 이 길이 조금만 더 길었으면 좋겠다고 생각했다. 조금이라도 더 단둘이 있고 싶다고. 그러나 내 심정을 모르는 안나는 집이 보이기만 해도 바쁜 마음에 잡은 손을 놓고 달려가기 일쑤였다.

나는 그녀의 마음을 이해했다. 아무리 한 달에 두 번만이라 해도, 이웃에게 집을 봐달라는 부탁을 정기적으로 하기가 쉽지 않다는 것을, 그 이웃이 아무리 인심 좋은 먼 친척 아주머니라 해도 남자친구를 데리러 나가는 모습을 마냥 예쁘게만 보지 않으리라는 것도. 이해하면서도 일말의 서운함이 남는 것은 어쩔 수 없었다. 좀 더 일찍 만났더라면 얼마나 좋았을까!

"아버지는 엄마를 더러운 계집이라고 불렀어요. 저를 낳자마자 외간 남자와 눈이 맞았다는 말을, 제가 너무 어려서 '외간 남자'나 '눈이 맞았다'라는 게 무슨 뜻인지 정확히 알지도 못할 때부터 줄기차게 했어요."

전채요리 후에 메인요리가 나왔다. 안나는 스테이크 위에 소금을 살짝 뿌렸다.

"엄마가 돌아가신 건 제가 돌도 되기 전이래요. 천벌을 받아 죽었다고 하더군요. 바람을 피우다가 여관에 불이 나서 내연남과 같이 타 죽었다고요. 어린애한테 자꾸 그런 말을 해대니까 별수 있나요. 그런가 보다, 하고 믿게 되었죠. 사실 중요한 건 그게 아니었어요."

안나에게는 따뜻한 보살핌이 절실했다. 어린 딸에게 엄마가 더러운 계집이라느니, 여관에서 타 죽었다느니 말하는 남자가 좋은 아버지일 리 없었다. 그는 온종일 안나를 굶기기도 하고, 기분이 내키면 성장기 어린이의 고른 영양 섭취와는 거리가 먼 싸구려 먹을거리를 잔뜩 사서 안겨주기도 했다. 다혈질에다 기분은 늘 롤러코스터를 탄 듯 오르락내리락해서, 안나는 무척 배가 고플 때조차 음식에 온 신경을 집중하지 못했다. 언제 주먹이나 발이 날아올지 모르니 경계를 늦출 수 없었던 탓이다. 그렇다고 아버지의 매질을 피할 방법이 있던 건 아니었지만.

"늘 무서웠어요. 아버지가 집에 있으면 맞을까 봐 무섭고, 없으면 안 올까 봐 무섭고. 가끔은 며칠씩 집에 안

들어올 때도 있었거든요. 한번은 전기요금이 밀려서, 돈이 없어서가 아니라 게을러서였는데, 아무튼 전기가 끊어졌어요. 네 살 때였나. 밤이 되니까 아무도 없는 집 안에 불은 안 켜지지……."

안나는 쓴웃음을 지었다.

어두운 방에서 혼자 잔뜩 웅크린 어린 소녀를 생각하자 마음이 아팠다. 나는 어두운 방에서 혼자 잔뜩 웅크린 어린 소년을 알고 있었다. 자신의 무릎 말고는 아무것도 껴안을 것이 없었던 소년처럼, 안나도 자신의 무릎을 있는 힘을 다해 껴안으며 긴 밤을 버텼을 것이다.

"여섯 살 때 새엄마가 생겼어요."

갑자기 나타난 낯선 여자를 안나는 오히려 좋아했다. 누군가 있다는 사실만으로도 기뻤다. 적어도 새엄마는 안나를 '안나'라고 불러주었다. 입에 담지 못할 온갖 욕설로 이름을 대신하던 아버지와는 달랐다. 그러나 좋은 시절은 오래가지 못했다. 계모가 안나에게 조금이라도 다정하게 대해주면 아버지는 이전보다 더한 폭력을 가했다. 계모가 말릴라치면 광기가 번득이는 눈으로 계모를 노려보며 으르렁거렸다. 말리지 마, 이년은 버릇을 단단히 들여야 해. 지 에미처럼 더러운 년, 오늘 내가 콱 죽여버린다.

안나는 조금 낮은 목소리로 담담하게 아버지의 욕설을 전했다. 나는 그녀의 얼굴에서 어떤 표정도 읽을 수 없었다. 그녀는 떨지도, 분노하지도 않았다. 마치 종이에 쓰인 남의 이야기를 읽는 것처럼 보였다.

"나중에 안 거지만 제가 엄마를 아주 많이 닮았어요. 아버지는 저를 때리면서 엄마를 때린다고 생각했었나 봐요. 말릴수록 더하니까 나중에는 새엄마가 포기했죠. 아버지가 때려도 말리지 않고, 저한테도 쌀쌀맞게 대하고요. 전처 자식이 뭐가 예뻐서 잘해주겠어요. 새엄마도 내심 잘됐다고 생각했는지도 몰라요. 그렇게 4년을 살았어요. 열 살 때 아버지와 새엄마가 돌아가실 때까지."

안나가 열 살 때였다. 아버지와 계모는 안나를 집에 두고 둘이서만 나갔다가 교통사고로 죽었다. 아버지의 사촌 형 부부가 찾아와 안나를 장례식장으로 데려갔다. 상복으로 갈아입은 안나는 어리둥절했다. 사람들은 어린애가 부모를 한꺼번에 잃고 정신이 나갔다고 했지만, 사실 안나는 너무 기뻐서 꿈을 꾸는 기분이었다.

"그런 기분 알아요? 내가 풍선이 된 것 같은 기분. 안에 든 바람이 너무 빵빵해서 껍데기가 아주 얇아진 풍선이요. 언제 터질지 몰라 오줌을 쌀 것처럼 불안한데,

그런 불안함과 초조함이 또…… 이상하게 들릴지 모르지만 그게 정말 끝내주게 기분이 좋은 거예요."

나는 고개를 끄덕였다. 그게 어떤 기분인지 알기 때문이었다.

"저녁 무렵엔가 깜박 잠이 들었다가 갑자기 어떤 느낌이 들었어요. 누군가, 눈에 보이지 않는 뭔가가 날 깨우는 것 같았어요. 그래서 눈을 떴더니 생전 처음 보는 어떤 할머니가 저를 쳐다보고 있었어요. 눈에 눈물이 그렁그렁해서 보다가, 제가 눈을 뜨니까 와락 달려들어 껴안지 뭐예요. 알고 보니 그 사람이 바로 저의 외할머니였어요."

안나는 그때까지 자신에게 외할머니가 있다는 사실조차 몰랐다. 한 번도 만나본 적이 없었고, 누구도 말해주지 않았다.

"아이구, 내 새끼! 내 새끼!"

외할머니는 안나를 부둥켜안고 울었다. 어찌나 세게 껴안던지 어린 안나는 숨을 제대로 쉴 수 없었다. 하지만 안나는 외할머니를 밀쳐내지 않았다. 그녀에겐 숨을 쉬는 것보다 누군가의 품에 안겨 있다는 것이 더 중요했다. 열 살이 되도록 한 번도 누군가에게 그런 식으로 안겨본 적이 없었던 안나에게, 그것은 경이롭고 황홀한 경

힘이었다.

"내가 널 얼마나 찾았는데! 어쩜 이렇게 예쁠까."

외할머니는 안나의 뺨과 이마를 몇 번이고 쓰다듬었다. 내가 널 얼마나 찾았는데. 내가 널 얼마나 찾았는데. 안나의 작은 머릿속에서 이 말이 뱅뱅 맴돌았다. 아버지는 안나가 쓸모없는 혹, 쓰레기, 똥만도 못한, 암 덩어리, 기생충이라고 했다.

아버지가 틀렸다.

안나는 누군가 애타게 찾아 헤매던 소중한 존재였다. 아버지와 계모가 나쁜 사람이고 안나에겐 죄가 없었다. 나쁜 건 안나가 아니라 그들이었다.

"천하에 악독하고 고약한 놈! 네놈이 천벌을 받을 줄 알았다!"

외할머니는 아버지의 영정에 퉤 침을 뱉었다. 그러고는 안나의 여린 손목을 움켜쥐고 바람처럼 장례식장을 빠져나왔다.

"할미하고 살자, 우리 예쁜이."

안나는 자신을 '할미'라고 부르는 사람이 누군지 몰랐지만 망설이지 않고 대답했다.

"응!"

안나는 맨발이었다. 급히 나오다 신발을 떨어뜨린 모

양이었다. 그러나 춥지 않았다. 3월의 차가운 아스팔트가 안나에겐 5월의 꽃밭처럼 보드랍고 따스하기만 했다.

"그때부터 외할머니랑 같이 살게 됐어요. 엄마의 죽음에 대해 아버지가 거짓말을 했다는 사실도 알게 됐죠. 엄마는 수면제 과다복용으로 돌아가셨는데 아마도 아버지가 그랬을 거래요. 의처증이 심했던 거죠. 새엄마랑은 어떻게 잘 살았나 몰라요. 스트레스를 풀 다른 대상이 있어서 그랬는지도 모르죠."

후식으로 타르트와 차가 나왔다. 안나는 타르트에는 손도 대지 않고 차만 한 모금 마셨고, 나는 타르트도 차도 건드리지 않았다.

"나가서 술 한 잔 할래요?"

그래요. 안나가 내 얼굴을 똑바로 보면서 대답했다.

"숙모님, 저 왔어요!"

오늘도 안나는 집 앞에서 손을 놓고 먼저 뛰어 들어갔다. 어쩔 수 없지. 나는 입안에 도는 쓴맛을 꿀꺽 삼키고 뒤를 따랐다.

지은 지 오래된 낡은 단독주택이지만, 안나가 부지런히 쓸고 닦아 내부는 깔끔하고 아늑했다. 보잘것없는 낡은 집을 편안한 보금자리로 꾸미는 재주를 가진 여자라면 훌륭한 아내가 되어줄 것이다. 나는 내 방 서랍 속에 고이 넣어둔 반지를 떠올리며 나도 모르게 흐뭇한 웃음을 머금었다. 그날은 언제쯤일까. 상아같이 고운 안나의 손가락에서 그 반지가 빛나게 될 날은.

"재현이 왔어?"

안나가 숙모님이라고 부르는 여자가 방에서 고개를 내밀었다. 이 도시의 다른 사람들처럼 세월에 닳고 삶에 찌든 얼굴을 한 초로의 여자였다. 안나와는 머리카락 한 오라기 닮은 데가 없는 그 여자가 나는 마음에 들지 않았다.

"예, 안녕하세요?"

물론 그런 티를 낸 적은 없었다. 나는 언제나처럼 예의 바르게, 허리를 깊이 숙여 인사했다. 그녀는 에구구 소리를 내며 무거운 몸을 일으켰다.

"그럼, 놀다 가. 내일 오후에 다시 오면 되지?"

벌써 몇 달째인데도 그녀는 갈 때마다 같은 질문을 했다. 안나가 매번 용돈이나 선물을 안겨주어도 큰 은혜를 베푼다는 듯한 말투는 달라질 줄 몰랐다. 그런 꼴을 보기 싫으면 부탁을 그만두면 되지만 안나는 단 5분이라도 외할머니를 혼자 둘 수 없다고 했다.

장례식장에서 열 살의 안나를 데리고 나온 외할머니.
바로 그 외할머니가, 안나가 이곳으로 이사를 와야 했던
이유였다.

안나와 나는 모퉁이의 그 술집을 거의 지나칠 뻔했다.
벽과 구별하기 어려운 문 앞에 겨우 어른 손바닥 정도
크기의 청동 간판, 그나마 가게 이름 'nowhere'는 필기
체로 휘갈겨 새긴 글자라 제대로 읽기도 어려웠다.

노웨어. 아무 곳도 아닌 곳. 하지만 어쩐지 내 눈에는
지금(now) 여기(here)처럼 보였다. 특별한 이야기를 나
눌 장소를 찾고 있나요? 지금, 여기로 들어오세요.

가게는 지하에 있어서 문을 열고 이어지는 긴 계단을
따라 내려가야 했다. 푹신한 카펫이 깔려 발소리는 나지
않았다. 좋은 곳을 발견한 것 같은 예감은 가게 안으로
들어서자 확신으로 바뀌었다. 지극히 절제된 인테리어와
적당한 빛, 거슬리지 않는 음악까지 모든 것이 마음에
들었다. 안나는 롱아일랜드 아이스티를, 나는 기네스를
주문했다.

"사실, 아버지랑 새엄마를 죽인 건 저예요."

롱아일랜드 아이스티를 한 모금 마신 후에 안나가 말
했다.

"교통사고로 돌아가셨다고 했잖아요?"

"교통사고였죠. 공사용 자갈을 실은 덤프트럭이 급정거했는데, 어찌 된 일인지 짐칸에 가득 찼던 자갈이 바로 뒤에 있던 아버지 차로 쏟아져 내렸대요. 트럭도 아버지도 고속도로를 신나게 밟고 있었는데, 그러니까 한마디로, 아버지랑 새엄마는 돌에 맞아 죽은 거예요. 죽도록 돌팔매질을 당한 것처럼 말이죠."

"안나 씨가 트럭을 운전한 건 아니잖아요."

나는 부드럽게 말했다.

"아니죠."

안나가 말을 이었다.

"집에는 방이 두 개 있었어요. 한 열대여섯 평쯤 되는 집이었을 거예요. 안방, 작은방, 거실, 부엌, 화장실. 흔한 구조죠. 거실이래 봤자 손바닥만 하고, 부엌은 비좁고, 세탁기는 화장실에 있는 그런 집이요. 저는 대개 아홉 시에서 열 시 사이에 잠자리에 들었어요. 한번 잠이 들면 아침까지 안 깨고 잘 잤어요. 특별한 일이 없는 한에는 말이죠."

나는 곤히 잠든 어린 안나의 모습을 상상했다. 잠은 소녀에게 유일한 휴식이었을 것이다. 모든 것이 무(無)로 녹아드는 시간. 폭언을 퍼붓고 매질을 일삼는 아버지도 없고, 표정 없는 눈으로 지켜보는 계모도 없는 꿈. 그러나 '특별한 일'은 벌어지고야 말았다.

어느 여름밤, 낯선 소음이 안나를 깨웠다. 안나가 여덟 살 때였다. 안나는 땀으로 끈적끈적한 몸에 달라붙는 이불을 걷어내고 눈을 비볐다. 멀지 않은 곳에서 규칙적인 어떤 소리가 들려오고 있었다. 안나는 잠시 멍한 상태로 앉아 그 소리의 정체를 가늠해보았다. 바람이 무언가 흔드는 소리는 아닌가 하고. 그러나 습도가 최고로 치솟은 찐득한 열대야에 바람 따위는 없었다. 안나는 자리에서 일어나 소리가 나는 곳으로 발을 옮겼다.

"제가 뭘 봤는지 아시겠죠? 물론 그런 일은 저희 집이 아니라 어디에서도 일어날 수 있는 일이에요. 하지만 제가 본 건 조금 달랐어요."

아버지는 불을 환히 켜놓았다. 활짝 열린 안방 문 앞에 서서, 어린 안나는 불빛 아래 드러난 아버지와 계모의 엉킨 몸을 보았다. 여덟 살의 안나는 그들이 정확히 무엇을 하고 있는지는 몰랐지만, 무언가 잘못됐다는 것만은 분명히 알 수 있었다. 그리고 바로 그때.

"아버지와 눈이 마주쳤어요."

아버지가 안나를 보았다.

보통의 부모라면 기겁을 하고 하던 일을 멈췄겠지만,

벌떡 일어나 옷을 입고 아이를 잠자리로 돌려보냈겠지만, 안나의 아버지는 그러지 않았다.

"아버지가 씨익 웃더군요."

안나의 아버지는 계속 움직였다. 계모는 아버지보다 조금 늦게 안나를 발견했다. 그녀는 남편을 밀어내려 했지만 아버지의 움직임은 오히려 더 격렬해졌다. 애가 봐! 가쁜 숨을 몰아쉬며 말하는 계모에게 아버지는 이렇게 대답했다. 괜찮아, 지 에미를 닮아서…… 에미를 닮아서 어떻다는 것인지, 안나는 아버지의 말을 끝까지 듣지 못했다. 아버지와 눈이 마주치는 그 순간, 안나의 마음은 그 자신의 내부에서 터져 나온 어둠에 완전히 파묻혔다.

"그때 처음으로 분명히 느꼈어요."

내가 안나의 말을 받았다.

"아버지를 죽이고 싶다고요?"

안나가 고개를 끄덕였다.

"예."

내가 생각 없는 멍청이였더라면 안나에게 이런 말을 했을 것이다. 사람은 누구나 한번쯤, 때로는 여러 번, 누군가를 죽이고 싶다는 생각을 해요. 누구나 다요. 특히 안나 씨 같은 일을 겪었다면 그런 생각을 안 하는 게 오히려 더 이상할 거예요. 그렇다고 해서 안나 씨가 아버지의 죽음에 어떤 책임이 있는 건 아니죠. 생각은 죄가 아니에요. 어쩌고저쩌고……. 그러나 나는 아무 말도 하지 않았다. 나는 단번에 병을 비우고 새로 한 병을 더 주문했다. 입을 다문 채, 안나가 이야기를 계속하기를 기다렸다.

"꿈을 꿨어요."

안나는 꿈을 꾸었다. 꿈에서 그녀는 기이하게 생긴 과녁을 보았다. 눈과 코와 입이 달린, 커다랗고 네모진 판 두 개가 나란히 서 있었다. 안나는 몸을 굽혀 양손에 돌멩이를 하나씩 주워들었다. 하늘과 땅의 경계는 모호했지만 돌멩이만은 주위에 가득했다. 안나는 과녁을 향해 힘껏 돌을 던졌다. 딱! 돌멩이가 과녁에 명중하는 소리는 맑고 경쾌했다. 안나는 돌 하나를 더 던졌다. 딱! 이번에도 제대로 맞았다. 과녁에 가느다란 금이 갔다. 안나는 작은 손을 한껏 펴서 최대한 많은 돌멩이를 줍고, 그것을 던지고, 다시 줍고, 다시 던졌다. 과녁 주위로 돌멩이가 쌓이기 시작했다.

"그건 정말 생생한 꿈이었어요. 일어났을 때는 손바닥이 얼얼하고 손가락이 뻣뻣할 정도였지요. 그 정도로 진짜 같은 꿈이었거든요. 아버지가 사고로 죽기 전까지 2

년간 수도 없이 같은 꿈을 꿨어요. 매번 찍어낸 듯 똑같지는 않았지만 과녁이 깨질 때까지 제가 돌을 던지는 건 같았어요. 과녁에 있던 게 누구의 얼굴인지는 굳이 말씀드리지 않아도 아시겠죠. 그리고 정말로…… 그 둘이 돌에 맞아 죽은 거예요."

안나는 목이 마른 듯 술을 절반이나 마시고는 무심히 입술을 핥았다. 사랑스러운 붉은빛을 띤 그녀의 혀는 무척 아름다웠다.

"그런 꿈꿔본 적 있으세요?"

안나가 물었다.

"꿈에서 깬 다음에 꿈이 현실이고, 지금 있는 곳이 꿈일지도 모른다는 생각이 드는 그런 꿈 말이에요."

"있어요."

나는 안나의 손을 잡았다. 조그맣고, 부드럽고, 사랑스러운 손. 나는 그 손으로 돌멩이를 든 어린 소녀를 생각했다. 그녀의 꿈에도 그림자가 있는지 궁금했다.

"할머니, 재현 씨 왔어."

안나가 방으로 들어서는 나를 보고 말했다.

"안녕하세요?"

나는 아까보다 더욱 깊이 허리를 굽히고 더욱 정중하

게 인사를 드렸다. 계절에 어울리지 않는 두툼한 요 위에 누운 노인은 끙 하고 앓는 소리를 한 번 냈을 뿐, 아무 말도 하지 않았다.

언제 죽을지 모르는 말기 암 환자에게 안녕하시냐니, 이런 바보 같은 인사말이 어디 있을까. 하지만 그것을 대체할 말은 도무지 생각나지 않았다. '반갑습니다'나 '식사는 하셨나요?'도 바보 같기는 매한가지였다. '아직 살아 계시네요'는 말할 것도 없고.

"요즘 기력이 많이 떨어지셔서 말씀도 잘 안 하세요."

안나가 외할머니의 누렇게 마른 주름투성이 손 위에 그녀의 희고 고운 손을 겹쳐 놓으며 말했다. 그러니까, 깍듯이 예의를 갖춰 인사하는 내게 아무런 대답도 하지 않는 이유가 단지 기력이 쇠한 탓이지 절대 나를 무시하거나 싫어해서가 아니라는 말을 하는 것이었다.

거짓말이었다.

안나의 외할머니는 처음부터 나를 싫어했다. 처음으로 기차를 타고 이곳으로 온 날 안나는 나를 소개했다. 수줍은 듯 발그레한 얼굴로 '친구'라고 말했다. 그녀의 표정과 목소리에 담긴 행복한 떨림이 내가 단순한 '친구' 이상의 의미가 있는 사람이라는 사실을 분명히 밝혀주었지만, 노인은 아무 말도 하지 않았다. 어른들이 딸이

나 손녀의 남자친구에게 건네는 흔한 질문들, 몇 살이며 하는 일은 무엇이며 어디 사는지 양친은 계신지 같은 질문도 일절 없었다.

그것이 가능한 일인가.

안나는 그녀의 유일한 혈육이었다. 애타게 찾아 헤맨 단 하나의 보물. 열 살이었던 안나가 서른 살이 될 때까지 20년이란 긴 세월을 함께했다. 그토록 소중한 손녀 딸이 생애 처음으로 남자를 데려왔는데, 어떻게 단 한마디도 하지 않을 수가 있단 말인가. 주름진 피부 사이로 찢어진 구멍 같은 눈에는 감출 수 없는 적개심만이 이글거렸다. 눈에 담긴 내면의 표정을 읽어내는 일이라면, 특히 그것이 증오나 분노로 분류되는 것이라면, 나는 누구에게도 뒤지지 않는 실력을 갖췄다. 형이 죽은 후로 줄곧 그런 눈으로 나를 보는 아버지와 어머니에게 단련될 대로 단련된 몸이기 때문이었다.

형을 묻던 날, 아버지와 어머니는 관을 부여잡고 울었다. 내 아들을 죽인 놈을 반드시 찾아 사지를 찢어 죽이겠다고 맹세했다. 그러나 형을 죽인 범인은 끝까지 밝혀지지 않았다. 부모님은 1년이 넘도록 담당 경찰서를 쫓아다녔지만 아무런 수확도 얻을 수 없었다. 그사이에도 살인과 강도, 강간과 실종은 쉴 새 없이 이어져, 형의 사건은 끝내 미제 딱지를 달고 밀려나버렸다. 그러자 아버지와 어머니는 형의 죽음을 내 탓으로 돌렸다. 산 채로 사지를 찢겨도 쌀 누군가가 형의 뒤통수를 죽도록 내려쳤던 그때 내가 (돼지처럼 침을 흘리며 쿨쿨 자고 있던 게 아니라!) 깨어 있기만 했더라면 형은 죽지 않았을 거라고 말이다. 사람이 죽는데 끽소리도 안 났을 리가 없다는 게 두 분의 생각이었다. 형은 분명 비명을 질렀거나, 최소한 요란하게 쓰러지는 소리는 냈을 거라고. 그때 내가 나가보기만 했으면, 그래서 쓰러진 형을 제때 병원으로 옮기기만 했으면, 그랬으면 형은 죽지 않았을 거라고.

부모님이 이런 말을 입 밖에 내어 한 적은 한 번도 없었다. 그러나 어떤 일은 굳이 말하지 않아도 알 수 있는 법이다. 그전에도 간신히 그러모아야 한 줌 될까 말까 했던 온기는 형의 죽음과 함께 영원히 사라졌다. 죽었어야 하는 사람은 형이 아니라 나였다. 아름답고 영리해 언제나 당신들의 자랑거리였던 큰아들이 아니라, 주눅이 든 표정으로 눈치만 살피는 멍텅구리 둘째가 죽었어야 했다. 제 형이 죽는 줄도 모르고 퍼질러 자고 있던 놈. 만약 나를 죽여 형을 되살릴 방법이 있었다면, 그것이 설령 산 채로 몸을 갈라 심장을 꺼내 바쳐야 하는 일이라 해도 두 분은 망설이지 않고 실행에 옮겼으리라.

이리저리 실핏줄이 뒤엉킨 눈으로 나를 보던 노인은, 아예 늘어진 눈꺼풀을 닫아버렸다. 벌레처럼 말라비틀어진 그 입술에선 어떤 말도 새어 나오지 않았다.

당황한 건 내가 아니라 안나였다. 안나는 늙은 육신에 퍼진 병을 탓했고, 나는 안나의 의견에 전적으로 동의한다고 대답했다. 그게 사실이건 아니건 따질 필요는 없었다. 내가 사랑하는 사람은 안나지 그녀의 외할머니가 아니었다. 안나에게 나를 만나지 말라고만 하지 않는다면, 나를 어떻게 보든 상관없다고 생각했다.

"할머니랑 같이 사니까 천국이 따로 없었어요. 매끼 따뜻한 밥 먹고, 깨끗한 이부자리에서 자고, 예쁜 옷 입고, 그런 것도 좋았지만 할머니가 저를 귀여워해주시는 게 제일 좋았죠. 날마다 열 번이고 백번이고 껴안아주고, 예쁘다고 사랑한다고 말씀해주셨어요."

안나는 거기서 잠깐 멈추더니 내게 물었다.

"재현 씨는 어땠어요? 부모님이랑 함께 살았다고 하셨잖아요. 어릴 때 사랑을 많이 받았나요? 분명히 어릴 때도 아주 귀여운 꼬마였을 거 같은데."

외모만 두고 본다면 나는 분명히 아주 귀여운 꼬마였다. 그러나 우리 집에는 나보다 훨씬 더 귀여운 다른 꼬마, 형이 있었다.

형과 나는 자주 다퉜다. 어린 사내 녀석 둘이 한집에 살다보면 필연적으로 일어날 수밖에 없는 사소한 다툼이었지만 부모님은 언제나 매섭게 다그쳤다. 어디서 형한테 대들어? 어린놈이 어쩜 이렇게 건방져. 얼른 잘못했다고 빌지 못해!

"생긴 거야 밉상은 아니었지만 말썽꾸러기였어요."

반면에 형은 언제나 정중한 대접을 받았다. 수현아, 동생은 너보다 많이 부족하니까 네가 이해하고 돌봐주는 게 옳지 않겠니? 그럴 때면 형은 순식간에 의젓한 큰아들로 변신했다. 비겁하게 내 사타구니를 걷어차고, 계집애처럼 내 머리를 쥐어뜯던 아이는 거짓말처럼 사라졌다. 예, 아버지. 제가 잘못했어요. 앞으로는 재현이가 덤비더라도 제가 참을게요.

"그 꿈 말이에요……. 제가 그다음에 아무도 죽이지 않았더라면, 아버지랑 새엄마가 죽은 건 그냥 사고였다고 생각했을 거예요. 이상한 꿈을 꾸긴 했지만 재현 씨 말대로 제가 트럭을 운전한 건 아니었으니까요."

다행히 안나는 내 말에 큰 흥미를 보이지 않고 이야기를 이어갔다.

"두 번째로 사람을 죽인 건 제가 열두 살 때였어요."

할머니의 사랑을 듬뿍 받으며 두 해를 보낸 덕분에 안나는 명랑한 소녀로 자랐다. 학교에서도 친구들과 잘 어울렸다. 안나는 눈에 띄게 매력적인 아이는 아니었지만, 겸손하고 친절해서 아무도 그녀를 싫어하지 않았다.

전학생이 오면서 상황이 달라졌다. 전학생은 얼굴이 아주 예뻤고 부잣집 딸이었다. 그 애는 오자마자 값비싼 선물을 뿌리고 성대한 생일파티를 열어서 아이들의 관심을 한 몸에 받았다. 안나도 그런 그 애를 선망의 시선으로 바라보는 수많은 아이 중 한 명이었다.

"그 애는 저를 싫어했어요."

"왜요?"

"모르겠어요. 그 애는 어디로 보나 저보다 나았어요. 저는 키도 작고, 얼굴도 평범하고, 공부도 그럭저럭 반에서 중간 정도에 지나지 않았고, 집안 형편도 그 애보다 훨씬 처졌으니까요. 그 뒤로도 몇 번이나 생각했지만 그 애가 왜 그렇게까지 저를 싫어했는지, 도무지 이유를 알 수가 없었어요. 그 애에게 물어보고 싶었지만 방법이 없었죠."

전학생은 안나를 싫어했다. 그러자 그 애에게 푹 빠진 다른 아이들도 대놓고 안나를 따돌리기 시작했다. 아무도 안나와 간식을 나눠 먹지 않았다. 아무도 안나에게 지우개를 빌려주지 않았다. 아무도 안나에게 "안녕, 안나야"라고 인사를 건네지 않았다.

홀로 걸어가는 어린 안나의 모습을 떠올리자 마음속에서 분노가 솟구쳤다.

나는 그런 종류의 인간들을 잘 알았다. 약한 존재를 못살게 구는 인간들. 그런 종자들은 어려서부터 자신의 더러운 습성을 아주 잘 드러낸다. 많은 사람이 어린아이의 잔인함을 과소평가하지만 조금만 더 자세히 본다면 성인의 그것과 크게 다르지 않음을 알게 될 것이다. 그들은 어려서 선악의 구별에 서투른 것이 아니라, 본능적으로 타인의 고통을 즐기기 때문에 그런 짓을 저지른다. 잠자리 날개를 뜯고, 고양이 꼬리를 잡아당기고, 개의 옆구리를 걷어차고, 자기보다 작은 아이들을 때리고, 자기보다 약한 아이들을 따돌리는 데 앞장선다. 구역질나는 인간들. 그런 인간들은 썩어서 덜렁거리는 살점을 달고 나타나는 형보다 더 지독한 악취를 풍긴다.

안나는 굴복하지 않았다. 안나는 먼저 다정한 인사를 건네고, 상대가 대답하지 않아도 미소로 답했다. 혼자서 점심을 먹을 때도 말끔히 그릇을 비웠다. 지우개는 떨어지지 않도록 반드시 여분을 챙겼다. 안나의 의연한 태도는 울며 괴로워하는 모습을 보고 싶었던 상대방을 더욱 자극하는 역효과를 가져왔다.

안나가 화장실에 들어가면 물벼락이 쏟아졌다. 가방에선 쓰레기나 벌레가 나왔다. 의자에는 껌이 붙었고, 실내화는 너덜너덜 찢겼다. 할머니의 살림은 궁핍할 정도는 아니어도 여유가 많다고도 할 수 없었기에, 안나는 새 옷이나 새 실내화를 사달라고 말할 때마다 마음이 편치 않았다. 그리하여 마침내, 안나의 견고한 인내심도 한계에 이르렀다. 열심히 숙제해 온 공책이 교실 쓰레기통에서 오물 범벅이 되어 나온 어느 날에.

"그날 밤, 그 애 꿈을 꿨어요. 내가 그 애의 목에 올가미를 거는 꿈이었지요."

안나를 괴롭히던 소녀는 작은 고양이의 모습을 하고 있었다. 흰 털과 검은 털, 다른 여러 가지 색깔의 털들이 지저분하게 뒤섞인 새끼 고양이의 몸에 인간의 얼굴을 한 괴상한 짐승이었다. 안나는 자신의 손을 내려다보았다. 그 손에 쥔 것은 감촉이 거친 긴 줄이었고, 끝에는 올가미가 달려 있었다.

안나는 침착하게 고양이 소녀의 목을 올가미 안에 집어넣었다. 줄을 당겨 올가미를 죄는 순간에는 마치 자신의 목에 줄을 둘러 죄는 것처럼 소름이 끼쳤다. 그러나 안나는 멈추지 않았다.

"비명조차 지르지 못하더군요. 실제로 사람이나 짐승을 목매달면 소리가 나는지 안 나는지 저는 몰라요. 하지만 꿈속에서는 아무런 소리도 나지 않았어요. 아주 짧게, 마지막 남아 있던 공기가 목구멍에서 빠지는 바람 소리가 휙 난 걸 빼고는요. 그 애의 얼굴을 한 고양이는 잠시 버둥거렸지만 이내 축 늘어졌어요. 죽었다. 마음속에서 그런 소리가 들리는 거예요. 죽었다. 그런 다음 잠에서 깼어요."

왜 하필 고양이였을까. 나는 궁금했지만 안나의 이야기를 끊지 않았다.

"그리고…… 짐작이 가시죠? 그 애는 죽었어요. 목이 졸려서 죽었답니다. 제가 그 꿈을 넉 달간 열 번쯤 꿨을 때 그 애가 없어졌어요. 실종된 지 열흘 만에 찾았을 때, 그곳은 학교 뒷산이었는데 이미 죽어 있었어요. 범인은 출소한 지 얼마 안 된 성범죄자였는데, 이상할 정도로 손가락이 길고 가늘더군요. 그래서 그 애의 목에는 선명하게, 올가미 같은 자국이 남았지요."

"그 애가 죽어서 기뻤나요?"

"기뻤어요."

안나는 솔직했다.

"그리고 무서웠어요."

안나는 무서웠다. 아버지와 계모의 죽음을 암시했던 꿈이 떠올라서 무서웠고, 그때는 처음 꿈을 꾼 날로부터 실제 사건이 벌어지기까지 2년이 걸렸는데 이번에는 4개월 만에 현실로 나타났다는 사실이 더욱 무서웠다. 소녀를 죽인 범인은 안나와 아무 관계도 없는 사람이었지만 안나는 자신의 꿈이 어떤 '역할'을 했으리란 생각을 떨치기 어려웠다.

"저는 그때부터…… 좀 이상한 아이가 됐어요. 그 애가 죽은 후로는 집단 따돌림 같은 건 없어졌지만 제 쪽에서 아이들을 멀리하게 됐죠. 누군가 제가 그 애가 죽는 꿈, 아니, 그 애를 죽이는 꿈을 꿨다는 걸 알까 봐 겁이 났어요."

안나는 달팽이처럼 껍질을 쓰고 다녔다. 누가 조금만 건드려도 얼른 껍질 속으로 달아날 수 있도록. 처음부터 눈에 띄는 아이는 아니었던 안나는, 그렇게 조금씩 어둠 속으로 침잠해갔다. 조금씩, 아주 조금씩.

"이상한 여자라고 생각하고 있죠?"

안나가 물었다. 어둡고 슬픈 미소가 얼굴 위로 스쳐 갔다.

"죽은 형을 보는 남자는 안 이상하고요?"

"이상한 게 뭘까요?"

"글쎄요. 그게 뭔지 꼭 알 필요가 있을까요?"

안나가 웃었다. 이번의 미소는 어둡지도 쓸쓸하지도 않았다.

"정말 이상한 분이 맞네요."

나는 안나의 방에 누워 부엌에서 저녁을 준비하는 소리를 들었다. 안나는 필요 없는 소음을 만들지 않으려고 매우 조심스럽게 움직였으므로, 나 또한 신경을 집중해서 귀를 기울였다. 돕고 싶었지만 안나는 좁은 부엌에서 혼자 일하는 게 편하다며 나를 들여 보내주지 않았다. 언젠가 함께 사는 날이 온다면 나 또한 그 변명을 써먹을 생각이었다.

안나의 방이라고는 했지만 사실 안나는 이 방을 거의 쓰지 않았다. 그녀는 온종일 외할머니 곁에 붙어 지냈다. 그래서 방 안에는 늘 희미한 냉기가 감돌았다. 그까짓 냉기쯤이야. 집 안 전체에 가득한 죽음의 그늘에 비하면 아무것도 아니었다. 보통 사람들이 두려움, 슬픔, 또는 분노로 느낄 수 있는 어두운 그늘이 이 작은 집을 거미줄처럼 휘감고 있었다. 노인의 숨이 끊어지기 전에는 절대로 먼저 끊어지지 않을, 어쩌면 그 이후에도 남아 있을지 모를 질기디질긴 거미줄이었다.

부모님의 집을 떠나 독립생활을 시작하기 전까지, 나는 수년간 같은 종류의 거미줄로 뒤덮인 집에서 살았다. 거미줄뿐만 아니라 그 줄을 제멋대로 타고 다니는 거미까지 있는 집에서.

– 누운 자리가 별론가 봐. 잘 안 썩는다.

형이 두 번째로 나타난 날은 처음 모습을 보인 날에서 사흘이 지나서였다.

그런 건 굳이 말해줄 필요도 없었다. 형이 히죽 웃을 때 보이는 누런 이와 곤죽이 된 혀, 그리고 무엇보다 엄청난 시취가 증거였다.

– 아버지한테 말해서 나 좀 어디로 옮겨달라고 해라.

처음 봤을 때처럼 무시무시하지는 않았지만, 그렇다고 해도 죽은 형은 살아 있을 때의 형과는 전혀 다른 존재였다.

– 그리고 이제부터라도 공부 좀 열심히 해. 이제 어머니 아버지한테 남은 건 너 하나잖아. 네가 잘돼야지.

형은 특유의 거만한 웃음을 지어 보였다. 부모님은 그것을 늘 '자신감이 충만한 표정'이라고 불렀다. 죽어서도 형 노릇을 해야겠다는 건가? 아니면?

– 네가 잘돼야 보람이 있지.

보람이라니, 무슨 보람?

― 뭐, 죽은 마당에 내가 이래라저래라 할 말은 아니지
만 말이야…….

형은 무심히 콧구멍을 후볐다. 손가락을 타고 거무스
름한 물이 주르륵 흘러내렸다.

그 꼴을 보자 구역질이 솟구쳤다. 나는 입을 손으로
틀어막고 화장실로 달려가 정신없이 속에 든 것을 게워
냈다. 온몸에 힘이 쭉 빠졌다. 찬물로 입을 헹구고 거울
을 보니, 핏기 없이 허연 내 얼굴 뒤로 욕실 문에 기대선
형이 보였다.

― 보기가 영 그렇지? 그러니까 아버지한테 말씀드려.

솔직히 말하자면 부모님에게 말할 생각을 전혀 안 해
본 것은 아니었다. 그러나 아무리 생각해도 그건 바보짓
이었다. 자나 깨나 형 생각뿐인 부모님에게, 형 대신 내
가 죽었어야 한다는 눈빛으로 나를 바라보는 당신들에
게 도대체 내가 무슨 말을 한단 말인가. 그들의 상처를
헤집어서 무엇을 얻겠다고.

무엇보다 두려운 건 형이 오직 내 눈에만 보인다는 사
실이었다. 형은 어쩌면 단순히 나의 죄책감에 지나지 않
을지도 몰랐다. 만에 하나 내가 부모님께 형의 말을 전
하고, 그래서 그분들이 형의 무덤을 정말로 파헤쳤는데,
그런데 잘못된 자리에 누워 괴로워한다는 귀한 아들이

평화롭게 잘 썩어가는 중이라면? 그러니까, 안 그래도 미워 죽을 지경인 작은 아들 때문에 큰아들의 안식을 방해한 꼴이 된다면? 그때야말로 아버지는 내 숨통을 끊어놓을지 모를 일이었다.

나는 입을 다물었다. 안나에게 이야기할 때는 그저 "도저히 할 수 없었다"고 간단히 말했지만, 그건 결코 간단한 일이 아니었다. 나는 내가 미쳤을지 모른다는 가능성과 끊임없이 싸워야 했다. 내가 미치지 않았다면 형의 말은 사실이었다. 그러나 나는 부모님께 말할 수 없었다. 내가 미쳤다면, 미쳐서 죽은 형의 환상을 보는 거라면, 나는 치료를 받아야 했다. 그 또한 부모님께 말할 수 없는 일이기는 매한가지였다.

나는 말하지 않았다. 나는 교과서와 참고서, 문제집과 오답 노트 속으로 파고들었다. 성적은 빠르게 올랐고, 형은 점점 더 자주 모습을 보였다. 내게 시시한 질문을 던지기도 했지만 대개는 했던 말을 끝없이 반복했다. 아버지한테 말씀드려서 나 좀 어디 딴 데 옮겨 묻으라고 해 줘. 살아 있을 때는 풍수지리 이런 거 안 믿었는데 죽어 보니까 알겠어. 진짜 더럽게 안 좋은 자리야. 이런 자릴 무덤으로 쓰라고 팔다니, 벼락 맞을 놈들.

그러면 제발, 그 벼락 맞을 놈들한테나 가란 말이야!

나는 몇 번이고 소리쳤다. 속으로만.

형이 죽은 지 3년째 되던 해, 나는 군대에 갔다. 그해 여름 장마는 기이할 정도로 길었다. 한꺼번에 쏟아붓는 폭우는 드물었지만 비는 그칠 줄 모르고 내렸다. 형의 관은 빗물로 가득 찼다. 형은 지독할 정도로 느리게 썩어가는 거로 모자라, 물에 퉁퉁 붓기까지 한 몰골로 나타났다.

– 나도 안 죽었으면 군대에 갔겠지?

내무반 텔레비전 위에서 형은 그런 말을 하곤 했다. 주말 쇼 프로그램이 한창이라 모두가 눈이 빠지게 쳐다보는 바로 그 텔레비전 위에 태연히 걸터앉아서, 관 속에 고인 빗물인지 살이 썩어서 나온 물인지, 아니면 그 둘이 섞인 것인지 알 수 없는 거무스름한 액체를 뚝뚝 떨어뜨리며. 나는 곁에 있는 사람들처럼 걸그룹의 훌륭한 몸매에만 시선을 고정했다. 군대에 온 후로 나는 형에게 일절 대답하지 않았다. 군대에서 미친놈으로 찍히는 것은 부모님에게 미친놈으로 찍히는 것보다 더한 일이었다. 대꾸하지 않으면 언젠가 사라질지도 모른다. 그것만이 나의 유일한 희망이었다. 물론 헛된 희망에 지나지 않았지만.

형은 어디든 따라다녔다. 올해로 형이 죽은 지 12년이

지났다. 그런데도 형은 여전히 내 곁을 맴돌며 자신을 이장해달라고 했다. 정말로 하고 싶은 말은 하지 않고 끊임없이 변죽만 울려댔다. 누가 이기는지 끝까지 해보자는 거겠지.

"배고프죠?"

안나가 작은 밥상을 들고 들어왔다. 나는 얼른 일어나 상을 받았다.

"바닥이 좀 썰렁한가? 안 그래요?"

나는 안나에게 고개를 저어 보였다.

"안나 씨가 있는데 뭐가 썰렁해요."

그건 아부가 아니라 사실이었다. 활짝 핀 붉은 꽃 같은 그녀가 들어오는 순간, 서늘하던 방은 전혀 다른 장소가 되었다. 내 사랑 안나, 나의 소중한 사람.

안나가 두 번째 롱아일랜드 아이스티를 주문했고, 나도 같은 것을 달라고 했다. 웨이트리스가 술과 함께 치즈 카나페를 갖다 주었다. 서비스가 좋은 술집이었다.

"알고보니 아주 유명한 놈이더라고요."

안나가 배정받은 여자중학교는 걸어서 통학하기에는 먼 곳이라 버스를 탔다. 안나가 타는 버스에는 손버릇이

고약한 고등학생이 하나 있었다. 놈은 어린 여학생들의
치마 속으로 손을 들이미는 것으로 악명이 높았다. 어찌
나 행동이 재빠른지, 한 번도 제대로 걸린 적은 없었다.

안나는 표정이 어두웠고 체구도 작았다. 함께 다니는
친구도 없었다. 놈에게는 매우 적절한 먹잇감이었다. 안
나는 몇 번을 시달린 끝에 놈의 손목을 잘라버리는 꿈
을 꾸었다. 꿈이 현실이 되기까지는 한 달 반이 걸렸다.
꿈과 다른 점이 있다면, 손목만 잘린 게 아니라 목도 함
께 잘려나갔다는 것뿐.

"집에서 가스통이 터졌대요. 휴대용 가스레인지 있잖
아요, 조그만 거. 그걸로 뭘 해 먹다가 터졌는데, 유리문
이 박살나면서 손목과 머리가 깨끗이 잘렸다는 거 있
죠."

안나는 발그스름하게 달아오른 예쁜 볼을 오른손으
로 감싸며 턱을 괴었다. 그녀가 투명하게 빛나는 물기 어
린 눈으로 나를 바라보았다.

"……더 듣고 싶으세요?"

"이야기가 더 있나요?"

"더 있죠."

안나는 왼손을 활짝 펴서 내 눈앞에 들이댔다. 하나,
둘, 셋…… 안나는 천천히 손가락을 꼽았다. 넷, 다섯, 하

고는 꼽은 손가락을 다시 하나씩 폈다. 여섯, 일곱, 여덟, 아홉…… 그러다 문득 그녀는 정색하고 물었다.

"안 믿는 거죠?"

"제가 안 믿는 것처럼 보이세요?"

안나는 길게 한숨을 쉬었다.

"아뇨……. 믿는 것처럼 보여요. 그래서 더 못 믿겠어요. 이런 이야기를 정말로 믿는 거예요?"

"믿어요."

"형님 이야기를 해보세요. 아까 하다가 말았잖아요."

"아, 우리 형이요."

"형님이 이장해달라고 했는데, 부모님께 말씀을 안 드려서……"

"예, 그랬더니 형이 시도 때도 없이 나타나서 얼른 옮겨달라고 졸라댄다는 이야기입니다. 물론 안 좋은 자리라고 죽은 사람이 아예 안 썩는 건 아니라서 조금씩, 진짜로 조금씩 썩는대요. 그래서 공포영화에나 나오면 딱 좋은 모습을 하고, 그리고 냄새가……"

"냄새도 나요?"

"예, 바로 눈앞에 있는 것처럼요. 아니, 바로 눈앞에 있으니까 그렇지만, 아무튼 지독한 냄새가 나요. 숨을 못 쉬는 건 당연한 거고 구역질이 저절로 날 정도죠."

"형님이 대학에 들어가자마자 돌아가셨다고 했죠? 재현 씨보다 두 살 많았다고 했으니 그럼 올해로……."

내가 대답했다.

"10년도 넘었죠. 그런데도 익숙해지지 않아요."

바로 그 순간이었다. 코가 찡한 느낌이 드는 동시에 안나의 모습이 갑자기 흐려졌다. 사태를 파악할 틈도 없이, 눈물이 왈칵 넘쳐흘렀다.

마치 그날 밤 같았다. 아버지와 어머니가 경찰을 따라 황망히 나간 후의 텅 빈 집. 제대로 닫지도 못한 현관문으로 새어 들어오는 바람. 귀에 웽웽 울리는 성난 목소리의 여운. 뜨겁게 따끔거리는 얼굴의 통증과 답답한 목. 나는 한참을 그대로 서 있다가 겨우 움직여 베란다 쪽으로 갔다. 가로등 불빛 아래 집 앞 골목길이 부연 오렌지색으로 보였다. 별안간 눈물이 쏟아졌다.

그날 밤에는 베란다 앞에 주저앉아 몸 안에 더 짜낼 물기가 없어질 때까지 울었지만, 안나 앞에서 그럴 수는 없었다. 에라 미친놈아! 나는 급히 얼굴을 닦았다.

"괜찮아요."

안나가 말했다.

"괜찮아요."

안나가 다시 한 번 말했다. 조금 더 천천히, 조금 더 낮은 소리로. 안나는 꼭 필요한 말만 할 줄 아는 여자였다.

"고맙습니다."

"뭐가요? 이상한 이야기는 제가 더 많이 했는데."

비눗방울처럼 예쁜 미소를 방글방글 머금은 안나는 너무나 사랑스러웠다. 백 년이라도 바라볼 수 있을 것 같았다. 그녀의 웃음 앞에서는 모든 게 먼지처럼 흩어질 것이다. 썩어 문드러진 형 따위 나타날 테면 나타나 보라지. 나는 풍선처럼 부풀어 올랐다. 발을 살짝만 들면 공기 중으로 둥실 떠오를 것만 같았다. 나는 정말 그랬을 것이다. 다음 순간, 안나가 이렇게 말하지만 않았더라면.

"아, 시간이 벌써 이렇게 됐네요. 전 이만 가봐야겠어요."

"벌써요?"

"할머니가 기다리고 계실 거예요. 일찍 들어간다고 했는데, 말씀드렸지만 전 오늘 그냥 자리만 메우려고 나왔으니까요."

아, 할머니. 열 살 때부터 지금까지 함께 산 안나의 유일한 가족. 나는 아쉬운 마음을 접고 애써 웃어 보였다. 시간은 많다.

"그럼 이번 주 일요일, 아니 토요일 어때요?"

당연히 그러자고 할 줄 알았는데, 안나는 모호한 표정을 지었다.

"아, 저……."

"왜요?"

"안 되겠어요. 주말 내내 할 일이 많아요."

"그럼 주중에 만날까요?"

안나는 망설였다. 나는 그녀가 왜 그러는지 알 수 없었다.

"사실은, 저 다음 주 목요일에 이사 가요."

겨우 그 정도 일로? 나는 씩씩하게 말했다.

"그래요? 그럼 제가 가서 도와드릴게요. 짐도 날라드리고, 청소도 같이 하고, 그러고 보니 댁이 어딘지도 아직 안 물어봤네요."

"지금은 신정동에 살아요."

"신정동에서 어디로 이사하시는데요?"

"청월이요."

청월? 맑은 달? 서울에 그런 곳이 있었던가.

"청월동? 서울에 그런 동네도 있었나? 하긴 서울이 워낙 크니까요."

"서울이 아니에요."

"예? 그럼 경기도?"

안나는 시계를 다시 한 번 보더니 간결하고 빠르게 설명했다. 행정구역상으로 전라북도에 속하는 소도시 청월읍은 안나의 외할머니가 태어나 자란 곳이고 안나의 어머니가 태어난 곳이기도 하다는 것, 안나의 외조부모는 안나의 어머니가 어려서 그곳을 떠나고서 한 번도 고향에 간 적이 없다는 것, 그렇게 오랫동안 잊고 살았던 곳에 돌아가는 이유는 외할머니가 암 말기로 사실상 시한부 판정을 받았기 때문이라는 것 등을.

"두 달 전이에요. 두 달 전에 알았는데 할머니는 항암 치료를 받지 않으시겠대요. 고통스러운 치료를 받으면서 억지로 좀 더 사느니, 고향에 돌아가서 편안히 돌아가시고 싶다는 거예요. 저는 할머니의 의지를 꺾을 수 없었어요. 가장 중요한 건 할머니의 행복이니까요. 그래서 함께 가기로 했어요. 언제가 되든 할머니가 돌아가실 때까지 제가 곁에서 지켜드릴 거예요. 할머니가 저한테 해주신 것에 비하면 아무것도 아니지만, 그것 말고는 제가 해드릴 수 있는 게 없으니까요. 이미 그곳에 살 집도 구했고 이삿짐센터에 예약도 해놨어요."

나는 할 말을 잃었다. 기적처럼 나타난 그녀가 신기루처럼 사라지려 하고 있었다.

"죄송해요."

안나가 말했다.

"오늘 정말 즐거웠는데, 아마 다시 만나긴 어려울 것 같네요. 언제 다시 만날 수 있을지 모르니까요. 하지만 다시 만날 수 없어도, 재현 씨 잊지 않을게요. 정말 고맙습니다. 오늘도 사실 나올까 말까, 나오기 직전까지 고민했었는데 안 나왔더라면 평생 후회했을 거예요. 고맙습니다. 정말로요. 정말 고맙습니다."

나는 조금 화가 났다.

"누가 그래요?"

"예?"

화가 났는데도, 동그란 눈으로 되묻는 안나는 오히려 더 예쁘게 보였다.

"누가 다시 못 만난대요? 전라북도요? 제가 가면 되는 거 아닙니까? 제가 갈게요. 제가 갑니다. 그러면 되잖아요."

"거기까지…… 오신다고요?"

울고 싶어 하는 것인지, 웃으려고 하는 것인지, 안나의 표정은 읽기 어려웠다. 볼 수는 없었어도 아마 내 표정도 그녀와 비슷했으리라.

"예."

"거긴…… 멀어요."

"어디라도 갈 수 있습니다."

진심이었다. 나는 어디라도 갈 수 있었다. 나는 안나를 놓칠 수 없었다.

"제가…… 그럴 만한…… 사람인가요?"

"안나 씨는 아주 특별한 사람이에요."

그녀는 그랬다. 취기가 조금 올랐지만, 나는 그 어느 때보다 더 선명하고 또렷하게 볼 수 있었다. 나는 안나와 같은 사람을 이전에 한 번도 본 적이 없었고, 이후로도 그녀와 같은 사람은 찾지 못할 것이다. 그녀는 내가 오랫동안 기다리고 꿈꿔왔던 바로 그 사람이었다. 감히 만나기를 꿈꾸는 것조차 망설여졌던 사람.

"하지만 사람들이…… 그러잖아요. 눈에서 멀어지면 마음에서도 멀어진다고. 저는, 잘 모르겠어요. 잘 모르겠는데……."

안나의 얼굴이 빨개졌다.

"그런데 재현 씨가 좋아요. 저를 만나러 와주신다면, 그래 주시면 좋겠어요."

"맛이 있으려나 모르겠네요. 요즘엔 요리를 잘 안 하니까 손맛도 떨어지는 것 같아요."

상 위에는 고슬고슬한 밥과 채소 반찬 세 가지, 가지런히 담은 김치가 있었다. 죽어가는 사람이 있는 집에 고기 냄새는 어울리지 않았다.

"안나 씨 음식은 뭐든 다 맛있어요."

나는 일부러 큰 동작으로 콩나물을 집으며 말했다. 형이 죽은 후로 나는 어떤 음식을 먹어도 맛있다고 느끼지 못했다. 어떤 영화를 봐도 재미가 없고 어떤 책을 읽어도 감동 따위는 없었다.

"정말요?"

"정말요."

그러나 안나와 함께 있을 때만은 어둠 속에 빛이 새어 들어오듯 모든 것이 다르게 느껴졌다. "안나 씨 음식은 뭐든 다 맛있어요"라니, 정말이지 바보 같고 닳아빠진 표현이었다. 내 마음을 내가 느끼는 대로 전할 수 있다면 얼마나 좋을까.

가까이서 보니 안나의 얼굴이 지난번보다 조금 야윈 것 같았다. 외할머니를 돌보느라 늘 수심이 가득한 얼굴이긴 했지만, 눈 아래 그늘도 분명히 지난번보다 더 깊어졌다.

"얼굴이 더 안 좋아졌어요. 밥은 제대로 먹는 거예요?"

그럼요……. 안나의 대답이 목구멍 속으로 잠겼다. 안

나처럼 거짓말에 서툰 여자가 있을까. 나는 아무 말 없이 숟가락을 내려놓았다. 안나는 내 얼굴을 흘끔 쳐다보더니 고개를 숙였다.

"사실은 별로…… 그게요, 할머니가 요즘 미음도 잘 못 드세요. 그런데 나만 어떻게 먹어요. 내 입에 밥을 넣는 게 죄송스러워요."

"왜 이래요, 안나 씨. 안나 씨가 이러면 할머니가 기뻐하실 것 같아요?"

그 마음을 알면서도 나는 짐짓 엄한 목소리를 냈다. 안나 곁에는 아무도 없었다. 내가 중심을 잡아주지 않으면 그녀는 이 집을 뒤덮은 죽음의 그림자에 끌려들어 갈지도 몰랐다.

"알아요. 알지만……."

"알면 정신 똑바로 차리고 자기 몸을 돌봐야죠. 이러다 안나 씨가 쓰러지기라도 하면 어쩌려고 그래요?"

툭. 상 위에 눈물이 떨어졌다.

"알아요, 알지만, 그런데요, 난…… 난 자꾸만, 그런 생각이 들어요. 내가 너무 많은 사람을 죽여서, 그래서 할머니가 나 때문에, 나 대신 벌을 받는 게 아닌가……."

"말도 안 되는 소리 하지 말아요!"

나는 팔을 뻗어 안나의 얼굴을 양손으로 감쌌다. 손바

닥에 그녀의 뜨거운 눈물이 스며들었다.

"내 말 들어요, 안나 씨. 그들 중에 착한 사람이 한 명이라도 있었어요? 할머님도 아버지 영정에 침을 뱉으셨다고 했잖아요. 천벌을 받을 것들이라고."

"하지만……."

"안나 씨는 아무도 죽이지 않았어요. 그 인간들은 모두 천벌을 받은 거예요."

누가 억울한 희생자란 말인가. 어린 딸 앞에서 태연히 정사를 벌이는 남자가? 연약한 동급생을 따돌리며 즐거워하는 여자애가? 짐승 같은 치한 녀석이? 기르던 개를 뼈가 부러지도록 때린 이웃집 남자가? 안나의 외할머니가 어렵게 모은 돈을 훔쳐 갔던 도둑놈이? 안나가 나를 만난 첫날, 그리고 이후에 들려주었던 그 모든 이야기 속에서 죽어 나간 인간들은 하나같이 똑같았다. 그들 중 누가 다른 사람을 위해 눈물을 흘려봤을까. 지옥의 명부에 이름을 쓸 먹물 한 방울조차 아까운 인간들!

"재현 씨……."

안나가 고개를 돌려, 자신의 뺨을 감싼 내 손바닥에 입술을 대었다.

"고마워요."

심장이 터질 것 같았다. 나는 견디지 못하고 그녀를 껴안았다. 내 품 안에 꼭 맞는 그녀의 몸. 빈틈없이 들어맞는 한 쌍의 톱니바퀴 같은 우리. 그녀와 내가 서로 만나지 못했더라면, 우리의 삶은 고장 난 기계처럼 덜그럭거리다가 결국 멈추고 말았을 것이다.

"나, 당신이 이렇게 내 옆에 있어서 얼마나 든든한지 몰라요. 내가 흔들릴 때마다, 울고 싶을 때마다 생각해요. 당신이 없었다면 버티지 못했을 거예요. 너무 힘들어요. 너무⋯⋯."

가슴이 아팠다. 할 수만 있다면 그녀가 겪는 일을 내가 대신해주고 싶었다. 할머니의 시중을 드는 것도, 몰래 숨어서 우는 것도, 온몸을 짓누르는 막막한 두려움을 혼자서 견뎌내는 것도, 모두 내가 대신해주고 싶었다. 사랑이란 얼마나 무력한가. 그녀를 이렇게 사랑하지만 그 모든 고통은 온전히 그녀의 것일 뿐이었다.

"언제까지나 당신 곁에 있을게요. 무슨 일이 있어도 함께 있을게요. 당신을 위해서라면 뭐든 할게요. 사랑해요, 안나 씨."

사랑해요. 나는 거듭 말했다. 사랑해요. 사랑해요.

'맑은 달'이라는 이름을 가졌건만 달빛은 어디에도 없었다. 이곳의 밤은 어둡기만 했다.

"나 같은 여자 지겹지 않아요? 만날 울기나 하고."

할머니가 잠들기를 기다려 내 곁으로 온 안나가 목소리를 낮추어 물었다.

"우리 자기는 울어도 예뻐서 지겹지 않아요."

나도 속삭이듯 작은 소리로 대답했다.

"내가 정말 그렇게 예뻐요?"

"그렇다니까요."

"그거 알아요? 우리 할머니 말고 나한테 예쁘다고 하는 사람은 당신밖에 없어요."

나는 남들이 못 보는 걸 보니까요. 나는 그렇게 대답하는 대신, 아까 안나가 그런 것처럼 그녀의 손바닥에 입을 맞추었다. 사무치게 달콤한 손바닥.

"우리 할머니는 참 강한 분이셨어요. 할머니가 없었다면 난 어쩜 진짜 괴물이 되어버렸을지도 몰라요."

나는 안나의 머리를 쓰다듬었다. 매끄러운 머리카락이 손가락에 휘감기는 것을 느끼며, 안나를 만나지 못했더라면 노인도 괴물이 되었을 거라는 생각을 했다. 그 눈만 봐도 알 수 있었다. 뚫어져라 나를 쏘아보던 눈. 그 눈에 비친 것이 무엇인지는 알 수 없지만, 다른 사람이 볼 수 없는 것을 보는 사람은 그런 것을 보는 이를 알아본다. 나를 안나에게서 떼어놓고 싶겠지. 저런 놈은 만나지 말라고 말하고 싶겠지. 그러나 나만큼 안나에게 어울리는 사람도 없다는 사실 또한, 처음 본 그 순간에 깨달았을 것이다.

"할머니는 지금도 강한 분이세요."

"맞아요. 제가 잘못 말했어요. 할머니는 지금도 강한 분이세요."

안나가 내 품 안으로 파고들었다.

"나도 강한 사람이 되고 싶어요."

"당신은 지금 모습 그대로 완벽해요. 더할 것도 뺄 것도 없어요."

"세상에 완벽한 사람이 어디 있어요?"

여기. 나는 안나의 얼굴 위에 흘러내린 머리카락을 걷어냈다.

그녀의 얼굴에 아로새겨진, 어둠 속에서도 빛나는 그것을 따라 천천히 손가락을 움직였다. 그것의 빛은 매우 강하고 아름다워서 내 손가락을 거의 그대로 통과했다. 뭐라고 쓰는 거예요? 안나가 물었다. 나는 대답 대신 그녀의 이마에, 뺨에, 그리고 입술에 차례차례, 빛나는 그것 위에 키스했다. 아름답다는 말로는 부족한 나의 안나, 나는 당신을 사랑한다. 불멸의 낙인이 찍힌 당신을.

당신을 처음 본 순간, 나는 숨을 쉬는 것조차 잊었다.

그 얼굴에 드러난 선명한 낙인은 보석처럼 황홀하게 빛났다. 그 자리에 있던 다른 여자들은 보이지도 않았다. 당신은 살아 있는 다이아몬드와도 같았다. 나는 그 빛에 압도당했다. 나에게 말했었지. 다른 사람들은 제가 음침해 보인다고 해요. 말도 안 되는 소리라고 반박하는 내게 당신이 물었다. 오늘 처음 만났는데 너무 확신하시는 거 아니에요? 나는 오늘 처음 만났어도 알 수 있다고 대답했다. 나는 당신의 얼굴에서 지워지지 않을 낙인을 보았다. 오직 나만이 볼 수 있는, 심연의 표지(標識).

당신이 조금만 더 캐물었다면 나는 내가 무엇을 보았는지 말해줬을지도 모른다. 그랬더라면 아마 다른 것도 말했어야 했겠지.

내게도 그런 것이 있다고.

진짜 같은 꿈을 꾼 적이 있다.

아버지와 어머니는 친목회 모임에 가시고, 형은 고등학교 때 친구들을 만나러 나갔던 그 토요일 오후. 나는 낡아빠진 운동복 바지를 입고, 거실 소파에 비스듬히 누워 텔레비전을 보았다.

재미있는 볼거리는 하나도 없었다. 채널을 이리저리 돌려봤지만 클리셰투성이의 드라마 재탕에, 하나도 안 웃

기는 코미디 프로그램 아니면 기계음에 맞춰 입만 벙긋
거리는 공장제 가수들의 쇼가 다였다. 느긋하게 텔레비
전 채널이나 돌리고 있을 처지는 아니었다. 형처럼 서울
대 법대는 아니어도 최소한 서울에 있는 대학에는 가야
했다. 내 성적으로는 안심하기 어려웠다. 그런데도 나는
소파에 누운 채 움직이지 않았다.

겨우 몸을 일으킨 것은 배가 몹시 고파서였다. 냉장고
는 열어보지도 않고 찬장에서 라면을 꺼냈다. 모든 게
귀찮았다. 모든 게 귀찮다고 하면서도 뭔가를 먹겠다는
나 자신이 혐오스러웠다. 쓸모없는 돼지 같은 놈이라고
생각했다. 김치도 없이 라면 가닥을 후루룩 집어삼킬수
록, 허기는 조금씩 사라져갔고 나 자신은 조금씩 더 역
겨워졌다.

포만감이 찾아왔다. 나는 다시 소파로 갔다. 무릎이
툭 튀어나온 운동복 바지가 눈에 거슬렸다. 형이 몇 년
이나 입다가 물려준 옷이었다. 아버지는 자랑스러운 서
울대생이 된 것을 축하하며 형에게 아르마니 슈트를 사
주겠다고 했다. 너도 서울대에 가면 사주마. 아버지는 이
뤄질 가망이 전혀 없는 약속을 했다. 나는 입을 헤 벌리
고 웃을 뿐이었다. 언제가 마지막이었더라, 내가 형에게
질투를 느낀 것은? 그것은 너무나 오래전 일이라 기억할

수 없었다. 형은 나 같은 게 감히 질투할 만한 사람이 아니었다. 아름답고 똑똑한 형. 모두가 선망의 눈길로 바라보는 형. 같은 아버지와 어머니 사이에서 태어났는데, 왜 형과 나는 이렇게 다른 걸까. 그건 어쩌면 이름 탓이 아닐까. 태어날 때부터 이름에 '빼어날 수(秀)'가 들어 있는 형을 내가 무슨 수로 이긴단 말인가. 나는 그저 그 자리에 있기만 한(在) 역할로 태어난 것인지도 몰랐다. 주인공의 화려함을 드러내려면 그만큼 수수한 배경이 필요할 테니.

나는 그런 생각들, 부질없는 망상의 부스러기들 속에서 헤매며 서서히 잠의 수렁으로 빠져들어 갔다.

어두웠다. 아무것도 보이지 않았다. 나는 어둠 속을 유영했다. 한 마리 눈먼 물고기가 된 것 같았다. 차라리 한 마리 눈먼 물고기로 태어났더라면 좋았을걸. 진흙처럼 부드러운 암흑을 헤치며 나는 앞으로 앞으로 나아갔다. 아니, 아래로였던가. 방향 같은 건 중요하지 않았다. 나는 그저 헤엄칠 뿐이었다. 그것이 '바닥'이든 '벽'이든, 모든 것에 있는 '끝'을 만날 때까지, 거기에 충돌해 박살이 날 때까지 멈추지 않기를 원했다. 그러다 문득, 나는 우리 집 거실에 서 있는 나를 보았다.

텔레비전이 있어야 할 자리에 커다란 거울이 있었다.

여자아이들의 방에 어울릴 법한, 타원형 테두리에 장식 문양이 새겨진 전신 거울이, 그것도 거꾸로. 아들만 둘인 데다 어머니는 아기자기한 것을 좋아하지 않아 우리 집에는 있을 리 없는 물건이었다. 어두운 거실에서 거울은 저 혼자 희부옇게 빛났다. 나는 거울 앞으로 다가가 거기에 비친 시계를 보았다. 시계는 거울에 비쳤는데도 숫자가 바로 보였다.

나는 거울을 등지고 돌아섰다. 실제의 우리 집에서라면 텔레비전을 등지고 선 셈이 되니 소파가 보여야겠지만, 어쩐 일인지 나는 베란다를 마주 보게 됐다. 검푸른 하늘에 거미줄처럼 뒤얽힌 전선들. 더웠다. 한여름처럼 뜨겁고 축축한 공기. 땀범벅이 된 피부가 끈적거렸다. 한 걸음을 옮길 때마다 발이 바닥에 쩍쩍 달라붙었다.

베란다 밖으로 집 앞 거리가 보였다. 가로등 불빛. 십여 년 동안 살아온 낯익은 거리의 풍경. 나중에서야 그것들이 기묘하게 뒤틀려 있었다는 걸 깨달았지만, 꿈속의 나는 이상한 점을 찾지 못했다.

나는 베란다의 차가운 타일 위에 맨발로 서서, 온몸에서 땀을 줄줄 흘리며, 멀리서 다가오는 그림자를 보았다. 기분이 좋은 듯 유쾌하게 팔을 흔들며 걸어오는 그림자. 나는 형을 알아보았다. 등을 꼿꼿이 세우고 긴 다리로 성큼성큼 걷는 사람은 우리 형 김수현이 분명했다. 형은 좋겠다. 서울대 법대에 합격했으니까. 내가 다니는 고등학교에 커다랗게 현수막이 걸렸으니까. 아버지가 눈이 튀어나오도록 비싼 옷을 사줄 테니까. 어머니가 목을 빳빳하게 들고 골목을 누비며 동네 사람들에게 큰아들 자랑을 늘어놓을 테니까. 잘생겼으니까. 성격도 좋아서 친구들이 넘치게 많으니까. 여자들이 줄을 섰으니까. 누구에게나 사랑받으니까, 형은 참 좋겠다. 우리 형, 자랑스러운 우리 형이 가로등 밑으로 걸어왔다.

아름다웠다. 그는 정말 잘생긴 남자였다. 밝은 갈색으로 염색한 머리는 여자보다 더 깨끗하고 흰 피부를 가진 형에게 아주 잘 어울렸다. 짙은 눈썹과 높은 코, 깎은 듯이 섬세한 턱선은 나와는 전혀 다른 느낌이었다. 형과 내가 쌍둥이인 줄 알았다는 동네 분식집 아줌마는 시력이 엉망이거나 정신이 나간 게 틀림없었다. 어떻게 내가 그와 같을 수 있나. 하늘의 별처럼 빛나는 그는 하늘의 별처럼 멀었다. 죽었다 다시 깨어난다 해도 나는 형을 따라잡지 못할 것이다. 등으로 뜨거운 땀이 주르륵 흘렀다. 더웠다. 숨이 막히도록 더웠다. 이런 날씨에 형은 어떻게 외투까지 입고 있을까. 그것도 검은색으로.

외투가 아니었다.

형의 등에 달라붙은 그것은 그림자였다. 새까만 그림자. 바늘 끝만 한 빛도 없이 완벽한 칠흑의 그림자가 손에 든 것을 높이 치켜들었다가 단번에 형의 뒤통수를 갈겼다. 느긋하고 즐거운 형의 표정이 무너졌다. 이제껏 행복하게 살아왔고 앞으로도 그럴 거라 믿어 의심치 않는 밝은 얼굴이 허물어진 자리에, 언젠가 도저히 풀지 못한 수학 문제를 보던 때의 얼굴이 나타났다. 뭔가 잘못된 거야. 형은 그렇게 말했다. 이건 말이 안 돼. 순진한 나는 형을 놀렸다. 흥, 형이 못 풀면 다 잘못된 거냐? 하지만 형이 맞았다. 인쇄 오류였다. 이건 말이 안 돼. 이런 일이 나한테 생길 리 없잖아. 아마 꿈이겠지. 형은 그런 표정으로 쓰러졌다.

나는 피가 뚝뚝 떨어지는 흉기를 든 그림자를 내려다보았다. 우리 집의 이 층 베란다와 그림자 사이에 시야를 가로막는 것은 아무것도 없었다.

그림자가 고개를 들어 나를 보았다.

내가 고개를 들어 나를 보았다.

무릎이 튀어나온 운동복 바지 차림에 줄줄 흐르는 땀에 푹 젖은 내가 베란다에 서서 본 것은 무표정한 얼굴로 이쪽을 올려다보는 나였다. 더러운 유리 같은 얼굴에 깨진 틈처럼 반짝이는 눈을 보는 순간, 목구멍에 차오르던 비명이 얼어붙었다.

안나의 고른 숨소리가 들려왔다.

나는 이불을 당겨, 그녀의 벗은 어깨를 덮어주었다. 자다가 깨기를 반복하는 고약한 버릇이 오히려 고맙게 느껴졌다. 덕분에 안나의 잠든 얼굴을 한 번 더 볼 수 있으니까. 이 착하고 사랑스러운 여인에게 고통을 주었던 인간들은 모두 죽어 없어졌다. 죽어 마땅한, 벌레 같은 것들. 그런데도 하늘의 징벌이 자신을 통해 이루어짐에 괴로워하는 그녀의 마음은 얼마나 아름다운가.

목이 말랐다. 나는 안나가 깨지 않게 조심하며 자리에서 일어났다. 미닫이문을 소리 없이 열 때는 더 조심했다. 문이 절반쯤 열렸을 때, 익숙한 악취가 왈칵 쏟아져 들어왔다.

문 앞에 형이 서 있었다.

— 할멈은 너 싫어해.

형이 웃었다. 그것 참 고소하다는 표정으로.

입 주위의 피부가 거의 허물어져서 거무축축한 잇몸이 드러난 형의 얼굴은 어슴푸레 스며들어오는 새벽빛 속에서 더욱 기괴했다. 나는 멈춰 서서 형을 마주 보았다. 부패로 뭉그러지고 떨어져 나간 건 얼굴만이 아니었으나, 매장한 지 12년이나 된 시체라기엔 지나치게 멀쩡한 것도 사실이었다. 그 몸이 모두 썩어 사라지려면 도대체 얼마나 더 긴 시간이 필요한 걸까. 그런 날이 과연 오기나 할까.

– 하긴, 넌 원래 어른들이랑 안 친했지.

그래, 그랬지. 가장 가까이 있던 어른들하고도 안 친했으니까. 언제나 어른들의 사랑을 한몸에 받는 형의 비결이 궁금했어. 알고 보니 비결이랄 것도 없더군. 그건 그냥, 그렇게 태어나는 거더라고. 형도, 나도, 안나도, 우린 그냥 그렇게 태어난 거야. 누군가에게는 사랑이 쏟아지고, 누군가에게는 낙인이 찍히지.

나는 형을 지나쳐 부엌으로 들어갔다. 다행히 냉장고에는 찬물이 있었다. 나는 컵에 가득 따른 물을 단숨에 마셨다. 머리를 쨍 울리는 통증이 악취를 희석해 오히려 기분이 좋았다. 다시 잠자리로, 안나의 곁으로 돌아가자. 지금이 몇 시인지는 알 수 없지만 아마 한두 시간쯤은 더 잘 수 있을 것이다. 운이 좋다면, 꿈을 꾸지 않을지도 모른다.

아침 시간은 믿을 수 없을 만큼 빠르게 지나갔다. 아침 햇살이 비치는가 싶더니 어느새 해는 하늘 한가운데

올랐다. 떠나야 할 시간이었다.

"아쉬워서 어째?"

정확한 시간에 나타난 숙모님이 입에 발린 말을 건넸다. 주름진 얼굴이 나이보다 늙어 보이고, 일어나고 앉을 때마다 에구구 비명을 질러대는 엄살 많은 중늙은이. 어쨌든 시간 약속만큼은 늘 잘 지켰다.

"괜찮습니다. 또 와야죠."

하나도 괜찮지 않았다.

"숙모님, 부탁드릴게요."

안나는 사람들이 대충 넘기는 이런 인사말에도 진심을 담았다. 그녀는 아무리 하찮은 친절이라도 고마워했다.

우리는 함께 집을 나섰다. 어제 왔던 길을 되짚어 역으로 가는 길이었다. 안나의 손을 꼭 잡고 걷는 한 걸음한 걸음이 너무 아까웠다. 그러나 정신을 똑바로 차린 덕분에 그녀 앞에서 한숨을 쉬는 바보짓은 하지 않았다. 보내는 마음과 떠나는 마음을 굳이 재고 싶은 생각은 없었다. 하지만 한쪽의 마음이 조금이라도 더 무겁고 애달프다면 그건 내 것이어야 했다. 안나의 마음이 바늘에 찔리는 것보다 내 마음이 갈고리에 찍히는 것이 나았다.

"저기…… 할머니가 대답을 안 하시는 건요……."

역 건물이 눈에 들어올 무렵, 안나가 어렵게 말을 꺼냈다.

그녀도 외할머니의 태도가 마음에 걸렸던 모양이었다. 나는 어제보다 더 정중하게 작별 인사를 올렸지만 돌아온 건 어제보다 더 차가운 외면이었다. 안나처럼 섬세한 여자가 그것을 느끼지 못했을 리 없었다.

나는 안나의 말을 잘랐다.

"나도 가끔 그럴 때 있어요."

정확한 표현은 아니지만 틀린 말도 아니었다.

"누구나 다 그럴 때가 있잖아요. 뭐든 다 귀찮고 싫을 때. 할머니는 지금 많이 힘드시니까, 안 그러시면 그게 더 이상한 거예요."

"정말 그렇게 생각해요?"

"생각이 아니라 사실이죠."

"정말 기분 상하거나…… 그렇지 않은 거예요?"

"왜 이래요, 안나 씨. 당신 바보예요?"

나는 걸음을 멈추고 안나를 향해 몸을 돌렸다.

"내 얼굴을 봐요. 이게 기분 상한 얼굴이에요? 이렇게 입이 귀에 걸린 얼굴이?"

안나가 웃었다.

"멋진 입은 제자리에 잘 있어요."

"그리고 내 마음도 제자리에 잘 있고요."

나는 안나의 양손을 꼭 잡았다.

"여기, 내 마음은 당신한테 있어요. 잘 보관해주세요."

응, 그럴게요. 안나가 고개를 끄덕였다.

외할머니의 태도가 내 마음을 긁는 건 사실이었다. 하지만 그분이 없었더라면 안나의 삶은 훨씬 더 고달팠을 것이다. 내가 사랑하는 사람을 돌봐주고 사랑해준 사람을 미워하기란 어려웠다. 어차피 남은 시간은 길지 않았다.

일요일이지만 역 안은 한산했다. 소중한 사람을 두고 돌아서기엔 너무 쓸쓸한 장소였다. 그러나 이제는 가야 했다.

"곧 또 봐요."

안나와 나는 "안녕"이라고 하지 않았다.

"예, 곧 또 봐요."

안나가 활짝 웃으며 대답했다. 동그랗고 예쁜 눈에 물기가 도는 것을 보니 마음이 아팠다. 하지만 우리는 '곧 또' 만날 테니까, 나도 그녀를 향해 웃어 보였다.

나는 돌아섰다. 뒤돌아보지 않고 그대로 걸어 기차에 올랐다. 나는 여태껏 한 번도 뒤돌아본 적이 없었다. 내 모습이 보이지 않을 때까지 그 자리에 서 있을 안나에게, 망설이는 모습을 보이고 싶지 않았다. 우리는 곧 다시 만날 것이기에 내겐 두려움도 아쉬움도 없었다.

자리에 앉자마자 나는 주머니에서 약통을 꺼냈다. 수면제와 진통제 중 어느 것을 먼저 삼킬지 망설여졌다. 언제나 돌아가는 길이 더 힘들었다. 내려올 때 진통제 역할을 대신해주었던 기대감과 기쁨, 이제 곧 그녀를 만나는 설렘이 없기 때문이었다. 마른 땅에 물이 스며드는 것처럼 순식간에 사라졌던 시간은, 기차 좌석에 엉덩이를 내려놓는 순간부터 형의 장례식을 치르던 그 사흘처럼 느려지기 시작했다.

형은 만으로 겨우 열아홉이었는데도, 문상객이 정말 많았다. 아버지와 어머니의 지인은 물론이고 형의 학교에서 교장 선생님까지 찾아왔다. 몇 년 전에 형을 단 한 번 만난 적이 있다는 사람들도 부지기수였다. 살아서도 죽어서도 형의 인기는 여전했다. 교복을 입은 소녀들은 형의 영정 사진 앞에서 울음을 터뜨렸다. 형이 죽어버린 탓에 형의 여자친구나 아내가 되려던 그녀들의 단꿈도 죽어버린 것이다.

담당 형사도 왔다. 어머니는 범인이 잡힌 줄 알고 반색을 했지만, 수염이 꺼칠한 형사는 고개를 저었다. 목격자도, 지문도, 증거도, 심지어 용의 선상에 오를 만한 자도 없다고 했다. 그는 피로한 목소리로 말했다. 자기도 꼭 범인을 잡고 싶다고, 아까운 젊은 청년을 죽인 놈을 잡아 부모님 앞에 무릎 꿇리고 싶다고.

그는 그냥 나가지 않고 내게 다가와 어깨를 두드렸다.

"형 일은 안됐다. 형 몫까지 부모님께 효도해."

그러고는 목소리를 조금 낮추어 덧붙였다. 자책하지 말고, 네 탓이 아니니까. 나는 대답 없이 고개를 숙였다. 그는 우리 집에 와서 내 진술을 받아가던 날 생긴 일을 잊지 않은 것이다.

진술은 우리 집 거실에서 이뤄졌다. 수첩을 든 형사가 소파에 앉고, 나는 맞은편에 간이의자를 놓고 앉았다. 어려운 일은 아니었다. 형에게 원한을 가질 사람이 있었는지, 최근 형의 언행에서 이상한 점이 있었는지, 근처에서 수상한 사람을 본 적이 있는지, 드라마나 영화에서 무수히 보아온 흔한 질문에 나는 성실하게 대답했다.

견디기 어려웠던 것은 내내 등 뒤에 버티고 서 있던 부모님이었다. 어머니는 손톱을 물어뜯었고, 아버지는 줄담배를 피웠다. 두 분은 아무런 말도 하지 않으셨지만, 나는 등이 부러질 것만 같은 중압감을 느꼈다.

20여 분만에 형사는 진술서를 마무리하고 형식적인 마지막 질문을 던졌다.

"이게 다지?"

"예."

내 입에서 나온 대답이 미처 형사의 귀에 가 닿기도 전에, 아버지가 벼락같이 소리를 쳤다.

"이 미친 새끼야!"

아버지가 성난 멧돼지처럼 달려드는데도 어머니는 꼼짝도 하지 않았다.

"그게 다야? 말이 돼? 자느라고 아무 소리도 못 들었어? 집 앞에서 사람이 죽는데 아무 소리도 못 들었다니, 그게 말이 되냐고!"

처음엔 주먹, 그다음엔 발길질이 이어졌다. 손으로 머리를 감싸고 몸을 움츠렸지만 무자비한 매질을 피하기엔 역부족이었다. 나를 때려죽이면 형이 돌아오기라도 하나. 정말로 그러면 좋을 텐데. 그렇게만 된다면, 적어도 부모님은 나를 쓸모 있는 녀석이라고 생각해주겠지. 나는 차라리 웃고 싶었다. 그러나 아버지가 명치를 걷어차서 숨이 막히는 바람에 소리 내 웃지는 못했다.

형사가 간신히 아버지를 떼어내자, 아버지는 거친 숨을 몰아쉬다가 아예 밖으로 나가버렸다. 어머니는 그제야 부엌으로 가더니 물에 적신 행주를 갖다주었다. 그걸로 피범벅이 된 내 얼굴을 닦아준 사람은 어머니가 아니라 형사였다. 눈알은 빠질 것 같고, 양쪽 콧구멍은 불에 달군 막대기로 쑤신 듯 뜨겁고, 터진 입안에는 찝찔한 피 맛이 가득했다.

아버지는 먼저 나갔고 어머니는 언제 안방으로 들어갔는지 보이지 않아, 그 꼴을 한 내가 형사를 배웅했다. 그는 현관문이 닫히기 직전에 이렇게 말했다.

"혹시 나중에라도 뭔가 생각나거든 연락해. 지금은 정신이 없어서 깜깜하다가도, 나중에 뭔가 떠오를지도 모르니까."

정말이지 직업정신이 투철한 형사였다. 나는 그러겠다 대답하고 문을 닫았다.

문에 기대서서 거실을 바라보았다. 소파, 빈 커피잔이 놓인 탁자, 바닥에 아무렇게나 던져진 피 묻은 행주. 그 모든 살풍경 위로 둥둥 떠다니는, 내가 차마 하지 못한 말들.

사실은요, 형사님. 제가 이상한 꿈을 하나 꿨어요. 형이 죽던 그날 말입니다. 꿈속에서 우리 집 거실에 텔레비전 대신 전신 거울이 있더라고요. 그리고 더럽게 푹푹 쪘고요. 3월인데 말이죠. 하긴 꿈인데 어떻겠어요. 텔레비전 대신 회전목마가 있은들 어떻고, 3월에 함박눈이 쏟아진들 어떻겠어요. 아, 그건 중요한 게 아니고, 어쨌든 그 꿈에서 제가 베란다에 나가서 집 앞을 내려다봤거든요. 마침 그때 형이 가로등 아래로 걸어오는 거예요. 룰루랄라 신나게요. 우리 형은 원래 인생이 신나는 사람이거든요. 안 그럴 수가 없죠. 형이 서울대 법대에 들어간 건 형사님도 아시죠? 아무튼, 그렇게 형이 신나게 걸어오는데 뭔가 시커먼 놈이 형 뒤에 바짝 붙는 거예요! 그러더니 쇳덩이 같은 거로 뒤통수를 찍더라고요. 단 한 방에 형은 그만 골로 갔어요. 푹 하고 쓰러졌죠. 바로 그때, 그놈이 고개를 휙 들어서 절 보는 게 아니겠어요. 그놈이랑 저랑 눈이 마주치면서 제가 그놈 얼굴을 봤어요! 그런데 그게, 저랑 똑같이 생겼더라고요! 아니, 그냥 똑같은 게 아니라 그놈이 저였어요! 제가 봤는데 그놈이 저였다고요. 믿어지세요? 제가 우리 집 베란다에서 형을 죽이는 저를 봤다니까요. 근데 아버지가 제 엉덩이를 걷어차는 바람에 잠에서 깨버렸지 뭡니까. 아버지가 깨우지만 않았으면 당장 뛰어 내려가 그놈을 붙잡았을 텐데, 아버지가 산통 다 깬 거예요! 아버지 때문에 형이 죽은 거나 마찬가지예요!

나는 수면제와 진통제를 함께 삼켰다. 오는 길에 효과가 없었으니 가는 길에는 효과가 있기를. 확률은 언제나 반반이었다. 수학자나 통계학자 따위는 엿이나 먹으라지. 세상의 모든 일은 결국 '일어나거나'와 '일어나지 않거나'일 뿐이다. 안나는 머물고 나는 떠나고. 약은 없어지고 물은 남고. 형은 죽고 나는 살고.

　– 올라가냐?

　앞좌석에 거꾸로 앉은 형이 머리를 쑥 내밀고 말했다.

　방금 먹은 약이 목구멍으로 다시 기어 올라올 것 같은 끔찍한 냄새였다. 형은 어떻게 이 악취를 견디는지 궁금했다. 죽고 나면 냄새는 못 맡게 되는 걸까. 형은 생전에 무척 깔끔했다. 한번 입은 옷은 모조리 벗어서 빨래 바구니에 던졌다. 내가 그런 짓을 했더라면 등에 불이 나도록 후려갈겼을 어머니가 형에게만은 아무 말도 하지 않으셨기에 가능한 일이었다.

　나는 좌석 등받이를 붙잡은 형의 손을 보았다. 살이 거의 문드러져 뼈가 드러나는 손가락들은 어떻게 봐도 꼴사나운 모양새였다. 한때는 머리부터 발끝까지 아름다웠던 형의 손이라고는 믿기 어려울 정도로 추했다.

　"형은 봤어?"

　왜 내가 입을 열었는지 나도 모른다. 나도 모르게 그랬다. 낡은 옷의 단추가 떨어지듯이.

"형을 죽인 사람을, 형은 봤어?"

데구루루…… 단추가 굴러갔다.

– 어떻게 봐. 뒤에서 콱 찍었는데.

"내 잘못이야?"

단추는 보이지 않는 끝, 먼지와 어둠이 뒤엉킨 어딘가
로 굴러가버렸다.

"내가 구할 수 있었어?"

형은 동공과 흰자위가 뿌옇게 뒤섞인 눈으로 나를 똑
바로 보았다.

"그때 깨어 있었으면, 그랬으면 내가 형을 구할 수 있
었어?"

형이 말했다.

– 난 안 썩어. 흙 속에서도, 네 안에서도.

그리고, 사라졌다.

도착했다.

기차에서 내리니 들끓던 속이 조금 가라앉는 것 같았
다. 땀에 젖은 등은 축축하고, 잔뜩 굳은 어깨는 뻐근하
고, 빈속에선 허기가 느껴지고, 머리는 여전히 아팠지만,
그래도 기분이 훨씬 나아졌다.

나는 한 번도 서울을 떠나 살 생각을 한 적이 없었다. 내가 태어나 자란 곳. 거대하고 번잡한 이 도시가 마음에 들었다. 먼지와 매연과 욕설과 오물, 그리고 타인의 삶에 관심을 두기에는 너무 바쁜 사람들로 가득한 이곳이 좋았다.

나는 화장실 쪽으로 걸음을 옮겼다. 주위를 둘러보았지만 형은 보이지 않았다. 화장실 문 앞이나 세면대 거울 속에도 없었다. 형은 언제나 제멋대로였다. 살아서 그러더니 죽은 후에도 마찬가지였다.

손을 씻으려고 세면대로 가는데, 핸드폰이 울렸다. 안나에게 맞춰놓은 벨소리였다.

"안나 씨?"

"도착했어요?"

시원한 바람 같은 목소리에 거울 속의 내가 저절로 미소를 짓고 있었다.

"예, 지금 막 기차에서 내렸어요."

"그랬구나. 가는 동안에는 괜찮았어요? 형님이 또 오시진 않았어요?"

안나는 나를 보내놓고 내내 안절부절못한 모양이었다. 역시, 가는 길에 나타났다는 이야기는 하지 말았어야 했는데. 거울 속의 내가 이쪽의 나를 향해 미간을 찌푸렸다.

어떻게 그런 멍청한 실수를 할 수가 있냐, 이 머저리야.

"안 나타났어요. 그냥, 자고 일어나니까 거의 다 왔더라고요."

"아, 다행이다. 난 또⋯⋯."

"걱정하지 마요. 정말 편하게 왔어요."

안나는 잠시 말이 없었다. 내가 거짓말을 하는 줄 알아서일까. 그러나 우리는 정직이 모든 경우에 옳은 것은 아님을 잘 알고 있었다. 아마 안나도 내게 할 수 없는 말이 있을 것이고, 진실보다 나은 거짓말을 하기도 하겠지. 그렇다고 해도 우리가 서로를 생각하는 마음은 달라지지 않는다.

"피곤하죠?"

"목소리 들으니까 하나도 안 피곤해요."

안나가 웃는 소리가 들렸다. 어린 시절, 내가 좋아했던 자두맛 사탕의 맛을 소리로 바꾸면 아마 비슷하게 들리지 않을까. 언제나 청량한 달콤함이 담뿍 담긴 목소리로 웃는 안나가, 벌써 그리워졌다. 안나의 모든 것이, 그녀의 눈과 코, 입술과 머리카락, 체취와 몸짓, 그리고 얼굴에 빛나는 낙인이.

나는 거울 너머에서 핸드폰을 들고 나와 마주 선 남자의 얼굴을 보았다.

안나의 것과 같고도 또 다른 낙인. 이마에서 시작되어 콧등과 인중을 지나 턱으로 이어지는 기이한 문양. 안나의 그것이 보석처럼 아름답게 빛난다면, 나의 낙인은 달군 쇠로 지진 듯 보였다. 아니, 끝이 뾰족한 연장으로 긁어 새긴 것이라고 해야 더 어울리려나. 피와 뇌수가 묻은, 저주받은 날붙이 말이다.

"사랑해요."

안나가 말했다. 현기증이 날 정도로 달콤하고 보드라운 그녀의 목소리 너머로, 소름 끼치는 형의 목소리가 겹쳐 들렸다. 난 안 썩어. 흙 속에서도, 네 안에서도.

"나도 사랑해요."

사랑이 우리를 구원해줄 수 있을까. 아니라도 상관없다. 우리가 원하는 것은 오직 하나, 절망의 수렁에서 숨이 끊어지기 전까지만 마주 잡을 손 하나일 뿐이다. 어두운 그림자에 짓눌려 터지기 전까지만, 이렇게 함께 있을 수 있다면 아무것도 더 바라지 않는다.

나는 전화를 끊었다. 손을 씻고 화장실을 나와서, 역사 밖으로 나가는 사람들 속에 섞여들었다. 내 얼굴에 찍힌 낙인이 보이지 않고, 내 손에 묻은 피의 냄새를 맡지 못하는 사람들. 나는 문득 끔찍하게 외로웠다.

그렇지 않아. 나는 머리를 흔들었다.

내겐 안나가 있다. 나의 아름다운 연인, 나의 소중한 사람. 나는 2주 후에 다시 이곳에 와서, 같은 곳으로 가는 기차를 탈 것이다. 수면제와 진통제가 든 약병을 만지작거리며 기차에 올라, 두근거리는 가슴을 안고 그녀를 만나러 가겠지.

그때까지 안나가 어떤 꿈도 꾸지 않고, 그녀의 외할머니가 여전히 살아 있다면.

작가님을 찾습니다

단한권의책에서는 웹소설, 장르소설을

함께 기획하여 집필할 작가분을 찾습니다.

출간하고자 하는 작품의 시놉시스나 간단한 내용 소개를

jjy5342@naver.com으로 보내주시면

정성껏 검토한 후에 연락드리겠습니다.

역량 있는 작가분들의 많은 응모를 기다리겠습니다.